A E
&I

El cielo ha vuelto

Autores Españoles e Iberoamericanos

Esta novela obtuvo el Premio Planeta 2013, concedido por el siguiente jurado: Alberto Blecua, Ángeles Caso, Juan Eslava Galán, Pere Gimferrer, Carmen Posadas, Rosa Regàs y Emili Rosales.

Clara Sánchez

El cielo ha vuelto

Premio Planeta
2013

Obra editada en colaboración con Editorial Planeta, S.A. – España

© 2013, Clara Sánchez
© 2013, Editorial Planeta, S.A. – Barcelona, España

Derechos reservados

© 2013, Editorial Planeta Mexicana, S.A. de C.V.
Bajo el sello editorial PLANETA M.R.
Avenida Presidente Masarik núm. 111, 2o. piso
Colonia Chapultepec Morales
C.P. 11570, México, D.F.
www.editorialplaneta.com.mx

Primera edición impresa en España: noviembre de 2013
ISBN: 978-84-08-11994-4

Primera edición impresa en México: noviembre de 2013
ISBN: 978-607-07-1956-1

Impreso en los talleres de Litográfica Ingramex, S.A. de C.V.
Centeno núm. 162-1, colonia Granjas Esmeralda, México, D.F.
Impreso en México – *Printed in Mexico*

3 1223 11289 4424

Julieta, este es el cuento que nunca te escribí

1

Hace medio año, una desconocida me dijo que había alguien en mi vida que deseaba que yo muriera. La encontré en un vuelo Nueva Delhi-Madrid. Tenía problemas con la vista y me pidió que le leyera el menú y que le indicara dónde estaba el baño. «Otra vez he perdido las malditas gafas», dijo metiendo la cabeza en un enorme bolso blanco. Su peso, alrededor de ciento y pico kilos, la obligaba a viajar en business. A los organizadores del congreso al que había asistido no les hacía gracia el gasto, pero qué podía hacer ella, no cabía en un asiento turista. Sonreí vagamente y no hice ningún comentario porque no quería enredarme en una conversación de diez horas. Abrí una revista sobre las rodillas y me quedé mirando el cielo y la luz de fuera con la frente pegada a la ventanilla. No había nubes, solo alguna pequeña y perdida que hacía pensar en la soledad. Una maravillosa sensación después de tantos días de desfiles, nervios, cambios de ropa, pinchazos de alfileres, toneladas de maquillaje, pestañas postizas de un metro y peinados demasiado creativos. La agencia de modelos para la que trabajaba me había pedido que desfilara en Nueva Delhi para una firma hindú y que asistiera a las fiestas en el palacete del empresario Karim y su esposa Sharubi, cuyo cuerpo menudo siempre iba envuelto en seda, y sus muñecas en oro hasta medio brazo. Y ahora, por fin, el vacío y la libertad.

Me quité los zapatos y los empujé con el pie debajo del asiento de enfrente. No quería molestias, por eso había elegido sentarme junto a la ventanilla. Pero no iba a ser tan fácil: notaba las miradas de mi vecina resbalándome en el pelo, y en algún momento tendría que girarme y enfrentarme a sus ganas de charla. Vi de reojo cómo le hacía una señal a la azafata y le pedía una ginebra con una rodaja de pepino, unos granos de pimienta y un ligero chorro de tónica. Desde luego parecía tener unos gustos muy concretos. Por unos segundos solo se oyeron los cubitos de hielo chocando contra el vaso de plástico y la ginebra chocando contra el hielo mientras empezábamos a sobrevolar enormes masas de nubes que cubrían las montañas y las casas, los ríos, la gente y los animales como una capa de algodón. No se podía saber dónde estábamos.

—¿Le gustaría acompañarme? —dijo alzando el vaso, sujeto por varios dedos llenos de anillos. Uno era una calavera turquesa, otro un búho, otro una rosa de plata, otro una cosa rara con alas, algunos se le hundían en la carne.

Puesto que pronto tendríamos que cenar, acepté y me decidí por una copa de champán, y la verdad es que me sentó bien, me relajó. Ahora por fin podría cerrar los ojos y dejarme llevar. Pedí otra copa de lo mismo y mi vecina otra ginebra, esta vez sin el chorrito de tónica. También ella parecía dejarse llevar. Le brillaban la nariz, la barbilla y la raíz del pelo. Tenía un poco de sudor por todas partes. El pelo iba teñido de caoba y repartido a lo loco, más oscuro por un lado, más claro por otro, un desastre, y sus ojos eran de un azul desvaído casi transparente, como si le faltasen dos capas de pintura.

Me pregunté a qué tipo de congreso habría asistido. Sería profesora seguramente, quizá escritora, pero solo abrí la boca para dar otro sorbo. Ella suspiró muy profundamente y se volvió con cierto esfuerzo hacia mí. Dijo que tenía miopía, vista cansada y astigmatismo, y que, desgraciadamente, sin las malditas gafas no me veía bien, pero que sus otros sentidos hacían un trabajo complementario al de la vista y si en el futuro volvíamos a encontrarnos podría reconocerme por la voz, el calor, las vibraciones y la energía que desprendía mi cuerpo, algo más sutil que los rasgos físicos y más seguro.

—¿Y cómo se ven esas cosas? —pregunté, pensando que hasta ahora lo único que destacaba de mi persona eran mi talla treinta y seis, el uno setenta y ocho de estatura, una figura armónica y una cara que resistía bien el objetivo de una cámara a diez centímetros, cosas que en el fondo nadie valora de verdad.

—No se ven, se sienten —dijo—. Cualquiera puede sentirlas si no se conforma con lo que ve.

Por no ponerla en un aprieto no le pregunté cómo eran las sensaciones que le llegaban de una modelo dedicada a vender estilo y apariencia, no de una filósofa, ni de una científica, ni de alguien que se pasa el día pensando. Yo a ella la sentía como la lava de un volcán, derritiéndose por los lados del asiento, cubriendo poco a poco la moqueta, subiendo por las paredes de plástico compacto del avión y fundiéndose con todo.

—Me llamo Viviana —dijo.

Su voz era muy bonita, cálida, sedosa, sensual. Llevaba pantalones, un blusón hindú de algodón y zapatos blancos. No se los quitó para que no se le hincharan los pies. Desde el principio cruzó uno sobre otro y apenas se movió, solo la cabeza y las manos. Alargó una de ellas hacia mí y enredó un mechón de mi pelo entre dos dedos robustos, uno con la calavera de turquesa y el otro con la cosa rara con alas.

—Qué suavidad —dijo, acercando unos centímetros su miopía hacia mí—. ¿De qué color tienes los ojos?

—Castaño claro.

—Seguramente son muy bonitos —apuntó ella.

No hacía falta que contestase. No tenía por qué devolverle el cumplido, no tenía que venderle ningún trapo.

—Me llamo Patricia —dije con mi cuarta o quinta copa de champán en la mano.

—Patricia —repitió ella para sí con su cuarto o quinto vaso de ginebra.

Nos sirvieron ensalada, cordero al curri, arroz basmati, tortas de pan, pastel, taza para el café o té, vaso y cubiertos, todo en palmo y medio de mesita. Me lo comí sin reparar en calorías ni en exquisiteces, un acto instintivo cuando la supervivencia depende de una bandeja de plástico. Viviana, en cambio, no probó bocado. Más que abrir, destrozó la bolsa transparente con tenedores, cucharas y cuchillos, y después de desparramarlos por la bandeja suspiró removiendo todo el aire del avión y se quedó mirando el respaldo del asiento de enfrente sin parpadear, como si estuviera viendo mucho más que una simple tela gris.

Mientras me tomaba el té me entró el gusanillo profesional de sugerirle a Viviana que abandonara el blanco por el negro. Le adelgazaría unos cinco kilos, le realzaría el pelo y los ojos y resultaría más elegante, pero aquello, afortunadamente, se quedó en un simple pensamiento porque en ese momento la azafata empezó a retirar las bandejas, desplegando en cada movimiento ráfagas de algún perfume oriental desconocido. Viviana se pidió otra ginebra y la ayudé a reclinar el asiento hasta dejarlo horizontal. Parecía un muñeco de nieve tumbado por el viento. Hice lo mismo tendiéndome de costado hacia la ventanilla, afuera aún había luz, en la que flotábamos milagrosamente. Pero de vez en cuando las nubes se deshacían y dejaban al descubierto montañas marrones con blancura petrificada en las laderas, era mejor no mirar.

Bajé la persiana porque el avión acababa de convertirse en una sala de reposo en semioscuridad y silencio. Me puse todo lo que había en una bolsa de plástico, regalo de la compañía: antifaz, manta y tapones, y fui adormeciéndome, pensando en Elías cuando me abrazaba, cuando me cogía la mano para enseñarme a pintar, cuando se afeitaba por la mañana apoyado en el lavabo sin pantalones, solo con una camiseta y calzoncillos o desnudo. Quizá era demasiado delgado, piernas delgadas, brazos delgados; no le gustaban los gimnasios, ni perder el tiempo mimando su cuerpo, ya lo perdía yo por los dos. No le importaban sus defectos, no los escondía ni trataba de disimularlos; el cuerpo le servía para que estuviéramos juntos en el sofá, en la ducha, junto a la pared y en una colchoneta de la piscina, nuestros lugares preferidos, todo lo demás era secundario. Y por eso ninguno podía compararse con él. Era el único hombre que había logrado gustarme de verdad, sin dudas ni peros de ninguna clase. Me dormí pensando en él y en que por poco no habría llegado a conocerle y en que por los pelos no sería feliz.

No sé cuánto tiempo pasó desde ese momento, horas que se encogieron en minutos como los jerséis de lana en la centrifugadora, hasta que se encendieron las luces y los pasajeros empezaron a estirarse y a salir al pasillo, algunos con pantalones de chándal y camisetas de andar por casa que se habían puesto nada más alcanzar la velocidad de crucero. En cambio yo, por largo e incómodo que fuese el viaje, me vestía con mi ropa habitual. Llevaba unos vaqueros, una blusa de seda negra y los zapatos estrella de la última colección para la que acababa de trabajar, de veinte centímetros de tacón, que ahora rodaban por el suelo junto a mis pies enfundados en los calcetines de la compañía aérea. Las pequeñas persianas de las ventanas fueron subiendo y comenzó a entrar el amanecer. Calculé que tendría que saltar por encima de Viviana para ir al baño; quería asearme antes de que sirvieran los desayunos.

Lo logré con enorme dificultad, abriendo las piernas todo lo que pude para saltar sobre un cuerpo que parecía estar lleno de mil cosas más que el resto de cuerpos y no despertarla, y fui la primera en comenzar los lentos aseos de la mañana de modo que no tendría que esperar mil horas a que se desocupara el lavabo. Me recogí el pelo con un pasador y tardé cinco minutos en parecer como nueva, porque si algo bueno tenía mi oficio era que me había enseñado a ser rápida, precisa y a verme mientras me maquillaba y arreglaba desde fuera de mi propio ser, ni siquiera necesitaba espejo.

A mi regreso, Viviana estaba luchando a brazo partido por poner el asiento recto. Se me quedó mirando fijamente como si fuera recordándome poco a poco.

—Hacía tiempo que no dormía tan bien —dijo pasándose las manos por el pelo.

Se acercó a los ojos el diminuto reloj que se le clavaba en la muñeca y dijo que en unas horas haríamos escala en Zúrich. Luego se inclinó con un soplido para coger el inmenso bolso blanco, lo abrió, rebuscó en su interior, de donde salían sonidos, que hacían pensar en gente y animales viviendo allí dentro y dijo: «Nada, definitivamente me olvidé las gafas en el hotel.»

Y fue entonces, como si estas palabras hubiesen desencadenado algún tipo de energía, cuando el avión empezó a subir y bajar y a vencerse a los lados y el carro de los desayunos salió disparado por todo el pasillo y las azafatas desplegaron sus asientos rápidamente y se pusieron los cinturones de seguridad claramente preocupadas. Habían pasado de sonrientes a serias. El carro de los desayunos temblaba en algún punto del avión y el comandante pidió calma y que no nos moviéramos de nuestros asientos. Pero una señora no pudo soportar la presión y comenzó a llorar a nuestras espaldas. Viviana me cogió la mano. Las tres azafatas también se las cogieron, lo que no parecía buena señal.

—Me angustia volar —dijo Viviana—, por eso bebo sin parar.

Le apreté un poco la mano para que se sintiera segura. Ambas mirábamos al frente, a los respaldos grises, mientras nuestros cuerpos eran zarandeados sobre las picudas montañas cubiertas por las nubes.

«Estamos atravesando una tormenta, mantengan la calma», dijo la voz del piloto, instante en que la señora que lloraba empezó a llorar más y más y más, y todos volvimos las cabezas de vez en cuando hacia ella para olvidarnos de nuestra propia angustia. Estaba completamente desencajada.

—Pobre mujer —dijo Viviana—. Necesita desahogarse, viene soportando desde hace tiempo una carga demasiado pesada y sentir con todas sus fuerzas que nos vayamos a estrellar le está dando la oportunidad de expulsar los tristes demonios que lleva dentro.

Seguramente Viviana era psicóloga y había asistido a algún congreso sobre la materia. Pero no era momento de preguntas, parecía evidente que estábamos viviendo los últimos minutos de nuestras vidas: me daba mucha pena que fueran tan trágicos y dejar este mundo. Hay gente a la que a veces le cuesta vivir, pero a mí siempre, absolutamente siempre, me gustó la vida, y no soportaba la sensación de morir, como no la soportaba la mujer desesperada de cuatro filas más atrás. Era imposible, terrible y fuera de toda lógica no volver a ver a Elías, no volver a pisar mi casa y que mañana por la mañana le dijeran a la masajista que mi cuerpo se había hecho pedazos sobre la tierra dura y fría de un lugar perdido en el mapa y que tuviera que darse media vuelta con la camilla doblada. Sentí en el estómago el aire helado y la soledad del enorme vacío que me acogería dentro de poco. Hasta ahora no se me había ocurrido hacer testamento y no había pagado la factura de la tintorería. Hacía varios meses que no veía a mis padres y no le había dado las gracias a Daniela, nuestra empleada, por el pequeño invernadero que había montado en el jardín. Y, a mi pesar, dejaría vía libre para que otra modelo me sustituyese y se luciese en el reportaje de *Elle*.

Fueron unos segundos de negros pensamientos

—más que negros, si existiese un color aún más oscuro— hasta que Viviana se volvió hacia mí con los ojos exageradamente abiertos intentando llevarse una imagen final lo más clara posible de este mundo y me cogió también la otra mano. Le palpitaban, le sudaban, las tenía ásperas. Seguramente necesitaba el calor de otro ser humano en la marcha definitiva. Y yo también. El avión prácticamente se precipitaba sobre la nieve. La pasajera de los tristes demonios estaba gritando y un hombre en el asiento de atrás rezaba. Y en medio del desastre y la tragedia que se nos venía encima lo único que verdaderamente estaba sintiendo ahora eran las manos de Viviana. Sus anillos sobresalían de entre nuestros dedos entrelazados y brillaban. El sudor que le caía de la frente también brillaba.

—Escúchame bien —dijo ella apretándome aún más las manos—. Hay alguien —cerró con fuerza los ojos como para ver dentro de ellos—, hay alguien que desea que mueras. Lo siento con mucha fuerza, como si estuviese dentro del corazón de esa persona, pero no de su mente, porque no sé quién es ni por qué desea tu desgracia.

No entendía nada. Le pregunté por qué me decía algo así precisamente en este momento, a punto de estrellarnos.

—Es normal que no me entiendas —dijo—, no estás preparada.

Se quedó un segundo en silencio mientras los maleteros iban a abrirse de un momento a otro sobre nuestras cabezas y las azafatas sentadas enfrente, junto a los lavabos, nos miraban sin vernos con cara de pánico.

—Vamos a matarnos. No hace falta que nadie quiera que muera —le dije gritando más de la cuenta y poniéndome los zapatos sin saber por qué.

—No vamos a matarnos, hoy no. Saldremos de la tormenta y volveremos a nuestras casas. Pero sí existe alguien que desea que no vivas y esto es verdad, una de las pocas verdades de las que estoy segura.

—Aún me apretaba las manos—. Con este jaleo no soy capaz de comprender si se trata de un hombre o de una mujer, si es amigo o enemigo, un familiar, una competidora celosa, un amante vengativo. A quienquiera que sea le puede su deseo de hacerte mal. No es fácil reprimir un deseo, y los deseos lamentablemente se hacen realidad con demasiada frecuencia.

La muerte real estaba pasando a segundo plano. Quizá era una maniobra psicológica para desviar mi atención de la tragedia que se nos venía encima.

—No debes obsesionarte con lo que te he dicho, pero sí tener cuidado, ser precavida. Nada más cogerte la mano tu cuerpo me ha advertido de que estás en peligro, aunque tú conscientemente no lo sepas. Una persona es mucho más de lo que cree que es y sabe más que lo que cree que sabe, aunque sea más fácil cerrar los ojos y seguir adelante sin mirar a los lados.

Era evidente que ambas estábamos en peligro, algo que también su cuerpo lo sabría. Las personas que estudian la mente ven demasiadas cosas, a veces cosas que se inventan. Aunque debo reconocer que, más o menos como ella predijo, al cuarto de hora cesaron las terribles turbulencias y una oleada de alivio recorrió el avión. El pasaje comenzó a hablar alto. La señora del llanto ahora lloraba de emoción, y yo también tenía ganas de llorar. Las azafatas se desabrocharon los cinturones de seguridad y una de ellas dijo por megafonía que habíamos dejado atrás la tormenta, que aterrizaríamos en Zúrich para repostar y que los pasajeros podían solicitar a la tripulación todo el alcohol que desearan. La voz inundó el avión de sonidos nasales y ligeras interferencias, de falsa lejanía y autoridad. Por fin podíamos respirar.

Viviana dijo que ya era hora de levantarse para ir al lavabo. La ayudé a ponerse de pie y me pidió que no la acompañara, estaba acostumbrada a la inestabilidad, a rozarse con todo tipo de cosas y a agarrarse constantemente con las manos a barandillas, sillas, paredes. Por eso las tendría así de ásperas. Pedí dos ginebras, una para Viviana y otra para mí, con una rodaja de pepino, como a ella le gustaba. Sabía que le agradaría encontrarse con esta sorpresa a su regreso.

En Zúrich hicimos una escala técnica y no se nos permitió bajar del avión. Por la ventanilla, a lo lejos, el paisaje era bello: montañas, pinos, viento oscurecido que venía arrastrándose hacia nosotros. Al cabo de una hora subieron nuevos pasajeros frotándose las manos. Y Viviana volvió a cogerme la mano, lo que no me agradó demasiado porque ya no había tormenta ni estábamos en peligro y porque me habían dejado completamente agotada la vida y la muerte tan juntas, una encima de la otra. Traté de retirarla lo más sutilmente que pude, pero ella me la retuvo.

—No te asustes por lo que te espera, eres una de las pocas personas en este mundo que puede ir un poco por delante de los acontecimientos. Usa bien esa ventaja.

Estuve a punto de decirle a esa pobre mujer que mi vida era maravillosa y que vivía rodeada de gente que me quería. Todo el mundo, incluida yo misma, consideraba que tenía mucha suerte. A mis veintiséis años tenía dinero en fondos de inversión, una moto, un Mercedes, un 4x4 y un chalé en una de las zonas más exclusivas y caras, a diez kilómetros de Madrid, rodeada de futbolistas y famosos. A los dieciséis años firmé mi primer contrato como modelo y a los diecisiete, antes de abandonar el instituto, cancelé la hipoteca del piso de mis padres. Pero Viviana no sabía nada de esto, y sin soltarme murmuró algo, dijo unas palabras que no entendí. Metió las manos en su gran bolso blanco y sacó un papel y un bolígrafo. Dibujó algo así como una montaña coronada por una perla, lo dobló y me lo dio.

—Llévalo contigo. Te vendrá bien.

2

Cuando por fin aterrizamos en Barajas, todos nos comportamos como si no hubiese ocurrido nada, como si hubiera sido una pesadilla y careciese de importancia. Ahora nos preocupaba coger el equipaje de mano de los maleteros, encender los móviles y ponernos los abrigos. Yo debí esperar pacientemente a que Viviana se desencajara del asiento, encontrara sus cosas y se pusiera en movimiento. Me despedí de ella diciéndole que ojalá volviésemos a encontrarnos en un vuelo más tranquilo, y ella sonrió.

—Un vuelo inolvidable —dijo.

Ya no volví la cabeza. Lloviznaba y Viviana estaría bajando la escalerilla del avión cargada con el enorme bolso, el abrigo, agarrada a la barandilla para no resbalar, entorpeciendo el paso de los demás. Ya era el pasado, algo fuera de mi vida normal, una de esas cosas que se cuentan para no estar callado, ahora me esperaba el presente. Y en cuanto salí por la puerta 22, después de recoger el equipaje, y vi a Elías a varios metros, sumido en sus pensamientos, hundido en sí mismo, me olvidé completamente de Viviana, y lo vivido en el avión quedó encerrado entre sus paredes y pequeñas ventanillas plastificadas.

Elías llevaba barba de varios días y el pelo sucio, claros síntomas de desilusión y tristeza. Probablemente le habían rechazado en alguna galería o no se sentía inspirado. Me besó trágicamente como si nos quedasen dos minutos de vida. «Te quiero», dijo en el mismo tono. Le hubiese empujado dentro de los lavabos del aeropuerto para follarle entre mil obstáculos y dificultades y que no pudiese seguir pensando y así liberarle de su angustia antes de llegar a casa. A él le encantaban los ataques espontáneos de pasión y de ira y no se habría resistido. Pero cuando quise darme cuenta los lavabos quedaron atrás y mi pequeña fantasía fue adaptándose a las circunstancias. Cogió la maleta y la arrastró con desgana hasta el parking.

—¿Qué tal el viaje? —preguntó de manera rutinaria.

Lo resumí diciendo que hubo muchas turbulencias, ni siquiera me acordaba ya de la angustia que sentí cuando pensé que quizá probablemente no volvería a verle.

—Me ha dado tiempo de pensar en muchas cosas —dije cogiéndole del brazo—. Sobre todo en ti, en nosotros, y en lo terrible que puede llegar a ser la vida.

No sé si me oyó. No le gustaba enredarse en filosofías sobre la vida. Llevaba unos pantalones viejos de estar por casa que ya no se sabía de qué tela eran. Sacó de uno de los bolsillos calderilla y pagó el parking. Resultaba más deseable con esos pantalones y el jersey salpicado de pintura que Antonio Magistrelli, el presidente de la agencia de modelos, con sus conjuntos de vaqueros y chaquetas de Armani, deportivas de Dior y corbatas de dos mil euros. Elías tenía algo huidizo, inconquistable, y daban ganas de luchar a muerte por una mirada suya. Después de tanto tiempo, en momentos como este, aún no podía creerme que fuese mi marido. Lo bueno de estar fuera quince días es que volvía a recordarme a aquel chico que encontré en una galería de arte cuatro años atrás. Continuaba siendo delgado, con el pelo negro y lacio; seguía pareciendo un joven artista aunque cada vez lo era menos. Los marchantes contemplaban con desgana su trabajo, le rehuían. Y yo le decía que su momento estaba a punto de llegar, pero él se desesperaba y todo lo llenaba de desesperación, su estudio y la casa entera, incluso la cama. Y yo no sabía cómo ayudarle, no sabía cómo contentarle y que fuese feliz. Me pasaba el día intranquila, deseando que algún alma sensible le comprase un cuadro, que otra alma quisiera montarle una exposición, que alguien le felicitase.

No me atrevía a preguntarle por lo que había hecho desde que me fui a la India, si había empezado algún proyecto nuevo. Nunca estaba segura de qué palabra podría herirle.

—¿Ha habido algo nuevo? —pregunté en general, mientras me ponía el cinturón de seguridad.

—Lo de siempre —contestó, liándose un pitillo lenta, introspectivamente.

Me aterraba que el mundo no le bendijera con alguna buena noticia. Me aterraba que nunca llegara a gritar de alegría y felicidad aunque fuese un minuto en toda su vida. Algunas noches no dormía pensando qué podía hacer para que el universo lo amara tanto como yo. Le acaricié la pierna.

Y a veces, muchas veces, me sentía culpable por tener tanta suerte. Desde que era pequeña todo el mundo me miraba y se dirigía a mí como alguien con suerte. Una palabra que no sabía muy bien qué significaba, pero que era tan mía como mi nombre, Patricia. Con mucho gusto le habría dado un poco a Elías, la mitad, se la habría prestado entera por un día o una semana, puede que más. Aunque quizá no habría sabido qué hacer con ella, no estaba acostumbrado. Creo que le tenía miedo a la suerte. Como aquella vez, cuando en el Museo del Prado nos tropezamos con un pintor famoso al que yo conocía bien porque solía ir por la empresa para visitar a Antonio Magistrelli, y Elías se negó a que se lo presentara y a hablar con él. Una palabra favorable de este pintor le podría haber abierto unas cuantas puertas. Pero despreció la suerte y prefirió seguir torturándose. «¿Por qué un pintor va a ayudar a triunfar a otro pintor? ¿Para que luego compita con él y probablemente lo desplace y le arrebate la fama y acabe arrinconándole y amargándole la vida?», dijo con desdén. Fue la única vez desde que estábamos juntos en que por un segundo me escapé del amor que sentía por él y lo miré con resquemor por los malos ratos que me hacía pasar. ¿Por qué había rechazado algo así? Sin embargo, a los cinco segundos comprendí que no me enamoraría de alguien como yo, de alguien que habría estrechado la mano de la suerte y se habría tomado un café con ella.

Desde el aeropuerto no paró de llover. Estábamos a finales de febrero, un mes que hasta ahora jamás había tenido ningún significado para mí. Elías trataba de ver la carretera entre los parabrisas y los riachuelos que corrían en todas direcciones por el cristal. Ya me había olvidado del miedo a morir y podía sentir los temores normales. Así que, al llegar a casa, busqué por las paredes algún cuadro nuevo. En el salón, en el hueco de la escalera, en los dormitorios, en los baños, en la cocina, en los descansillos, de todas las paredes colgaban sus obras, generalmente en formato grande, aparte de las que se amontonaban en su taller, una zona acristalada del último piso. Nuestra vida era maravillosa. Nuestro hogar, nuestro jardín, nuestros sillones, el marrón de él, el blanco mío, la bodega del sótano, los perros, los pinceles y los óleos de Elías. Todo había ido cayendo mágicamente de las alturas.

Olía a tierra mojada. Los perros corrieron a recibirnos. Dos fox terrier prestados, propiedad de mi hermana Carolina, a los que no les hacía gracia salir de casa. Daniela, nuestra empleada desde hacía dos años, había dejado la cena preparada. Sabía perfectamente lo que nos gustaba a cada uno, y cuando regresara de su día libre desharía el equipaje y lavaría la ropa sucia. Le había traído una mantelería bordada en plata para doce servicios que seguro que le encantaría. Dejamos la maleta y el resto de cosas en el hueco de la escalera y abracé a Elías. Cerré los ojos. Él me besó durante bastante rato y me apretó tan fuerte contra su pecho que tuve que soltarme sin querer soltarme, solo por necesidad, para respirar, como si no tuviese más remedio que ser libre aunque no quisiera.

—Jorge dice que no puede seguir representándome —dijo.

Me quité los zapatos. Me producía un enorme placer andar descalza por la casa. Daniela conservaba el parqué limpio y aromáticamente encerado como un mueble, pero ahora no podía disfrutarlo a fondo, era el momento de la pesadumbre. De nuevo el fracaso, la frustración. La lluvia salpicaba las cristaleras del salón, las ramas del níspero estaban muy brillantes y chorreaban.

—Buscaremos otro representante, no te preocupes —dije—. Vamos a cenar. ¿Por qué no abrimos una buena botella de vino?

Mientras Elías bajaba a la bodega respiré, suponía una tregua en esta nueva decepción.

—Jorge es una rémora en tu carrera —dije sacando dos copas abombadas de un cristal fino como el aire, regalo de boda de Antonio Magistrelli—. Algún día tenías que romper con él.

—Es él quien ha roto conmigo —dijo descorchando una de nuestras mejores botellas, lo que me pareció un indicio de esperanza.

—Es igual, qué más da. El caso es que ahora eres libre y puedes elegir a alguien que mueva mejor tu trabajo.

—Ya —dijo—, pero ¿quién?

Y me miró a los ojos con sus pupilas negras rodeadas de un cerco más oscuro y de las pestañas más oscuras aún, durante tanto rato que tuve que hacer un esfuerzo para volver a pensar. Estaba demasiado cansada para enfrentarme por las buenas a los demonios de Elías. Encendí el horno y calenté el pescado preparado por Daniela.

Un golpe de agua se estrelló en el cristal. Habría sido agradable encender la chimenea, pero hubiese resultado demasiado tópico y ni se me ocurrió sugerirlo. Elías me había abierto los ojos sobre regalar flores y joyas, crear ambientes románticos y tonterías por el estilo, que solo servían para ocultar una profunda falta de imaginación para amar y poder ser amado. Porque cuando una persona te gusta, lo único que deseas es a esa persona en estado puro.

—No te preocupes —le dije—. Ya verás cómo surge algo interesante.

Durante la cena estuve contándole los contratiempos del viaje y que estaba viva de milagro. Él me escuchaba masticando y de vez en cuando bebiendo de la copa, que cogía con la mano abierta como si fuese una flor a punto de deshojarse.

Cuando terminamos abrí la maleta y le di unas telas pintadas a mano muy antiguas que Karim, nuestro anfitrión en India, me había conseguido para él. Le entusiasmaron. Por primera vez en la noche se le iluminaron los ojos. No dejaba de mirarlas como me habría gustado que me mirase a mí. Dijo que estas telas le darían muchas ideas y que quizá su estilo tomase un nuevo rumbo.

Por fin algo bueno le había sucedido y podríamos irnos a la cama, abrazarnos, besarnos y hacer el amor sin romanticismos, ni flores, ni brillantes. Solo él y yo desnudos.

3

Antonio Magistrelli, el presidente de la empresa, era encantador. Al principio de entrar en la agencia de modelos llegué a pensar que se había enamorado de mí. Me sonreía de una forma que creía que era solo para mí, con una comprensión que creía solo para mí; parecía que me protegería ante la adversidad, que me defendería ante cualquiera que deseara atacar mi trabajo. Me llenaba de euforia cuando me invitaba a comer o a las fiestas de alto copete. Mostrarse en público a su lado era como estar a la diestra del padre, todo el mundo me respetaba inmediatamente de una manera exagerada. Los diseñadores se fijaban en mí solo porque antes se había fijado Antonio. Su despacho era famoso por no albergar un solo papel, solo ordenadores, una pantalla gigante y fotos de chicas y chicos. Todo pasaba por allí, pero nada se quedaba. Algunos decían que era un genio negociando y a mí alguna vez también me lo había parecido.

Él era más o menos como su despacho: colores oscuros para los trajes, blanco para las camisas, cabeza rapada y deportivas siempre. Nunca cambiaba ni por dentro ni por fuera, como si hubiera venido al mundo exactamente así y fuese a marcharse de la misma manera. No me lo imaginaba de niño ni de viejo. Estaba en su edad, en su momento, en su estilo, en su biosfera perfecta. Todo lo contrario que Elías, que existía a regañadientes, como si este mundo no le convenciera absolutamente en nada.

—¿Qué tal están Karim y su esposa? —preguntó nada más verme entrar en su despacho, al día siguiente de mi llegada del ajetreado viaje de Nueva Delhi.

Todo había ido bien. Por supuesto no le conté que casi nos estrellamos en el viaje de vuelta porque a Antonio le aburrían las pequeñeces y las anécdotas, le distraían de los grandes planes que tenía en la cabeza para todos nosotros. Por eso me desconcertó que me pidiese que le contara minuciosamente las palabras, los gestos, si estaban o no contentos o cuántas veces habían preguntado por él Karim y Sharubi.

—Me dijeron que tenían un regalo para ti, pero que esperarían a que fueses para dártelo personalmente.

Antonio se quedó mirando a un punto en la lejanía del despacho, donde no había nada, solo una pared forrada de madera.

—Sharubi dijo que te esperaban y que se sentían muy decepcionados. Me pareció que era una manera de demostrarte su aprecio. Les gusta verte.

—Ya no me atrae aquello tanto como antes, el ambiente es muy bochornoso, asfixiante —dijo sacudiendo la cabeza para borrar ciertas imágenes.

—Claro —dije—. Los gustos cambian.

—Bien. Tengo mucho que hacer. Tienes un nuevo desfile en Berlín, un pase privado muy importante. Si les gustas, te llevarán a Nueva York. Ya sabes que el trabajo no está como hace dos años, ahora hay que pelearlo todo con uñas y dientes. Irina os acompañará a Manuela y a ti y os dará los detalles.

Irina era la mano derecha de Antonio. Era rusa y hablaba, además de ruso y español, alemán, francés, inglés e italiano. Era todo un espectáculo oírla saltar de un idioma a otro en las reuniones con diseñadores o modelos extranjeros. Cada quince días nos daba una charla a los chicos y chicas de la agencia en que acababa diciendo: «Sois modelos las veinticuatro horas del día, no lo olvidéis. Ni dormidos sois gente normal.» Cada palabra que salía de ella sonaba a sentencia. Era alta y de huesos fuertes: muñecas, hombros, clavículas, rodillas y pómulos. Tenía la cara picada por antiguos granos, entre los que deslumbraban los ojos, azules como dos zafiros en medio del barro. Le gustaban los trajes de chaqueta entallados por encima de las rodillas, los zapatos de tacón alto a pesar de su estatura, para darnos ejemplo, y solía recogerse el cabello rubio natural en una trenza que le caía por una espalda recta y altiva. En el fondo, Antonio lo dejaba todo en sus manos.

Regresé a casa mientras caía la noche, los coches entre las luces y la lluvia luchaban por ir a algún lado. Al llegar, Daniela me dijo que Elías había salido a comprar tubos de pintura, y que a mí me esperaba la masajista. Ya había deshecho las maletas, había lavado la ropa y había enviado a Rumanía la mantelería de doce servicios para que la vieran sus hijos.

La masajista se sorprendió de la alegría con que la saludé. Ella nunca comprendería el placer que sentí mientras pasaba las manos por todos los trozos de mi cuerpo unidos, bien ensamblados, un cuerpo entero que estuvo a punto de quedar esparcido sobre las laderas nevadas de las montañas marrones.

Cené sola delante de la televisión porque Elías debía de haberse despistado por ahí con sus pinturas; seguramente habría aprovechado para visitar alguna galería. Mientras tanto, Daniela me echó cuatro cosas en una bolsa para el viaje del día siguiente. Lo bueno de ser modelo es que la ropa está esperando allí donde vayas, no tienes que acarrear con ella. Pero lo malo era que de nuevo dejaba de estar con Elías, tenía miedo de que acabara sintiéndose abandonado y perdiera la ilusión por pintar.

Un coche nos recogió a Manuela y a mí en el aeropuerto de Berlín. Íbamos directamente a la pasarela. Por las ventanillas desfilaba toda la nieve del mundo. Irina había llegado en un vuelo anterior para prepararlo todo y nos había advertido de que por mucho frío que hiciese no se nos ocurriera llevar unas de esas botas enormes forradas de piel de cordero, porque quizá alguien nos fotografiase al bajar del avión o al entrar en el hotel, en cuyo caso debíamos parecer modelos y no leñadoras. Una modelo, en cuanto sale de su casa, ya está en una pasarela, repetía una y mil veces. Una modelo no siente frío, ni suda. Una modelo es como una bailarina del Bolshoi: jamás se le debe notar el sufrimiento. Una modelo es una flor que puede marchitarse al día siguiente y por tanto ha de aprovechar su esplendor al máximo, y más cosas por el estilo. Imaginaba el esfuerzo que debía de haber hecho Antonio para que me contrataran con Manuela. La agencia me estaba muy agradecida, y yo a la agencia por lo bien que nos había ido juntos durante estos años, pero ahora todo el mundo quería a Manuela.

Tenía diecinueve años y había entrado a los diecisiete. Era una chica de un pueblo de Córdoba que se reía por nada y más de una vez la había pillado en el baño pegándose unos tiros de coca. Era más racial que yo, morena, no necesitaba adelgazar ni medio gramo y tenía una cascada rizada de cabellos negros brillantes que casi le tapaban la cara. Cuando se retiraba el pelo aparecían sus excesivos ojos negros y los labios enrojecidos porque siempre estaba mordiéndoselos. Yo era más del montón, más versátil quizá, pero del montón de las modelos con ojos castaños y pelo castaño aclarado en rubio.

«Hasta que no reciba un par de disgustos esta chica no acabará de salir de su pueblo —decía Irina—. Eso o que se le cruce un cabrón en su vida.» Y un día en que nos llamó a su despacho para reprendernos porque no nos tomábamos suficientemente en serio nuestro trabajo, de paso le dijo a Manuela que quizá debería ir pensando en cambiar de profesión. Sinceramente la veía más como actriz. La chica lo interpretó correctamente como una patada en el culo, se puso a llorar y llorar y se encerró en el baño. Al día siguiente, en la sesión de fotos para *Vanity*, estaba seria, triste, pensativa y posó como nunca, con la mirada perdida, como si su mente continuara viviendo en otra parte —no se sabía cuál— mientras su cuerpo incansable obedecía al fotógrafo —«Ponte aquí, ponte allá, el cuello así, la mano asá»—. Irina, después de observar las fotos una y otra vez, se volvió a Manuela y le dijo: «Creo que aún tienes arreglo.»

«La belleza es lo primero —decía Irina—. Vosotras sois las sensaciones de los demás, no las vuestras. No tenéis corazón, el corazón solo sirve para sufrir y hacer sufrir», decía con algo de tristeza por Dios sabía qué desengaños.

Sabía de lo que hablaba Irina. Aprendí a disimular cualquier rastro de satisfacción y felicidad cuando comprendí que mi alegría entristecía a Elías y que mis buenas noticias le recordaban sus malas noticias y que mis ganas de pasarlo bien le dejaban solo en su melancolía. Sentía que disfrutar sin él era como una traición, y que como mínimo debía callármelo y no alardear. No debía pegar saltos para celebrar un contrato, y menos aún subir corriendo las escaleras hasta su taller para soltarle en la cara lo bien que me iba. Reto a cualquiera a que me demuestre que la desesperanza no es mil veces más fuerte que la felicidad.

En Berlín atardecía lentamente. El cielo lo atravesaban ráfagas rojas que se reflejaban en el hielo como hilos de sangre. De las bocas salía vaho. No sabíamos por dónde íbamos, cosa que a Manuela no le interesaba demasiado. En estos casos solía cerrar los ojos; daba por hecho que acabaría llegando a alguna parte, que alguien o el mismo viento la recogerían en un sitio y la depositarían en otro, como si fuera polen. Además la enorme cabeza del conductor, llena de rastas que movía siguiendo su propio tarareo, tapaba la visión frontal. Hasta que de pronto el coche paró frente a una antigua fábrica. Manuela se retiró el pelo de la cara y deslizó sus largas piernas fuera del coche. Bostezó, nada le sorprendía. Parecía que ya lo había visto todo en otra vida.

El interior era espectacular: techos enormes, hierro, madera, cristal. Muy bonito. Nos recibieron ayudantes vestidos todos de negro. El *backstage* era bastante amplio, con agradables sofás en terciopelo turquesa. Había chicas de otras agencias de todos los colores: asiáticas, negras, mulatas, rubias, pelirrojas, morenas. Casi todas habían llegado antes que nosotras y se estaban probando vestidos y bañadores.

Sentía el estómago revuelto por el frío, por el viaje y no haber comido, cuando Irina hizo acto de presencia. Me alegró verla. Aunque hubiese sido mi peor enemiga me habría alegrado ver a alguien conocido aparte de Manuela, que salió de un bosque de telas y perchas envuelta en su maraña de pelo y dando largas zancadas como un animalillo del bosque.

—Aquí está vuestra ropa. Ahora vendrán las modistas por si necesitáis algún arreglo —dijo Irina.

En dos horas llegarían los invitados al pase. Modistos, diseñadores, agentes, proveedores y gente rica y caprichosa.

—No creo que me quepa este bañador —dije angustiada como si hubiese retrocedido ocho años y estuviese empezando, aunque ahora era peor por ir llegando al final.

Y entonces Irina abrió el saco de sus frases preferidas, cuyo tono las hacía incuestionables.

—Jamás descubráis vuestras debilidades, vosotras sois perfectas —dijo llevándonos a un rincón a Manuela y a mí y poniendo sus huesudas manos sobre nuestros huesudos hombros—. Un escritor puede sudar, a un banquero se le puede abrir la camisa y enseñar un trozo de barriga. A los seres humanos les ocurren percances constantemente, pero vosotras estáis hechas de otra pasta. Sois de carne y hueso como todo el mundo, pero de otra carne y de otro hueso.

Manuela asentía. Dos toneladas de negra seda rizada se balanceaban desde su cabeza afirmando a las frases preferidas de Irina, a lo único que de verdad prestaba atención.

El tiempo pasó volando con las pruebas y los retoques, el maquillaje, la peluquería. Un enjambre de piernas, brazos, cuellos, manos y bocas, palabras urgentes, concretas, idiomas que se mezclaban. El momento de salir se acercaba. Manuela y yo desfilábamos la sexta y la séptima. Irina comenzó, como siempre hacía, a moverse despacio para infundirnos tranquilidad.

—El trabajo se ha hecho y vosotras estáis un metro por encima de la gente de ahí fuera. No lo olvidéis, sois de otra pasta. Ahora a pasarlo bien —dijo mirando con más énfasis a Manuela, que dijo que tenía que ir por última vez al baño.

Cuando volvió tenía otra luz en los ojos, se había transformado, era dueña de sí. ¿De dónde habría sacado la coca? Podría habérsela dado la misma Irina para que desfilara desenvuelta y segura. Y de hecho, cuando puso el pie en la pasarela dio la impresión de que la música redoblaba y que los invitados enmudecían para luego estallar en aplausos. La fragilidad e inocencia de Manuela podían resultar espectaculares. Parecía que los tacones fuesen a doblársele de un momento a otro, que fuese a caerse, que echase a volar, resbalaba en los ojos que la miraban. Irina estaba observándola entre bambalinas con una semisonrisa de admiración.

A mí el bañador continuaba quedándome pequeño, no me sentía a gusto. Respiré varias veces profundamente, e Irina me empujó con la mano en la espalda hacia un camino alfombrado e iluminado, observado por cientos de ojos, como tantas veces. ¿Cuántas veces habría hecho esto mismo? ¿Mil, dos mil? Nunca se me había ocurrido contarlas. París, Nueva York, Londres, Milán. Mi cuerpo encajaba en la pasarela igual que las muñecas rusas, igual que un guante. Era mi elemento natural, caminaba separada del resto del mundo, pero no tanto como para no notarlo cerca. Dejaba de pensar en cuanto sentía la música y las miradas sobre mí, en cuanto me convertía en el centro del mundo. Hay que dejarse devorar por el ritmo, la luz, la velocidad, la ropa, los zapatos; de lo contrario la pasarela te echa, te escupe y te tritura. No pasó nada de esto, iba bien, me olvidé de que el bañador me apretaba y de que los zapatos eran un número más grande y me dejé flotar un milímetro por encima de la moqueta. Los hombros y los brazos los movía el aire, estaba hecha de las ramas balanceantes de un majestuoso árbol verde. Mi piel estaba acostumbrada a distinguir la admiración, los susurros y los silencios favorables. Y ahora sentía cómo las miradas iban despojándome del bañador hasta dejarme desnuda y libre. Así que fue incomprensible lo que ocurrió a continuación.

Creo que llegué hasta la mitad, quizá un poco más, y de pronto me paré, me detuve, me paralicé, no en sentido figurado, sino literalmente paralizada: no podía moverme, me era imposible dar un paso. Al principio la sala enmudeció, pensaban que era un recurso para fijar más la atención del público, incluso alguien soltó un aplauso. Sonreí mecánicamente, oía en mi cabeza la voz de Irina diciéndome «Sonríe, maldita, sonríe, ¿es que no eres divina?». Pero según pasaban los segundos y yo continuaba paralizada, la gente comenzó a removerse en los asientos. Ahora oía fuera de mi cabeza la voz alterada de Irina, que me animaba «¡Venga, venga, avanza!». Como si fuera tan fácil hacer algo que no puede hacerse aunque todo el mundo lo haga. No sabía qué hacer. ¿Llorar? ¿Pedir ayuda? ¿Gritar que me había quedado clavada en el suelo? Intentaba con todas mis fuerzas andar, pero era imposible. Los zapatos, una talla más grande, eran cemento subiéndome desde la planta por las piernas y los muslos. Le pedí a mi buena suerte que me echara una mano. La gente me miraba desconcertada. Yo dirigía la vista al frente, al final de la pasarela, al objetivo fácil de cumplir para la mayoría de la humanidad menos para mí, algo que acababa de marcarme como diferente.

Aunque seguramente se trató de dos minutos, en una pasarela dos minutos son una eternidad. Empezaron a salir chicas que me rodeaban, iban y volvían, música más alta, sensación de caos y alegría que me revolvía el estómago. El vestido de gasa de Manuela me rozó el brazo y la pierna. «¿Qué te pasa?», dijo fugazmente. En ese momento los anfitriones estarían poniéndome a parir, estarían llamándome loca y puta. Traté de no desesperarme y respiré profundamente cuatro o cinco veces, aguanté hasta que logré poner un pie delante del otro. Comencé milagrosamente a andar como las otras chicas. Qué fácil era y qué difícil había sido. Era como si regresara de una larga enfermedad. Sentí un alivio sobrenatural. No me atreví a llegar al final y regresé sobre mis pasos. Las chicas continuaban saliendo, por lo que la gente había perdido el interés por mí.

Irina me esperaba con los brazos cruzados y ojos chispeantes.

—Y ahora esto —dijo—. ¿Pretendes hundir la agencia?

Negué con la cabeza mientras me quitaba el bañador.

—¿Entonces?

—Me ha dado un calambre, no podía moverme. Es la primera vez que me ha pasado en mi vida.

Tendría que haber llorado, pero estaba demasiado alarmada para llorar. Prefería decirle lo del calambre a una verdad que sonaba absurda; ni siquiera yo estaba segura de lo sucedido, porque de ser cierto que las piernas me habían fallado me habría caído al suelo como una muñeca de trapo. Lo que era seguro es que este suceso no me beneficiaba absolutamente en nada. Ya no era inmortal y cuando llegase el momento de renovarme el contrato se lo pensarían dos veces.

En el vuelo de regreso a Madrid, Manuela e Irina se sentaron juntas, y yo lo preferí porque necesitaba vigilar mi cuerpo como si yo fuese mi propia hija pequeña. Probaba de vez en cuando a andar por el pasillo y estaba pendiente de mover las piernas constantemente. Manuela ni siquiera me preguntó qué me había ocurrido. No le importaba o ya se le habría olvidado. Todo lo que no tenía que ver con ella se desvanecía en cuestión de segundos. Para ir al lavabo debía pasar por sus asientos y la veía hecha un ovillo y con la cabeza apoyada en el hombro de Irina. Ni siquiera me veía pasar, solo existían ella y la persona que, en este momento, más podía ayudarla en su carrera: Irina.

Tampoco se lo conté a Elías, no me habría creído. Me habría dicho que eran aprensiones tontas, el miedo a la pasarela, un ataque de ansiedad. Además, cuando llegué a casa me recibió entusiasmado porque su estilo estaba encontrando el ansiado tono. Y ni siquiera me miró a los ojos. Me miraba cuando se sentía destruido y solo. Daniela me preguntó intrigada si había tenido bastante con la ropa que me puso en la bolsa y si había comido como Dios manda. Dijo que notaba que algo iba mal en mí.

Era lo más terrorífico que me había ocurrido nunca. Fueron unos minutos que me invadieron de un miedo nuevo, desconocido; no miedo a la muerte como cuando el avión de Nueva Delhi casi se estrella, ni miedo a perder a Elías, ni a que le sucediese algo malo a mi familia. Era miedo a mí misma, a una Patricia que había dentro de mí indefensa y fuera de control. Se había abierto una puerta a un mundo incierto. Y no volví a conducir, me daba pánico quedarme paralizada en medio de la autopista.

A los dos días de mi regreso de Berlín decidí pedirle una cita a mi médico de cabecera, que me conocía desde niña y que era el único que no preguntaba si comía y si me drogaba.

Volver al ambulatorio del barrio donde habíamos vivido, hasta que me marché de casa y mis padres se fueron a vivir su jubilación al campo, era como regresar a una realidad cándida y a los peligros normales de la vida. El doctor tardó un poco en situarme entre los cientos de pacientes que pasaban por sus manos porque yo había crecido y me había hecho una mujer y él continuaba más o menos igual, estancado en mi pasado del que solo habían cambiado los asientos de la sala de espera.

Cuando por fin me reconoció me pellizcó en la mejilla como en aquellos días cuando yo era pequeña y él era como ahora, aunque ya no llevaba aquellas gafas grandes y cuadradas como dos ventanas.

Le conté que era modelo y que desfilando me había quedado paralizada.

—Voy a mandarte analíticas y pruebas neurológicas, pero no tienes de qué preocuparte. —Me miró atentamente las uñas y el blanco de los ojos—. No te pasa nada. Estás en esa edad tan mala que llaman de realización personal. Yo también he pasado por eso. Estudios, oposiciones, prácticas, rutina, ambición, destacar, conformarse, es un infierno. Lo más probable es que todo se trate de un mensaje que te estás enviando a ti misma porque no te gusta la vida que llevas. ¿Eres feliz?

Menuda pregunta. Era más que feliz, me consideraba una persona con una vida maravillosa. Y siempre había sido así. Por supuesto tenía una profesión con inconvenientes, estrés, sin horarios, de avión en avión, de hotel en hotel, a veces no sabía ni dónde estaba. Los lloros y los nervios rotos eran habituales. Las modelos comíamos poco y el trabajo era extenuante y había que sacarle el máximo partido; siempre nos estábamos examinando, no se nos consentía un solo fallo. También eran habituales los desmayos, la anorexia y la bulimia. Yo batí mi récord cuando me desmayé cuatro veces en Ibiza al principio de mi carrera en unas interminables sesiones para un catálogo de biquinis. No sabía qué me pasaba, de pronto empezaba a nublárseme la vista y sentía que salía de este mundo y todo se volvía negro, completa y absolutamente negro. Entonces tenía diecisiete años y el desmayo no me daba miedo, me parecía incluso agradable porque no me dolía nada, solo me desvanecía en el vacío. Cuando me despertaba tendida en el suelo había gente a mi alrededor poniéndome hielo, y siempre alguien decía que había sido una lipotimia. Así que me bebía una cocacola y seguía posando. Pesaba cuarenta y cinco kilos y no pasaba hambre. Eso del hambre es un mito. Para matar el estrés fumaba y no me acordaba de comer. Mi estómago trabajaba con poca cosa, con ilusiones, ambición y algunos desengaños, más que con pan. Comía porque me ponían la comida delante, pero no salía de mí entrar en una pastelería, no sentía que me privase de nada. Tampoco me daba asco la comida —apreciaba unas buenas croquetas—, simplemente en esos momentos no se encontraba entre mis intereses más próximos. Me aficioné a comer más cuando empezó mi relación con Elías. A él le gustaba que nos citásemos en algún restaurante, que leyésemos la carta y eligiésemos un par de platos cada uno y que bebiésemos vino en grandes copas. Y así era como me había puesto en los cincuenta kilos. Quizá sin saberlo, estaba tan preocupada por mi aspecto que de pronto, sin darme cuenta, el organismo se me había bloqueado en la pasarela.

Estaba deseando que llegara la primavera, las hojas verdes, las flores, sentarme en el jardín a tomarme el café. No soportaba el frío, que además me recordaba el suceso de Berlín y la vergüenza más grande que había pasado en mi vida.

Solo Daniela se enteró de que estaba haciéndome un chequeo. No quería preocupar a Elías innecesariamente y que cayera en una etapa improductiva y apática. Era muy vulnerable a los contratiempos y a que algo cambiara en el día a día. Y el hecho de que yo pudiera estar enferma le trastornaría completamente y yo tendría un problema más. Así que me alegré mucho de mi decisión cuando los resultados de los análisis dieron negativos, lo que en cierto modo no resolvía nada, puesto que continuaba sin saber qué me había pasado.

El médico metió todas las pruebas en un sobre y dijo satisfecho:

—Lo que imaginaba. Trata de que los problemas te afecten lo menos posible.

—¿Quiere decir que soy demasiado sensible?

—Somatizamos mucho más de lo que nos imaginamos, créeme. La propia biología está condicionada por mecanismos psíquicos que provocan situaciones de alerta. A veces puede llegar a ser un grito de peligro. La fuerza de lo irracional es muy fuerte. En resumen, los demonios no nos dejan vivir.

Salí del consultorio tratando de recordar por qué las palabras del médico me sonaban tan familiares, enlazaban con algo escondido entre las sombras de mis miedos. Tuve que tomar un taxi y que se me cerraran los ojos oyendo la radio para abrirlos de golpe en un semáforo en rojo. Sentí un fogonazo: Viviana, la mujer del avión de Nueva Delhi, soltándome aquella extraña frase en medio de la tormenta: «hay alguien que quiere que mueras». Quizá se refería a esto, a haberme quedado paralizada y aterrada. Entonces no hice caso y ahora querría saber más. Dijo que no veía claro si quien me deseaba el mal era un hombre o una mujer. Cuántas horas con ella desperdiciadas. Ni siquiera le pedí su número de teléfono. Y no le di importancia al dibujo que me hizo en un papel y que dijo que me protegería. ¿Cómo iba a tomarme en serio algo así? ¿Y por qué no? La conocí viniendo de un país con hombres santos y vacas sagradas por la calle. Del país que inventó el yoga y la meditación, el ayurveda y la depilación con hilo. Viviana era la única persona de este mundo que había sospechado que algo malo me rondaba, y el médico había descartado que fuese una enfermedad. Y los dos habían coincidido, sin conocerse ni tener nada en común, en que a veces el cuerpo hace más preguntas y da más respuestas que la mente.

Necesitaba encontrar a esa misteriosa mujer. Si me dio aquel dibujo sería porque creía que lo necesitaría. ¿Dónde estaría? No recordaba haberlo tirado. Vacié el bolso que llevé en aquel viaje a la India, miré en los bolsillos de los pantalones que pude haber llevado, de las chaquetas, de los abrigos. Un simple papel me hizo perder toda la mañana y desordenar el armario, que Daniela tendría que volver a organizar.

4

Qué difícil era ponerse en el lugar de los otros. Al principio consideré a Viviana un ser extravagante, un incordio para poder salir al pasillo del avión, y ahora necesitaba encontrarla desesperadamente, algo me decía que ella podría ayudarme a descubrir lo que me había ocurrido y lo que podría ocurrirme.

Así que, sin darle muchas más vueltas, como si la parte del cerebro que antes se me había bloqueado ahora me ordenase actuar, me dirigí a las oficinas de atención al cliente del aeropuerto. Tenía el número de vuelo y de asiento y el nombre de Viviana, lamentablemente sin apellido.

En el mostrador había una chica de mi edad que hablaba por teléfono ajena a lo que ocurría en la oficina, seguro que daría lo que fuese por volverse invisible y que no la molestaran. Trató de no mirarme, de no verme, de que yo no existiera. La descarté inmediatamente. A un metro de ella un hombre de unos cincuenta años estaba dirigiéndose a una señora de una manera rigurosa y distante, dejando bien claro que no pensaba hacer nada que se saliera de lo imprescindible. Solo me quedaba un chico que tecleaba el ordenador con muchas ganas. Fui hacia él sonriente, despacio para que fuese acostumbrándose a mí. Le resumí las angustias de un vuelo, que sin duda tuvo que quedar registrado como peligroso, y le conté que cuando pensábamos que íbamos a estrellarnos la señora, que ocupaba el asiento de al lado, me confió un sobre con bastante dinero para que en caso de que ella muriese se lo entregara a alguna institución benéfica. Después con todo el lío nos olvidamos del dinero y ahora querría devolvérselo.

—No puedo dormir desde entonces —dije—, no quiero tener nada que no sea mío.

¿Le sonaría convincente?

—No estamos autorizados a dar esa información —dijo mirando al mayor con dudas sobre lo que hacer.

—Por favor —insistí—. Seguro que ella tampoco duerme pensando en cómo recuperarlo.

Volvió a teclear en el ordenador, lo que me animó a sentarme en el silloncito que había ante su trozo de mostrador.

—De estar tan preocupada se habría puesto en contacto con nosotros, y no lo ha hecho.

—¿Cómo puede estar tan seguro? Alguno de sus compañeros ha podido atenderla como ahora usted a mí y no tomar nota. No sería tan raro, ¿no?

Les echó una ojeada a los compañeros y negó con la cabeza. No, no sería tan raro.

—La reserva la hizo Viajes Universal, si estamos hablando de la misma Viviana.

Llegué a la dirección de la agencia de viajes en el paseo de la Castellana casi a punto de cerrar y de oscurecer. Se me habían olvidado los guantes, lo que me fastidiaba porque también era modelo de manos y debía conservarlas satinadas, hidratadas, sin una rojez ni un rasguño, perfectas.

En Viajes Universal comprobaron que la reserva se había hecho desde la sucursal de Barcelona, y desde allí le pidieron el consentimiento a Viviana para que yo pudiera llamarla. Me sentí aliviada, como si hubiese resuelto un gran problema, sin darme cuenta de que estaba creando un gran enigma.

Demasiado trabajo para localizar a una desconocida, quizá chalada. En lugar de estar en el gimnasio haciendo abdominales, perdía el tiempo tras una sombra en la que estaba poniendo una esperanza sin sentido. Al llegar a casa les di un baño de parafina a las manos y cené con guantes, un tipo de cosas que Elías soportaba de mala gana.

5

Tuve que mentirle a Elías, le dije que tenía un trabajo urgente en Barcelona y rogaba que a Irina o a alguien de la agencia de modelos no se le ocurriera llamar preguntando por mí, porque si había algo que él no me perdonaría era una mentira. «Eres un ángel», me decía abrazándome y besándome en los momentos de euforia y felicidad que aparecían repentinamente en nuestra vida. Habría dado cualquier cosa por saber cuál era el secreto que desencadenaba el brillo de sus ojos, sus ganas de cambiarse de pantalones y que saliéramos por ahí, la atención con que escuchaba mis historias con Irina, Antonio, las pasarelas, los fotógrafos, que yo sabía que le aburrían a muerte. En ese momento le parecía un ángel y no quería meter la pata y hacer algo que destruyera esa bella imagen de mí.

Tampoco sabía qué mecanismo le empujaba a bajar algunas veces de su estudio lentamente, muy lentamente, como anunciando su llegada. Dejaba caer con fuerza un pie en un escalón, otro pie en el siguiente haciendo retumbar la madera, hasta que ese ritmo, como de tambor, como de tormenta lejana, iba agitándome, iba metiéndoseme en el vientre, en los pechos, en los muslos, sentía que ya estaba acariciándome, y la respiración se me agitaba.

Desde la escalera hasta donde yo estaba las pisadas resonaban en la tarima espaciadas, contundentes. Me buscaba sin hablar por la cocina, el salón, las habitaciones, los baños. Yo no decía nada, solo respiraba todo lo despacio que podía esperando que me encontrara. Si Daniela estaba por allí, ponía alguna vaga excusa, que nadie escuchaba, para salir de casa y no regresar hasta tres horas más tarde.

No me movía esperando la tormenta, la ola gigante, que casi me ahogaba, la mirada de intimidad absoluta, más turbia de lo habitual, solo para mí, solo entre esas cuatro paredes. ¿Quién era el ángel y quién el demonio? Con esa nueva oscura mirada extendía la mano y me señalaba el suelo o la pared.

Por encima de todo lo que la vida nos tuviese preparado, aquello era angustiosamente verdadero.

Tomé un AVE a Barcelona a las once de la mañana con un sol frío como el cristal. Durante el viaje dormí a ratos y contemplé el paisaje preguntándome cómo sería a los cincuenta años y qué estaría haciendo y cuántas cosas me habrían ocurrido y si me acordaría de ese momento.

Desde la estación de Sants un taxi me llevó a la dirección de Viviana.

Viviana no solo no había tenido ningún inconveniente en darme sus señas, sino que dijo que esperaba mi llamada.

Recorrimos unos veinte kilómetros y nos metimos por una zona con naves industriales y pisos de los años sesenta. El abrigo me molestaba. Desde el mar llegaba un viento cálido, húmedo y ligeramente perfumado por las plantas por las que pasaba que contrastaba con el paisaje. Era algo así como un vagabundo envuelto en perfume.

Nos costó dar con la calle y el número por una enrevesada planificación del barrio. Y cuando el taxi me dejó sola y dio la vuelta pensé que estaba loca y que solo la inseguridad y el miedo estaban uniendo mi percance en la pasarela de Berlín con la extraña frase que Viviana me dijo en el avión y con este lugar, pero es que no tenía nada más a lo que agarrarme. Aunque habría necesitado el punto de vista de Elías o quizá de mi hermana Carolina, no recurrí a ellos porque sabía que tratarían de quitarme de la cabeza venir hasta aquí, y yo en el fondo quería venir. Encontrarme con Viviana era tan irremediable como la salida del sol, de la luna, respirar. Mi vida, con lo bueno y con lo malo, con los errores y los aciertos, me había traído hasta aquí.

Llamé al telefonillo temiendo que no estuviera. Tuve que dar dos timbrazos más hasta que abrió el portal un hombre de unos setenta años oliendo como si saliera de una catedral. Me sujetó la puerta y sin necesidad de preguntar me dijo que Viviana estaba en el tercero. «Tiene la puerta abierta.»

Después de tres horas sentada en el tren me vino bien subir las escaleras a pie. Solo había una puerta y estaba entornada. Por la abertura se escapaba el mismo olor que arrastraba el hombre que me abrió abajo, y penumbra, fresco de gruta. En la madera de la puerta había grabada una virgen. La empujé despacio y con aprensión. A ras del suelo del pasillo surgieron dos ojos amarillos con pupilas negras verticales. Llamé a Viviana desde la puerta. Del techo colgaban ramas. El gato se tumbó en el suelo impidiéndome el paso. Normalmente lo habría cogido en brazos y le habría hecho unos cuantos arrumacos, pero no sé por qué no me atreví.

Cuando Viviana apareció, la vista se me había ido acostumbrando a la semioscuridad. Algunas de las ramas que colgaban estaban secas y otras iban secándose. Viviana avanzó hasta mí apartándolas con las manos, como si atravesara la selva. Y en cada movimiento se desprendían ráfagas de distintos aromas. Sería aficionada a la botánica, puede que fuese bióloga. Me había precipitado al pensar que sería psicóloga solo porque había hablado de mí y de mi vida. Rompió la regla por la cual cuando estamos con otros continuamos hablando de nosotros mismos, no escuchamos, solo esperamos el turno para volver a hablar de nosotros. Sin embargo, Viviana en aquel avión me cogió las manos y se preocupó por mí.

—Imaginaba que vendrías un día u otro —dijo zarandeando el gato con el pie—. Cierra la puerta, las vecinas son muy cotillas.

Los seguí y aparté las ramas con cuidado, aun así el gato se volvió para vigilarme.

—Se llama *Kas* —dijo Viviana leyéndome literalmente el pensamiento o porque todas las visitas tenían la misma reacción que yo—. Esta es Patricia —le dijo al gato—. Tenemos que ayudarla. No sabe qué le pasa porque no sabe si está en Marte o en la Luna. Es muy joven y no sabe sufrir.

El techo del salón también estaba tapizado de ramos de hierbas, rosas y otras clases de flores secas que caían como lámparas. Algunos también estaban sujetos en las paredes y esparcidos por encima de las mesas. La puerta de la terraza estaba abierta y atada a la barandilla había una pantalla de brezo bastante alta.

—La gente es curiosa y miedosa. Creo que me comprendes —dijo leyéndome de nuevo el pensamiento o siguiéndome la mirada. Para penetrar en la mente ajena, como ella hacía, tenía que haber desarrollado mucho el sentido de la observación.

Se ponía y se quitaba unas gafas que le colgaban sobre los enormes pechos con una cadenita.

—Por fin encontró las malditas gafas —dije intentando hacer una gracia.

Nos sentamos, y yo cada vez sentía más frío. El gato saltó al regazo de Viviana con la cabeza dirigida hacia mí.

—Tendría que vivir en una casa de campo o en una casita de pescadores junto a la playa, allí se podrían secar mis plantas al aire libre y hacer limpiezas espirituales simplemente con la luz de la luna. ¿Sabes lo que puede hacer la luz de la luna sobre un espejo en un lugar sin antenas ni interferencias?

Sentí un escalofrío y me eché el abrigo por los hombros. Nunca se me habría ocurrido preguntarme tal cosa cuando me maquillaban a toda pastilla para salir a la pasarela.

—Cuando nos conocimos en el viaje creí que era psicóloga y que volvía de un congreso.

—Y yo jamás imaginé que fuese a toparme con alguien como tú en un avión. Te ronda una sombra muy grande que va tragándose la tuya. Pero maldita sea —continuó—. Lo malo de saber ciertas cosas es que te haces responsable de lo que sabes. Es terrible. Es mejor ser un ignorante.

Puso las manos sobre una varita de incienso humeante y se las frotó. Luego se las pasó por la cara.

—Regresaba de visitar un monasterio, un centro espiritual de gran poder cuando te encontré. Pensé que la providencia te había cruzado en mi camino para que te ayudase. Mi psicología es de otra clase, ¿verdad, *Kas*?

El gato la miró y luego me miró a mí. Parecía que arrancaría a hablar de un momento a otro.

—No soy una terapeuta. No pretendo curar tu dolor. Me limité a avisarte. Me dedico a las plantas medicinales, a hacer cosméticos naturales, pomadas para los hematomas, ruedas de energía y protecciones contra los pensamientos y deseos negativos y perversos. Siempre es mejor prevenir que curar.

No me atreví a preguntarle si era una bruja, una vidente o una chamana para no meter la pata, quería caerle bien.

—Estoy acostumbrada a las sombras, y el sabio *Kas* me ha enseñado a ver en la oscuridad. Si quieres, puedo guiarte a través de las tuyas.

El gato se estiró sobre su ama y a continuación saltó sobre mí. Pesaba bastante y me miraba a los ojos analizándome.

—¿Por qué cree que puede ayudarme?

—Si has venido hasta aquí —dijo Viviana haciendo un pequeño atado de hierbas con las manos lle-

nas de los mismos anillos que llevaba en el avión—
es que algo te preocupa mucho.

Mientras le contaba que me había paralizado en
un desfile de ropa bastante importante en Berlín sin
ninguna explicación médica, le pasé la mano por la
cabeza a *Kas*. Sentí un movimiento de aprobación.

—El mal, hasta que no nos hiere o nos mata, no
suele dar la cara, de lo contrario podríamos luchar
contra él e incluso vencerle.

—Pero a mí ya me ha hecho daño.

—No, solo te está rondando, está midiendo tu
fortaleza. Esto no ha hecho nada más que empezar.

Estaba casi tiritando, sin embargo a Viviana le sudaba la frente. No parecía que hubiese calefacción
en la casa, ¿o no tiritaba por el frío?

—Pero ¿por qué va a querer el mal algo de mí?
Solo soy una modelo aspirante a actriz que hace lo
que le dicen: ponte ese vestido, siéntate ahí, mira
para ese lado, sonríe, no sonrías. Abandoné los estudios al terminar el instituto. No me gusta estudiar,
no pierdo el culo por saber cosas. Lo que más me
interesa es que todos vivamos bien, mis padres, mi
hermana, mi marido y yo, y no pasarme de peso.

Nada más decir esto me quedé vacía, con el estómago triste como cuando no he comido lo suficiente
o he comido demasiado. Nunca había dicho tan clara-

mente en qué consistía mi vida. Jamás se me había pasado por la cabeza hacer algo distinto a lo que hacía.

—Me parece que tenemos mucho trabajo por delante —dijo dirigiéndose a *Kas*. Él maulló.

Todas las mesas tenían las esquinas redondeadas, seguramente para que Viviana no se las clavase en los muslos cuando se desplazaba por la casa. Seguía vistiendo toda de blanco, ahora con un amplio vestido hasta media pierna, medias mangas y manchas de sudor en las axilas.

—La ropa me la hace una modista que vive por aquí cerca —dijo sonriendo y demostrándome por tercera vez que podía leerme el pensamiento—. Toma, esta crema te curará cualquier herida. Tiene luz de luna llena.

La cogí con la idea de tirarla en la primera papelera que encontrara, porque desde que conocí a Irina solo usaba una crema que ella personalmente encargaba en Suiza para todas las chicas de la agencia.

—Pero ¿qué puedo hacer para que no me pase nada?

—Debes rebajar el miedo al mínimo, porque el miedo es caníbal, se alimenta de la inteligencia, la devora y no te quedará suficiente para aprender y existir en toda tu plenitud. Cuando tengas miedo expulsa todo el aire que puedas en una bolsa de plástico, ciérrala fuerte y tírala lejos. Luego levanta la mano al cielo y coge un trozo, no olvides que también es tuyo.

—¿Y cómo sabré que me he curado del miedo?

—Porque no necesitarás buscar a alguien como yo.

Me cobró trescientos euros por todo y se levantó para acompañarme a la puerta.

—Lo siento —dijo—, no te dije cuál era mi tarifa.

Me parecía bien que tuviese una tarifa. Daba sensación de seriedad y compromiso, no quería que fuese una charla entre amigas. Siempre me habían puesto nerviosa las confesiones íntimas entre amigas, sobre todo entre modelos. Si lo pensaba bien no había tenido tiempo de conservar las amistades del instituto. La verdad es que me daban un poco de aprensión esos momentos en que a los catorce o quince años nos emborrachábamos y empezábamos a quitarnos ropa y a decir por qué chicos nos dejaríamos hacer de todo. Y entonces Lidia, una compañera de clase, con el rímel corrido y los labios brillantes y resbaladizos, empezó a contar cómo el hermano de su madre, que vivía con ellas, empezó a sobarla a los once años, a meterse en la cama con ella a los doce y que a los catorce tuvo que abortar; por eso no pudo presentarse a aquel examen de educación física. Y por eso suspendió medio curso. Su madre estaba enfadada con ella porque quería saber quién había sido el responsable, pero Lidia no quería darle un disgusto mortal confesándole la verdad.

Habría preferido no saber, cuando me encontraba con ella por los pasillos vestida con sus envidiables cazadoras y medias de rejilla, que su vida era un infierno sórdido y horrible.

Le dije a *Kas* adiós con la mano porque pensé que este gesto le gustaría a Viviana. Según iba bajando las escaleras empezaba a sentir la temperatura normal de la calle y la luz natural. En el portal una pareja se besaba y se separaron unos milímetros para mirarme. Yo era consciente de que arrastraba el olor de la casa de Viviana.

Me quedé mirando la fachada, una construcción vulgar con ventanas pequeñas que ni siquiera tenía ascensor. Levantando la cabeza podía ver parte del brezo de la terraza. En los bajos había un taller mecánico, una frutería, un local cerrado y un bar en la esquina. Tendría que buscar una calle más grande y concurrida para encontrar taxi, pero antes entraría en el bar a tomarme una botella de agua, algo de comer e ir al lavabo. Podría haber ido en casa de Viviana pero con lo que había visto había sido suficiente. Ahora necesitaba algo normal, un bar con el mostrador de chapa.

El del bar, apoyado en una repisa llena de botellas, aburrido y con ganas de charla, me indicó dónde buscar taxi. Fui hasta la parada dando un paseo. Iba bien de tiempo, y además llevaba deportivas y vaqueros y tenía muchas ganas de moverme, de correr. Llegaba el eco húmedo de un mar lejano. ¿Por qué había venido hasta aquí? ¿Qué me había empujado a buscar este sitio, que era el colmo de la realidad, considerando la realidad como algo con lo que uno nunca habría soñado?

Viviana me había dicho que no pretendía curar mi dolor. Ahora me venían a la mente cosas que tendría que haberle preguntado: ¿qué dolor? Jamás he sentido ningún dolor. Yo no era como mi amiga Lidia del instituto ni como otra gente traumatizada o desgraciada. En el fondo, Viviana no me había resuelto nada.

Para entretenerme durante el viaje de regreso, abrí por curiosidad el tarro de crema y para mi sorpresa no había nada; quizá era luz de luna, una tomadura de pelo. O una manera de decirme que las heridas tendría que curármelas yo, lo que significaba que todos escondemos alguna.

6

A los quince días de nuestro encuentro empecé a pensar que Viviana podría tener razón: a la paralización que había sufrido en Berlín le siguió una extraña cadena de accidentes.

El 25 de marzo casi me atropella un coche en la calle Juan Bravo.

Venía andando con mi hermana Carolina desde el despacho de mi gestor financiero, de firmar unas facturas y de escuchar unas explicaciones laberínticas sobre formas de mejorar mis inversiones, menos mal que Carolina era muy lista y me evitaba tener que prestar mucha atención. Nos separamos porque ella tenía una cita y yo quería continuar estirando las piernas hasta la agencia de modelos para firmar un contrato. Después me vería con Elías en nuestro restaurante favorito, un marroquí con solo diez mesas y una lista de espera de casi un mes. Desde hacía un tiempo le costaba un poco salir de casa, decía que era donde mejor se cenaba y donde más relajado se encontraba, conmigo en el sofá quedándonos dormidos mientras veíamos la televisión. Solo le gustaba ir a las fiestas de su hasta ahora representante o a las exposiciones donde acudían críticos de arte. Creo que le parecía una pérdida de tiempo tener que ir hasta un restaurante para vernos los dos solos cuando podíamos vernos en casa, pero a veces lograba convencerle y me parecía que volvíamos al principio de nuestra relación, cuando podía pasarme una hora mirándole a los ojos entre un montón de gente.

La primavera comenzaba a asomar por fin con lluvias ligeras y sueltas como la de hoy. Había cambiado el abrigo por una cazadora de piel y un fular anudado al cuello con tres vueltas. Quizá el suelo estaba mojado. Quizá iba distraída y no esperé lo suficiente para cruzar la calle. No me di cuenta de que un coche venía hacia mí, y sobre todo no me percaté de las intenciones del conductor. De repente aceleró. Quería atropellarme. ¿Qué impulso, qué demonio le obligó a pisar el acelerador? Tuve que tirarme sobre la acera para que no me matara.

El conductor y yo cruzamos una mirada un segundo antes de acelerar. Después miró por la ventanilla y titubeó si parar o no hasta que derrapó y logró frenar en seco. Mi bolso se había desparramado en la calzada. Vino corriendo y me ayudó a levantarme y a recoger las cosas. Me sujetaba por el brazo y me preguntó si quería que llamase a una ambulancia.

—Toda la culpa es mía, no la he visto. Lo siento mucho —dijo con cara aterrada—. El suelo está mojado.

—Sí me ha visto. Me ha visto y ha acelerado. ¿Por qué? —dije soltándome de su mano.

Era un hombre de unos cincuenta años con bigote entrecano y pelo negro y gemelos en los puños de la camisa.

—No sé qué me ha pasado. Ha sido como si un pie invisible pisara el acelerador. Trabajo en ese banco de enfrente. Si quiere puede entrar a sentarse, pero le ruego que no comente nada de esto a mis compañeros.

—¿Es que le he recordado a alguien a quien odie?

—No, por Dios, no es eso. Tengo una hija de su edad y si alguien le hiciera lo que yo le he hecho a usted lo mataría.

Le dejé con la palabra en la boca, mirándome. Un hombre harto de su trabajo, de la rutina, de los clientes y de un dinero que no era suyo. Seguramente tenía ganas de cargarse a alguien. Podría ponerle una denuncia, pero entonces perdería la tarde. Ya no tendría tiempo de pegarme una caminata tal como tenía pensado hasta la agencia y después hasta el restaurante, con paradas en las tiendas que más me gustaban. Lo dejé pasar.

Elías llegó con media hora de retraso. Se dejó caer con desgana en el asiento alfombrado con kilims y se puso a consultar la carta —que nos sabíamos de memoria— como si tuviera que grabársela en la mente. Así que casi agradecí tener algo que contar. Procuré darle todo el dramatismo y la viveza que como actriz debía darle, pero Elías no estaba allí, ni conmigo. Me escuchaba sin alterarse, sin indignarse porque a alguien se le hubiese cruzado la idea de matarme.

—Seguramente no te ha visto —dijo, molesto por tener que reaccionar de alguna manera.

—Sí me ha visto. Me ha visto y ha ido derecho a embestirme —dije levantando la voz para que me escuchase, para sacarle de sus pensamientos, para importarle como las primeras veces que veníamos a este sitio.

—¿Y por qué no lo has denunciado en el momento? Ahora poco puede hacerse. Bueno, puedo ir a partirle la cara. ¿Quieres que haga eso?

Negué con la cabeza. Siempre que venía aquí disfrutaba enormemente con la pastela. Tenía la cantidad justa de almendra y azúcar, y era la única licencia dulce que me permitía. Pero ahora se me había hecho una bola en la garganta y necesité dos copas de vino para volver a tragar.

—Mañana voy a ir a darle dos hostias a ese cabrón.

Le cogí la mano. Le dije que quizá había exagerado y que afortunadamente no había pasado del susto. Conseguí que continuara cenando y saboreando la deliciosa pastela, que a mí ya no me apetecía.

Condujo hacia nuestra casa con la mirada fija en la carretera. Achaqué su comportamiento a que algo no debía de haberle salido bien. No me atreví a preguntarle si se había entrevistado con otro marchante o con algún galerista. Lo que sí le dije, para animarle, es que existían muy pocos artistas vivos que vendiesen a tantos coleccionistas anónimos como él y que estaba segura de que Jorge, su ex agente, consideraría seriamente volver a representarle.

—Por favor, deja eso —dijo con infinito cansancio.

En momentos como este me dolía profundamente que la vida, pudiendo ser mejor, no lo fuese. ¿Sería este el dolor del que Viviana no podía curarme?

7

El siguiente accidente, este con consecuencias, ocurrió el 10 de abril.

¿Quién puso allí esa butaca? Y sobre todo, ¿quién le desencoló las patas? Era un sábado por la tarde y habíamos ido a visitar a mis padres a su casa de la sierra. El tiempo empezaba a mejorar y hacía sol. Con las lluvias, el campo estaba terriblemente verde y lleno de flores, margaritas gigantescas, amapolas sangrientas. Desde que mi padre se prejubiló prácticamente se habían instalado allí. Tenían un par de gatos que correteaban por el jardín y una huerta con tomates, pimientos, berenjenas. Los árboles frutales daban albaricoques y unas enormes ciruelas rojas. Las rosas lo inundaban todo de perfume, las abejas se ensimismaban en el aire. Cuando no tenía que viajar ni posar para reportajes —como mínimo dos o tres veces al año—, Elías y yo íbamos a pasar el fin de semana y a tirarnos literalmente en brazos de la naturaleza. Durante el trayecto él canturreaba y de vez en cuando me apretaba la mano o la rodilla. Me miraba de reojo y decía que tenía muchas ganas de tumbarme entre el trigo y follarme.

Nos dábamos una buena caminata por la mañana por senderos trazados entre los sembrados haciendo planes para cuando Elías lograse destacar en su trabajo, y casi siempre volvíamos yo con la espalda señalada por los tallos de las espigas, y él las palmas de las manos. Luego Elías pintaba un poco y yo ayudaba a mi madre con las conservas o a mi padre en la huerta, siempre con guantes de granjera. Con el tiempo, mis padres habían decidido acostumbrarse al yerno que les había tocado en suerte. Sobre las dos y media comíamos y después nos echábamos la siesta.

A mí me gustaba coger un libro de las estanterías y leer en la penumbra. No había una sala dedicada a biblioteca, pero había muchos libros repartidos en librerías por el salón y todas las habitaciones. En la que nos gustaba echar la siesta a Elías y a mí estaban los libros a los que más cariño tenía, encuadernados en tela azul claro. Era una colección antigua con *Los miserables*, *Nuestra Señora de París*, *La feria de las vanidades*. Estaban frente a la cama y nunca podía resistir la tentación de levantarme y coger uno, aunque luego enseguida se me cerraran los ojos y se me cayera de la mano. Esta vez Elías se quedó un rato más pintando bajo el albaricoquero, y yo me tumbé agotada en la cama. La sensación era maravillosa, todo estaba bien, las voces de mis padres sonaban a lo lejos, por la ventana entraba el olor de las rosas, el murmullo de las abejas, el chirriar del calor, la humedad de la huerta. *El amante de Lady Chatterley* parecía que me llamaba desde la estantería. Debajo estaba el mismo sillón de siempre tipo Luis XV forrado en terciopelo rojo. No había otro sitio libre en la habitación para el sillón y a mí me servía para subirme a coger los libros. Y así lo hice, con la fatalidad de que las cuatro patas cedieron y la butaca se abrió como una flor monstruosa.

Caí encajonada entre la cómoda y el pie de la cama. Los pedazos de la butaca desarmada me impedían moverme. El brazo izquierdo había soportado el peso del cuerpo contra el suelo de microcemento, tan de moda y tan duro, y me dolía terriblemente. Primero intenté solucionarlo yo sola, pero ni siquiera pude levantarme. Era una de esas situaciones que una finge que no han ocurrido porque rompen la paz y la felicidad. Intenté desesperadamente rebobinar, volver atrás, levantarme. No podía. Fuera de la habitación aún no había sucedido nada, la vida continuaba igual que hacía cinco minutos e hice lo posible por no romper la normalidad. Hasta que no pude más y empecé a llamar a mi madre. ¿Por qué a mi madre y no a Elías? Para concederle unos minutos más de respiro, y porque necesitaba que mis padres se ocuparan alguna vez de mí y no siempre yo de ellos. «¡Mamá!», grité. El hombro me dolía mucho, y como no me oía tuve que gritar mucho más fuerte, exageradamente fuerte. ¿Sería este el dolor que no podía curarme Viviana?

La tarde estalló como un vaso de cristal. Todos nos preguntamos cómo podía haber pasado aquello, hasta ahora la butaca parecía nueva. Mi madre llamó a la asistenta y le echó una bronca, luego le pidió perdón. No sabíamos a quién echarle la culpa.

En urgencias me dijeron que debería tener inmovilizado el hombro y el brazo un mes, por lo que acordamos que me quedaría con mis padres hasta que pudiera trabajar. Elías también podría haberse quedado conmigo, puesto que los artistas no tienen horario fijo, pero dijo que aquí no se concentraría. Dijo que el campo está bien para un fin de semana, pero que el lunes hay que regresar al mundo. Comprendí que no quería verme todo el día tumbada en el sofá leyendo o viendo la televisión; el hombro me impedía correr y hacer ejercicio. A los artistas les molesta mucho que las personas normales solo sepamos hacer cosas normales.

El 2 de mayo, antes de cumplirse el mes, le pedí a mi padre que me llevase al hospital, a 19 kilómetros de su casa. Afortunadamente me quitaron la férula y me recomendaron hacer unos ejercicios. Durante ese tiempo Elías había ido a visitarme un día. Yo quería marcharme a casa, pero él me decía que en el campo me recuperaría antes. Todos estaban de acuerdo. Mi hermana Carolina, nada más marcharse mi marido, fue a pasar tres días con nosotros y dijo que volvíamos a ser una familia. Dábamos paseos cortos y nos sentábamos a jugar a las cartas después de cenar.

—Papá y mamá parecen otros desde que estás aquí. Se encuentran muy solos desde que solo te dedicas a ese —dijo Carolina refiriéndose a Elías.

No dije que sí ni que no, pero era verdad, mi vida eran Elías, mi casa y mi trabajo, y me gustaba mucho. Por mí me habría pasado todo el tiempo llamándole por teléfono. Me contenía el miedo a saturarle y me conformaba con una vez al día. A veces lo pillaba en casa y a veces no, entonces aprovechaba para preguntarle a Daniela si comía bien y si se cambiaba de ropa. Ella me decía que podría ocuparse de mí y que regresara a casa lo antes posible, y yo no sabía qué hacer, ya quedaba poco. En el fondo estaba compensando a mis padres por su soledad y también, aunque me costara admitirlo, estaba descansando de los problemas de Elías, de sus sinsabores, de su pequeña amargura interna. Mientras tanto, muchos de los trabajos que me salían los hacía Manuela, lo que me preocupaba bastante porque si se acostumbraban a ella sería difícil que se reacostumbraran a mí. Además, con la vida tranquila estaba engordando y mi madre me hacía probar todas sus conservas; la verdad es que a veces me sorprendía no estar pensando en nada, y me ponía de mal humor porque a mis veintiséis años no podía perder el tiempo con esta placidez de jubilados. Con cada punzada de placidez sentía que perdía pie en el mundo de fuera y que todo lo conseguido en mi profesión podría desaparecer de golpe.

Nadie, ni siquiera Carolina, sabía lo que había luchado por destacar y luego por mantenerme. De acuerdo que había tenido mucha suerte, aunque ya se sabe que nada es completamente gratis. Mientras otras chicas pasaban las tardes de su adolescencia apoyadas en la moto de su novio, yo iba con mi *book* de casting en casting y un par de veces me acosté con los tíos que nos elegían. No me dio asco, simplemente no sentí nada y eso me dejó un gran vacío en el estómago, como si hubiese vomitado. Algunas chicas lo hacían a menudo porque era una manera de comprobar que todavía interesaban, porque necesitaban sentirse protegidas o porque era una forma de que el fotógrafo de turno las amase de verdad, y yo no era distinta: necesitábamos enamorarnos de la gente que nos amaba. A mí me ocurrió algo parecido.

Fue cuando me quedé colgada de un fotógrafo.

Se llamaba Roberto Plaza e hice todo lo posible para que se fijase en mí. Yo entonces tenía dieciocho años y acababa de entrar en la agencia, aunque llevaba dos años de rodaje en el mundo de la moda. Él tendría unos treinta y cinco, y aquel día, el primer día, llegó al plató cargado con una de esas enormes bolsas que pesan un huevo llena de objetivos y focos. Iba con vaqueros azules muy desgastados y una camiseta gris de manga corta. Por el bolsillo de atrás del pantalón sobresalía la foto de una chica. Empezó a disparar sin fijarse apenas en mí, solo en la luz, el encuadre, en lo que había a mi espalda; yo parecía invisible. No podía dejar de mirarle los músculos de los brazos, que se movían como peces bajo un fino vello descolorido por el sol. En algún momento de la sesión en que él buscaba mi mejor ángulo nuestros ojos chocaron.

—Te cuesta sonreír —me dijo.

—Casi nunca sonrío posando.

—Ya, bueno. Pero ahora sí me gustaría que sonrieras. Sonríeme.

Le sonreí. Tenía los ojos claros tirando a grises, como la camiseta.

—Me gustaría que vieses las fotos antes de entregárselas a Irina. Se trata de una publicación importante y quiero que te gustes.

Tardó mucho más de la cuenta en el reportaje,

77

se empleó a fondo, realmente quería que yo deslumbrara. Y supe lo que iba a pasar como si ya hubiera ocurrido. Nos acostaríamos, yo me enamoraría de él, él se cansaría de mí, yo sufriría y la historia acabaría, pero ¿quién deja de comerse un tomate porque se sepa cómo sabe? ¿Quién deja de ver una película porque conozca el final?

No creo que haya existido una historia de amor más frustrante que la nuestra. Más echada a perder que la nuestra. Lo teníamos todo para que se desatara la pasión. Él me gustaba y yo a él, nos atrajimos desde el primer momento. Mientras disparaba el flash me lo imaginaba besándome, cogiéndome entre sus brazos, quitándome la ropa y follándome. Me lo imaginaba levantándome en brazos. Me imaginaba sentada sobre él. Una de las veces ni siquiera oí que me hablaba.

—Puedes venir a verlas a mi estudio, estarán listas el jueves. No le diremos nada a Irina.

Asentí como si no supiese hablar. Tenía la boca scca, todos los jugos de mi cuerpo estaban ya en el estudio de Roberto esperando el jueves. Solo tuve saliva para preguntar a qué hora me esperaba.

8

De eso hacía ocho años. Una eternidad para unos, cinco minutos para otros. Para mí lo primero.

El estudio estaba cerca del Paseo de la Habana y costaba dar con él por culpa de un sistema intrincado de portales A, B, C, D, y luego de ascensores y pasillos, lo que alargó el nerviosismo de la llegada a un lugar donde no solo me esperaban las prometidas fotos de Roberto, sino el mismo Roberto. Otra persona, un misterio.

Abrió la puerta tal como iba siempre vestido, descalzo y con los ojos somnolientos. Estaba todo en el mismo espacio: ordenadores, cámaras de fotos, nevera, una minúscula cocina, una mesa grande para trabajar y tomar algo en una esquina, un sofá de cuero raído y una gran piel de vaca sobre la tarima. En un rincón se había hecho recientemente un pequeño baño, que aún olía a yeso, lo más nuevo del conjunto. Me cogió de la mano —lo que no parecía mal principio— y me llevó junto al ordenador. Me acercó una silla y él se arrodilló en el suelo y empezó a pasar fotos. Eran increíbles. Nuestras cabezas y nuestras caras, contemplándome precisamente a mí en la pantalla, se rozaban. Me pregunté, de una manera muy pasajera, con cuántas y con cuánta frecuencia haría esto.

Entre los dos elegimos algunas sublimes, que serían las que Roberto le entregaría a Irina, por lo que íbamos sobre seguro, y el hecho de esta complicidad todavía me excitaba más. Me moría de ganas de que me pusiera la mano entre las piernas. Me había quitado la cazadora y los tirantes me resbalaban por los hombros, y entonces él se acercó a mí y empezó a besarme y al poco de acercar nuestros labios, nuestras bocas y nuestras lenguas nos miramos sorprendidos. No sentíamos nada, pero no lo dijimos, nos dimos otra oportunidad. Se quitó la camiseta y yo el vestido. Jamás habría pensado que Roberto tuviese este olor. Era un olor que solo podía apreciarse si se aplastaba la cara contra su pecho o contra su cuello, no a distancia, no cuando estaba haciendo fotos. Era un olor un poco dulce, extraño, como si traspirase azúcar. Y su saliva me inundó la boca y no me apetecía tragármela, así que con mis manos en esos brazos que tanto me gustaban deseaba de una manera incomprensible que aquello terminara pronto. Él tampoco parecía muy entusiasmado, tenía los ojos cerrados pero de vez en cuando los abría para comprobar algo y volvía a cerrarlos con fuerza. Instintivamente anduvimos entrelazados al sofá de cuero, donde continuamos por lo menos diez minutos besándonos, acariciándonos e intentándolo, pero él no lograba la erección y hubo un instante en que nos venció el aburrimiento. Y Roberto dijo:

—Hoy no he dormido bien.

—Yo tampoco —dije, tragándome la saliva como pude para no empeorar las cosas.

—Me gustas mucho —dijo tumbado en el sofá completamente desnudo, con el sexo flácido colgándole a un lado.

Tenía un cuerpo fantástico.

—A mí también me gustas mucho —dije mientras me ponía el vestido, las sandalias, la cazadora y cogía el bolso antes de que me pidiese hacer algo más—. Me gustaría que un día de estos comiésemos o tomásemos un café.

En la calle la tarde se desplegaba con una fuerza aplastante. Ahora me daba cuenta de que no había comido y seguramente tampoco él. Entré en un bar y me bebí una botella de agua fría, que me recorrió por dentro como un río fresco y transparente. Ya no tenía que sufrir, ya no tenía que estar mirando el móvil a ver si llamaba o pendiente de verle entrar en la agencia. A Roberto se lo había llevado su mundo como una nave espacial.

Las fotos quedaron maravillosas, y como Roberto pronosticó ese reportaje con prendas de distintas colecciones me transportó a primera división. Y sin embargo, siempre que veía a Roberto no me venían a la cabeza aquellas decisivas fotos, sino su saliva. Jamás se lo comenté a nadie. No era algo para contar porque no era ni muy bueno ni muy malo, era incontable, así que no podía saber si otras chicas habían tenido una experiencia con él diferente a la mía. Tampoco tenía ninguna gana de entrar en el tema: yo le apreciaba, y él me había dado un empujón en mi carrera sin condiciones ni malos rollos.

Pero —siempre hay un pero en la vida, se suele decir y es verdad— cuando había logrado apartar de mi mente la visión de Roberto desnudo y todo lo que sabía sobre su cuerpo, el gran lunar de la espalda, los hombros demasiado cuadrados, su pene entre los muslos, los pelos de las piernas; cuando estas imágenes comenzaban a desvanecerse, más o menos a los seis meses de nuestro encuentro en su estudio, conocí a su esposa. Ni siquiera sabía que estaba casado, ni siquiera lo había supuesto, imaginaba que llevaba una vida errante con su cámara de fotos al hombro.

—¿Eres Patricia? Soy Isabel, la mujer de Roberto.

Yo tenía entonces casi diecinueve años. Acababa de firmar un contrato para posar para *Vanity Fair* y salía contenta de la agencia de modelos. Tenía muchas ganas de contárselo a mis padres, sobre todo a mi hermana Carolina, a quien le daba una pequeña gratificación con cada nuevo contrato. Crucé la calle buscando mi Vespino. La había dejado atada a un árbol y temía que me hubiesen puesto una multa, o peor aún, que se la hubiesen llevado. Y allí estaba ella, esperándome, observándome llegar. Me temía una bronca por haber dejado ahí la moto, alguna gente se siente en la obligación de reprender a los demás. Me habría esperado cualquier cosa antes que la realidad.

Llevaba la alianza entre otros anillos de oro. No eran ostentosos, le quedaban bien en sus manos bronceadas. Parecía mayor que Roberto. Me estaba costando trabajo quedarme con su cara, a no ser por una pequeña verruga en el mentón. No estaba ni mal ni muy bien. Entre castaña y rubia. Ni alta ni baja, ni gorda ni delgada. De sport hasta cierto punto: vaqueros, una camisa, sandalias con plataforma, un bolso grande de Vuitton al hombro, llaves del coche en una mano y con la otra se echaba el pelo para atrás.

—¿Puedo invitarte a una coca-cola? Aunque no sé si vosotras podéis tomar ese tipo de cosas.

—Tengo un poco de prisa —dije, abriendo el candado de la cadena.

Me cogió la muñeca con fuerza y me soltó enseguida.

—Serán cinco minutos. —Se empeñaba en buscar mi mirada huidiza—. No has sido la primera ni serás la última.

—¿Qué quiere usted de mí?

—Tutéame, por favor. No quiero reprocharte nada.

No quería tutearla. Me sentía avergonzada y no quería tutearla.

—¿Qué le ha dicho él? —dije, apoyándome en la moto.

—La verdad es que no me gustaría que Roberto nos sorprendiera aquí o que nos viese Irina, estamos muy cerca de la agencia. Tampoco a ti te conviene.

—Vale. Tengo que mover la moto. No puedo dejarla aquí más tiempo.

—Bueno, pues vamos a algún sitio. ¿Te importa que suba?

Paré en un parque cercano al piso de mis padres, aún no se habían marchado al campo, y yo estaba independizándome. Me conocía al dedillo los huecos de los troncos, el templete de lilas, las piedras removidas, los hormigueros más grandes. Era el parque de mi infancia y de mi primer beso, y después de casi dos años sin pisarlo venía con la mujer de Roberto para que me hablase de su marido. Estaba muy arrepentida de haberla traído a un lugar tan especial para mí. Los pájaros piaban, el sol picaba, las lilas colgaban del techo del templete, entre las hojas de los álamos había monedas de plata. Nos sentamos frente a mi banco preferido.

—¿Vienes mucho por aquí?

—Ahora no. Tengo un poco de prisa, me esperan para comer.

—¿Tus padres? ¿Cuántos años tienes, dieciocho, diecinueve? —No esperó respuesta—. Yo tengo cuarenta y cuatro.

No supe qué decir, era casi como mi madre. Le llevaba más de diez años a Roberto.

—Tengo tres niños: Javier, Irene y Raúl. Tienen seis, cuatro y dos años. Conocí a Roberto cuando ya había perdido la esperanza de conocer a alguien como él. Nunca creí que se fijara en mí. Tú tienes toda la vida por delante, y él es muy enamoradizo, dentro de poco vendrá otra.

—¿Y qué le hace pensar que se ha enamorado de mí?

—Porque lleva tu foto en el bolsillo del pantalón.

Sabía que tendría que haberle dicho que no era responsable de que su marido le pusiera los cuernos, pero esa mujer me daba pena y me juré que nunca, nunca sería como ella.

—¿Y qué quiere que haga yo?

Abrió el bolso y sacó una botellita de agua. Desenroscó el tapón lentamente y bebió un par de sorbos.

—Quiero saber si os habéis acostado.

La verdad es que desde que me dijo que era su esposa estaba intentando no pensar en cómo sería una sesión de sexo entre ellos. Ella parecía contenta.

Negué con la cabeza. No habían cambiado los columpios desde que tenía cinco años; ahora estaban vacíos, sin embargo a la salida del colegio habría tortas para cogerlos.

—Los hombres —dijo— nunca se conforman con lo que tienen.

—Nuestras profesiones son complicadas —dije, mirando cómo un niño se sentaba en la moto—. Nos necesitamos los unos a los otros. Es normal que a veces surja algo, pero puede creerme, entre Roberto y yo no ha habido nada y nunca lo habrá.

Me miraba con los ojos muy abiertos. ¿Qué quería saber de su marido? ¿Qué era lo que no se atrevía a preguntarme?

—Llevo varios días vigilando la agencia y hoy por fin me he decidido a hablar contigo.

—Su marido es muy atractivo, es fácil que las chicas vayan detrás de él, aunque yo no le he visto con ninguna. Que un fotógrafo lleve fotos en los bolsillos no me parece tan raro. Sinceramente creo que puede estar tranquila.

—¿De verdad?

—Son cosas de artista, no tiene por qué preocuparse. Tengo que irme, me esperan.

No volví la vista atrás, no quería saber nada más de las intimidades de Roberto, no quería que llevase mi foto en el bolsillo del pantalón y no querría haber sabido que tenía tres hijos y un matrimonio desastroso.

9

El 15 de junio empecé a sospechar que la mano invisible que me empujaba y me hacía caer o me paralizaba, la que provocaba los sospechosos accidentes que sufría últimamente, podía ser la atormentada mujer de Roberto, que después de ocho años continuaría obsesionada con la idea de que su marido y yo estábamos liados.

Por fin iba a intervenir en una película con un pequeño papel. Rodábamos en Roma. Me acompañaba mi hermana, Carolina. Me ayudó a repasar el papel mientras esperábamos en el aeropuerto y durante el viaje. Nada más llegar tenía que presentarme en los estudios y comenzaríamos el rodaje al día siguiente muy temprano.

La verdad es que no me sentía más intranquila de lo habitual, estaba acostumbrada a los aviones, a hacer el equipaje en un abrir y cerrar de ojos y a parecer descansada, sin ojeras y sin ningún rastro demasiado humano. Además, Carolina me ayudaba bastante de un tiempo a esta parte. Hasta ahora no había tenido suerte como escritora, y ella y yo creíamos que si me acompañaba en mis viajes conocería mundo y se inspiraría más. Iba con todos los gastos pagados y un pequeño sueldo para caprichos. Solía contestarme el correo y me preparaba algunas frases clave para soltar en los *photocall*. Era una intelectual y sabía lo que convenía decir en cada ocasión. Lo cierto es que llegó un momento en que sin Carolina me sentía desarmada. A Irina no llegaba a hacerle mucha gracia que mi hermana viajara conmigo, lo que era incomprensible porque a todos nos lo ponía más fácil. Y he aquí la prueba, sin su ayuda no habría podido actuar en la película, me habrían escayolado y tendría que haber regresado a Madrid.

Ocurrió que habíamos salido de los estudios en Roma y estábamos a punto de subir a un taxi cuando de pronto me di cuenta de que me había dejado el bolso en alguna parte. Dentro estaba toda mi documentación, las tarjetas de crédito, las llaves de casa, el guión, dinero, el móvil con todos los números de teléfono... Sin el DNI era imposible pasar de un país a otro, una completa tragedia. Y no se me ocurrió otra cosa que echar a correr hacia los estudios. Carolina venía detrás. El guardia de seguridad no podía dejarme entrar si no me identificaba, y no podía hacerlo sin la documentación, un círculo vicioso. Fueron unos preciosos minutos en que cualquiera podría llevarse el bolso, por allí circulaba gente sin parar. Por fin aceptaron que con el carné de identidad de Carolina entráramos las dos. ¡Menudo laberinto!, puertas y más puertas, pasillos y más pasillos.

Yo estaba acostumbrada a moverme, andar y hacer equilibrios sobre tacones enormes. Por eso, aunque fuese subida sobre veinte centímetros, corría más deprisa que Carolina. Pero de pronto, cuando llegábamos a la meta, cuando alcanzábamos la enorme puerta del decorado en que empezaríamos a rodar el día siguiente, cuando ya divisábamos la cama en que tendría que estar tendida a las nueve de la mañana, de pronto, digo, me torcí el pie como nunca jamás me había ocurrido, ni andando sobre hielo, ni por el borde mojado de una piscina, ni por un salón recién encerado. Para mí los tacones eran una prolongación del talón, me sentía más segura sobre ellos que descalza.

Desde el suelo vi el bolso sobre el asiento de una silla, casi no se distinguía de la tapicería. Carolina lo recogió.

Las dos estábamos sofocadas.

Sentí un dolor, que era más que dolor, era rabia porque, por torpeza, no había conservado el mundo tal como era hacía un minuto, perfecto. No solo me había fastidiado el pie, sino la armonía de lo que me rodeaba.

—¿Te has hecho daño? —dijo Carolina al verme sentada en el suelo.

Por fortuna, hubo pocos testigos del accidente.

—No ha sido nada —dije mientras mi pie iba hinchándose a gran velocidad.

Le pedí al taxista que pasara por una farmacia antes de llegar al hotel y Carolina compró vendas, pomada y antiinflamatorio. Y en el hotel pedí hielo. Ella era partidaria de ir a las urgencias del hospital más cercano, pero yo contesté que ya estaba harta de trabas y de incomprensibles accidentes en alguien como yo que me había caído dos o tres veces en toda mi infancia y que haríamos como si no hubiese pasado, nos rebelaríamos contra la fatalidad.

—No quiero que nadie se dé cuenta de nada. He visto muchos esguinces en otras chicas y sé lo que hay que hacer.

De acuerdo, era una barbaridad, pero mi mayor sueño hasta el momento era actuar en aquella película y nada ni nadie me lo iba a impedir, mucho menos mi propio cuerpo.

A Carolina le preocupaba que no pudiese volver a desfilar en toda mi vida.

—¿Eres consciente de lo que estás haciendo?

Como respuesta le pedí que se lanzara a la calle a comprarme unas botas hasta media pierna, flexibles y anchas, donde cupiese el tobillo inflamado.

Eran color camel con el borde de borrego blanco, esas que odiaba Irina. Al día siguiente traté de no cojear, y cuando estaba metida en la cama del plató —mi actuación consistía en estar metida allí un rato— por un instante me relajé y dejé que los pinchazos en los ligamentos me hicieran cerrar los ojos. No habría salido de entre las sábanas de falso satén en varios días.

Lo peor eran los exteriores, con esperas insoportables, menos mal que la mayoría de las veces llevaba pantalones. Mi único afán era que no prescindieran de mis fugaces apariciones. En el hotel, incluso para dormir, ponía el pie en alto, sobre dos almohadas y una manta doblada que había en el armario. Carolina se trasladó a mi cuarto para poder hacerme compañía y masajearme el pie. También le poníamos hielo, pero aun así iba amoratándose. El pie parecía mi enemigo, se oponía a mis sueños y por la noche me despertaba el dolor.

Según pasaban los días, el tobillo iba a peor, menos mal que ya quedaba poco. Por una vez me alegré de que mi papel fuera tan insignificante.

Unas tomas vestida de gala en una fiesta. Afortunadamente el vestido era largo y yo alta, por lo que me sirvieron unos zapatos planos. Esa noche apenas había dormido y me equivoqué varias veces en el rodaje. Si me decían por la izquierda, torcía por la derecha y no me salía una frase que llegué a odiar con toda el alma.

Entre toma y toma tenía que esperar sentada por allí, donde pudiera, sobre unas cajas, en el pico de la mesa del catering. Precisamente estaba contemplando cómo el director se tomaba un café con uno de sus ayudantes cuando le oí decir algo que me hizo sentir algo más fuerte que el dolor del pie.

—No sé por qué Roberto Plaza ha insistido tanto en que le diésemos el papel. Las modelos no pueden hacerse una idea de lo duro que es el cine —dijo el director como si yo no estuviese allí o quizá para que yo lo oyese. Se encendió un pitillo, cabreado.

Preferiría no haberme enterado de que Roberto me había enchufado, no quería deberle nada, aunque me ayudaba a sospechar de dónde venía el maleficio: de Isabel, su esposa. Él no sabía que su mujer lo vigilaba y que conocía qué pasos daba mañana y noche. Con toda seguridad le habría cazado algún e-mail en que me recomendaba para la película.

Tenía ganas de llorar y me habría gustado llamar a Elías y desahogarme con él. Que viese que tampoco la vida era fácil para mí, lo que supondría un problema más porque a él le habría sonado raro el asunto de Roberto y que su mujer llevara recelando de mí ocho años, y que yo ahora sospechara de ella. Una de las grandes cualidades de Elías es que no era celoso, y no quería que empezase a serlo ahora. Nunca me había preguntado por mi pasado, ni si me había acostado con este o aquel. No le gustaba el pasado, la historia, la nostalgia. El presente le absorbía por completo y quizá por eso me había preferido a mí —que tenía poco pasado— y no a otra mujer de su edad.

Estuve tentada de contarle a Carolina lo humillada que me sentía, pero eso habría sido mucho peor. Ella se habría reafirmado en la idea de que el cine era una batalla perdida para mí. Y, sobre todo, no se me ocurría hablarle de esa oscura sensación de que alguien deseaba con muchas ganas ponerme las cosas difíciles. Ella jamás le habría hecho el menor caso a un ser tan fuera de lo normal como Viviana, se habría reído en su cara. Era imposible que comprendiera lo que yo sentía porque no sabía lo que era tener suerte y, por tanto, no podía angustiarle perderla.

A mis padres me habría llevado una semana explicárselo y al final no entenderían nada.

Solo existía una persona en el mundo a quien transmitirle todos mis miedos con pocas palabras: Viviana.

Bajé a un pequeño jardín interior del hotel para llamarla con tranquilidad. Me senté en una silla de encaje de hierro, descansé el pie en el asiento de otra, me pedí un capuccino y rogué que Viviana me cogiera el teléfono. Tuve que intentarlo tres veces y al final apareció su voz de seda colándose entre las palmeras del jardín.

No se sorprendió, pero dijo que como no llamaba pensaba que ya no había vuelto a sufrir ningún percance.

—Y en el peor momento, rodando mi primera película. Me he torcido el tobillo. No sé si le he dicho que mi sueño es ser actriz.

Detrás de sus palabras se oyó un somnoliento maullido de *Kas,* como si la conversación le aburriera.

—¿Y no has pensado que podría tratarse de una señal que te has mandado a ti misma para no seguir por este camino? Este tipo de accidentes suele funcionar como aviso de que uno está equivocándose. ¿Estás segura de que quieres ser actriz?

Otra como Carolina, animándome a que me olvidara del cine. Otra como el médico, insinuando que me sugestionaba yo sola. No era eso lo que necesitaba oír. Quería soluciones, no palabrería que me pudiese decir yo misma.

—¿Ya ha cambiado de opinión? ¿Ya no le parece que hay alguien que desea que yo muera?

—Querida Patricia —dijo como si estuviera escribiéndome una carta—, ojalá pudiéramos saber la verdad porque lo deseamos con todo nuestro ser y porque nos esforzamos en buscarla. Si fuese tan fácil, el amor no tendría tanta importancia.

—Escúcheme bien —dije sin entender qué tenía que ver el amor en todo esto—. Podría tratarse de Isabel, una mujer que desde hace ocho años está celosa de mí. Es la esposa de un fotógrafo de mi agencia de modelos con el que tuve algo, casi nada. Ella vigila mucho a su marido y ha podido enterarse de que me ha enchufado para trabajar en esta película. Seguramente piensa que estamos liados y ha deseado con toda la fuerza de su mente enfermiza que me torciera el pie, o algo peor.

Hubo silencio y ruidos, como si estuviera haciendo algo mientras hablábamos. Podía imaginármela fácilmente atando ramilletes de hierbas o batiendo los ingredientes de las cremas. Y tendría como mínimo dos velas encendidas. No viviría así si no se sintiera espiritual. Y si se sentía espiritual por algo sería. Me inspiraba más confianza que desconfianza.

—Esto que me cuentas —dijo— tiene sentido. Isabel merece que le demos una oportunidad, por lo menos para ser descartada. Necesito —continuó— que hagas algo por mí y por ti. Sal del hotel y busca a santa Teresa atravesada por un dardo de oro. Recoge agua bendita de la iglesia donde está la santa y tráemela. Veremos quién puede más. No te olvides de darle las gracias a la Virgen María, madre de Dios.

En mi familia no éramos especialmente religiosos. A mi hermana y a mí nos habían bautizado en la fe católica y habíamos hecho la comunión, pero ahí se acababa todo. Solo pisábamos la iglesia para acontecimientos como bodas y entierros, por lo que casi habíamos olvidado el ceremonial. Y además Elías y yo nos habíamos casado por lo civil en el ayuntamiento. Por eso me impresionaba la petición de Viviana. Y las palabras «madre de Dios» me sonaban descomunales, como las imágenes que el Hubble tomaba del fondo del universo.

—¿No puede darme más datos para encontrar la iglesia? Roma es una ciudad muy grande.

—El que no se esfuerza en buscar no tiene derecho a encontrar —dijo, y colgó.

Nos marchábamos al día siguiente y era urgente salir de Roma con el agua bendita. No quería pensar si era o no una locura, era el compromiso que había contraído con Viviana, no podía defraudarla. Además, ¿no podría ser que por no haber tenido apenas contacto con el mundo espiritual fuese tan vulnerable a los malos influjos? Si la humanidad siempre ha venerado a dioses y acude a los sacerdotes y a los chamanes por algo será.

—Voy a salir un rato, tengo una cita —le dije a Carolina. No quería que se diese cuenta de nada porque era una escritora realista hasta la médula y habría soltado la carcajada más grande su vida.

—Estás loca —dijo inclinándose sobre su portátil—. Si te pones peor, no me llames. ¡Tengo que escribir!

Cojeaba mucho, no debía mover el pie, pero tenía que encontrar la iglesia. La noche era tibia, agradable, y los turistas vagaban por todas partes, la luna se movía entre las sombras de los pinos. Paré un taxi y le pregunté al taxista si él conocía una iglesia donde había una santa Teresa atravesada por un dardo dorado. Se quedó mirando el techo del coche como imaginando la escena. «¡Qué belleza!», dijo. Pero no, no la conocía. Sin embargo, podía enseñarme otras hermosísimas y dio unos cuantos nombres.

—No se trata de turismo, lo siento —dije—, sino de un encargo muy especial. Tiene que ser esa iglesia o ninguna.

—Comprendo. Es una promesa. No se preocupe —dijo y arrancó y callejeó como si estuvieran persiguiéndonos para matarnos.

Echó el freno delante de una iglesia.

—¿Es aquí? —pregunté con una alegría sin sentido.

—Solo vamos a preguntarle a mi párroco.

El párroco llevaba el hábito tradicional negro, que le hacía más alto y delgado. Tenía los ojos azules y me dio un poco de pudor comunicarme con ellos directamente. Llevaba el pelo cortado a navaja y tenía una nariz, labios y orejas perfectas. Me ruborizaba que un sacerdote fuese tan guapo y estaba deseando salir de allí para no sentir nada de tipo erótico. Tanto a su feligrés como a mí nos puso la mano en el hombro. Una mano increíblemente bien hecha.

Salí cojeando y un poco trastornada por aquella visión que no me esperaba. El taxista volvió a salir disparado entre aceras llenas de gente despreocupada y al cuarto de hora se detuvo en seco.

—Ahí la tiene. La iglesia de Santa Maria della Vittoria.

Le pedí que me esperase y entré. Estaba vacía, a punto de cerrarse seguramente. Era muy bonita, y la blancura de la santa emergía de entre las sombras como la aparición de un acto muy íntimo. Daba entre envidia y pudor verla en pleno éxtasis. En realidad, si uno se lo proponía, no era imposible poseer yates, mansiones, aviones privados y collares de esmeraldas. Lo difícil, el verdadero lujo, era ser atravesada por un dardo de oro.

Saqué del bolso la botella de plástico de cuarto de litro y me dirigí a una concha de piedra pegada a la pared de la entrada. Cerré los ojos.. «Virgen María, madre de Dios —dije sintiéndome girar en medio de galaxias y explosiones de hidrógeno, entre cúmulos de estrellas y materia oscura—, es impresionante todo lo que habéis hecho tú y los tuyos.»

Llené la botella con toda el agua que pude, hasta que noté una presencia a mi espalda, una presencia más grande que yo.

—¿Qué piensa hacer con esa agua? —dijo una voz de hombre.

No caí en la trampa de girarme y encararme con él. Empujé la puerta de salida y fui hacia el taxi todo lo rápido que mi cojera me permitía.

El viaje de regreso a Madrid fue un infierno entre el tobillo y mi hermana, que me culpaba por dedicarme tanto tiempo y no poder escribir una gran novela. Yo tenía que morderme la lengua para no recordarle que si me ayudaba era porque no conseguía otro trabajo mejor.

10

En cuanto llegué a Madrid me manipuló el pie un fisioterapeuta deportivo que les arreglaba los esguinces a los chicos de la agencia con gran habilidad, y me puso un vendaje. Ya no cojeaba. «Buenas noticias, no hay rotura», dijo. Después de todo, la buena estrella no se había marchado del todo.

Le dejé un mensaje en el buzón de voz a Viviana diciéndole que iba de camino para llevarle el encargo que me había hecho, el agua bendita. Sin embargo, la pregunta seguía en el aire: ¿Quién era esa persona que tenía tanto poder sobre mí? No debía descartar a Viviana, que me había sugestionado con sus encantamientos y charlatanería. La sospecha de que alguien quería hacerme daño me volvía insegura y torpe, y los accidentes probablemente me los provocaba yo misma. Debía hablar con ella cara a cara, y mirándola a los ojos preguntarle si me estaba engañando. No le reclamaría el dinero que le había pagado ni ninguna explicación, simplemente le exigiría la verdad.

Tomé el AVE a Barcelona. Compré dos asientos, uno frente a otro, para poder llevar el pie en alto. Me pasé todo el trayecto mirando por la ventanilla y dormitando. *El amante de Lady Chatterley*, que me había costado la contusión del hombro al cogerlo, descansaba en mis piernas como un animalillo. Me hacía compañía, era el testigo que unía esto con aquello, un pensamiento con otro. Viviana me dijo que había alguien que deseaba que yo muriera, y de ser cierto, quienquiera que fuese no había dejado de trabajar a fondo en ese deseo. Su deseo se dirigía hacia mí como un misil, se me hundía en la carne. Nunca antes de conocer a Viviana había pensado que un ser humano pudiera tener tanta fuerza sobre otro, que un alma llegase a beber la sangre y a dominar el alma de otro, que la energía mental, encerrada entre las paredes de un cráneo más duro que la piedra, lograra traspasarlas y mover el universo. Es imposible que un ser humano sea capaz de correr como una pantera, de volar, de respirar debajo del agua y de comunicarse con el pensamiento, y sin embargo hay personas que nos obligan a hacer cosas que no queremos hacer solo con desearlas. A veces me pasaba con Elías, sentía la necesidad de contentarle todo el rato, me sentía bien si yo cedía y hacíamos su gusto. Si lo pensaba, la mayor parte del tiempo él no tenía que hacer nada para que yo fuese feliz, me bastaba con desear que él lo fuese. Y sabía que este sentimiento también había dominado a su ex mujer.

Me llamó una tarde al poco de casarnos para preguntarme si Elías era feliz, hacía de esto cuatro años.

11

Se llamaba Marga y era profesora de arte. Llevaba gafas sin montura y una sedosa melenita castaña. Elías y ella eran de la misma edad, se habían casado a los veintiún años y se habían divorciado a los treinta y dos, desde entonces siempre estaba preocupada por él. Quería conocerme. El teléfono se lo había dado el mismo Elías, así que no pude negarme, no tenía por qué, y además sentía curiosidad por conocer algo del pasado de mi marido.

Era menuda con tendencia a engordar, con una piel maravillosa, sin maquillar. No supe cómo tenía las piernas porque se las tapaba con una falda larga sin gracia. Era pleno verano, mediados de julio, un poco antes de que Elías y yo nos marchásemos de luna de miel a Noruega, y nos citamos en una terraza del Paseo de Rosales. Las ramas de los árboles nos abanicaban. Yo había tenido sesión de fotos y estaba agotada. Me descalcé y apoyé los pies donde pude.

Las modelos, como nos cambiamos tanto de ropa delante de las compañeras, las modistas y quien pase por allí no le damos demasiada importancia a que se nos vea un muslo o parte de un pecho, no escondemos el cuerpo, y Marga me miraba sorprendida, quizá cohibida, con las piernas cruzadas bajo la amplia falda. Tenía las manos muy blancas y en el dedo anular derecho llevaba un solitario con un pequeño brillante que seguramente le regaló Elías en su día.

Se pidió un café, yo agua. Como no sabía qué decir, le pregunté qué tal las clases. Estaba corrigiendo exámenes. El nivel de los alumnos había bajado mucho.

Sentía haberme hecho venir hasta aquí pero es que estaba muy preocupada. Aún no había podido quitarse a Elías de la cabeza. Se pasó las manos por la melena sin alborotarla, solo por encima.

Le preocupaba que no se hubiese adaptado bien a su nueva vida. ¿Pintaba? ¿Había vendido algún cuadro? Elías era muy sensible y seguramente le mortificaría no estar ganando dinero. Me pidió perdón por meterse en nuestra vida. Lo sentía mucho. Los cristales de las gafas eran tan brillantes que no sabía si tenía los ojos llenos de lágrimas.

La tranquilicé diciéndole que no se preocupara, que comprendía que no puede darse carpetazo a una persona de la noche a la mañana.

En realidad no era eso. Ella ya no estaba enamorada de Elías, ni envidiaba nuestra vida y ni siquiera le echaba de menos, solo se preocupaba por él. Se había quedado dentro de su mente como un tumor y no podía expulsarlo. Lo comparó con las radiaciones nucleares. «Separarse de la pareja no significa exactamente liberarse de ella, olvidarla», dijo. Y también que de la mañana a la noche no dejaba de importar si alguien con quien se había compartido la vida había comido o se había cambiado de camisa. No podía soportar que no fuese feliz. ¿Era feliz?

Yo creía que sí, dije llena de enormes dudas.

No quería que Elías se angustiara por el dinero porque ella no necesitaba nada y, si le faltaba algo, sus padres la ayudarían.

No dije nada. El sentido de la prudencia me aconsejaba no cruzar esa puerta.

—Estoy muy contenta de que esté contigo, me tranquiliza mucho —dijo apurando el último sorbo de café—. Nosotros hacía mucho que no teníamos futuro como pareja.

Yo también pegué el último sorbo de agua y me calcé. A Marga se le veían los tirantes del sujetador debajo de los tirantes de la camiseta. Tenía bastante pecho. En ese cuerpo semiescondido, de aspecto cálido, había estado Elías. Habían sudado juntos y él la había penetrado, se habrían mirado a los ojos y habrían soñado en la misma cama. Se puso en pie y recogió unos libros que había dejado en la mesa, las llaves del coche y un abultado bolso. Y entonces dije sin pensar:

—¿Te gusta cómo pinta Elías, crees que tiene talento?

Se detuvo un instante, se quedó pensando un segundo, me miró y apretó el paso hacia el coche. Una vez dentro arrojó los libros y el bolso en los asientos traseros, se puso el cinturón de seguridad, dio marcha atrás y salió disparada hacia algún sitio.

Elías nunca me preguntó si me había llamado su ex mujer y yo no le conté nada. No creía que le interesara, nunca hablaba de ella.

12

El viaje a Barcelona me relajó, quizá porque no iba a trabajar, ni siquiera llevaba maleta, solo una pequeña mochila con el libro, una botella de agua para beber, la otra botellita con cuatro dedos de agua bendita, marcada con rotulador negro para no confundirlas, cepillo para el pelo y una hidratante con filtro solar. Desde la estación tomé un taxi hacia ese lugar recóndito donde vivía Viviana.

Llamé al videoportero y su voz dulce y musical me invitó a subir. Según iba ascendiendo iba llegándome un ligero olor a incienso y a cera, como si de nuevo fuera a entrar en una iglesia. La puerta estaba abierta. Me paré un momento para respirar profundamente. «Entra y siéntate», dijo su voz desde algún profundo lugar de la casa. Hacía el mismo fresco que la primera vez que vine, por lo que para estas paredes daba igual que fuera hiciese frío o calor, parecían suspendidas en su propio mundo. Sobre una mesa de un metro de largo apoyada en la pared, estaba el caldero de cobre que vi la otra vez con unas varillas como las que se usan para batir al lado de un libro abierto, muy antiguo, escrito en latín —¿sabía latín Viviana?—. Esparcidas por la mesa, sobre un mantel de lino blanco rodeado de una delicada puntilla, había diversas semillas, plantas y cosas secas, que no supe identificar, y un frasco de cristal con algo que parecía vino, ¿o sangre? Aparté la vista. Tenía la sensación de haber sorprendido a Viviana en un acto íntimo y de estar viendo esa especie de altar por el agujero de una cerradura.

Me alejé de allí y me senté en el sillón menos hollado por Viviana. La oí hablar en una habitación y por el pasillo, cada vez más cerca. Mantenía una conversación con alguien por el móvil. Le preguntaba si debería aceptar una oferta para vender este piso. Sin embargo, cuando hizo la entrada en el salón no llevaba ningún móvil en la mano, sino a *Kas* en brazos, escuchándola atentamente.

¿De qué me asombraba? Carolina y yo nos pasamos la infancia oyendo a nuestra abuela hablar sola mientras hacía las camas, cocinaba, se bañaba y en su cuarto antes de acostarse o al levantarse. En cuanto se consideraba a solas y no tenía a nadie a la vista comenzaba su frenética charla. Mientras que a otras personas les daba por cantar, a ella le daba por hablar. Y si de repente la interrumpías se asustaba y se te quedaba mirando como si acabase de aterrizar de otro planeta. Y aunque esta peculiaridad apuntase a la locura, no estaba loca en absoluto. No hacía nada ni decía nada que hiciera pensar que se le fuera la cabeza. Era más bien sensata. Desde que se quedó viuda y hasta que murió vivió con nosotros, y a mi madre, su hija, le sacaba de quicio lo que ella consideraba un auténtico vicio. Todos lo manteníamos tan en secreto como si se pinchara heroína. Jamás se lo mencionamos a ningún desconocido. Ni siquiera Carolina y yo volvimos a comentarlo tras su muerte. Ahora, al ver a Viviana, empezaba a preguntarme si mi abuela no sería un poco como ella.

Viviana llegó hasta mí con un vestido ligero blanco largo hasta los pies apartando con las manos las ramas que caían del techo. Algunas partes del vestido estaban mojadas y el pelo le goteaba por la espalda, los pechos se le redondeaban y agrandaban bajo la tela húmeda. Parecía no llevar nada debajo, lo que me hacía preguntarme si tendría relaciones sexuales, si tendría pareja o la habría tenido. Me preguntaba si las personas como ella se enamorarían.

—Me has pillado liada con un experimento —dijo poniéndome a *Kas* en las rodillas—. Estoy tratando de preparar un elixir que he encontrado en un grimorio del siglo XII. Si te digo la verdad, a esa gente le encantaba complicarse la vida; la mitad de los ingredientes no pueden encontrarse.

Le pasé la mano por la cabeza a *Kas*. Estábamos haciéndonos viejos conocidos.

Viviana se sentó ante la mesa donde estaba el caldero y continuó haciendo las mezclas empuñando el mortero con sus manos llenas de anillos.

—Quieren comprarme el piso para tirar el edificio y hacer un supermercado, pero *Kas* no quiere que nos mudemos. Se ha hecho viejo aquí. Y yo también. ¿Me has traído eso?

—¡Ah, sí! —dije buscando en mi mochila la botellita con agua—. Me costó dar con la iglesia. Podría habérmelo puesto más fácil.

—Debías buscarla, no traerla sin más. En la búsqueda se halla la gracia eterna. Por haberla buscado comprendes mejor el significado de esta agua. —Miró alrededor—. Necesito un sitio más grande, con más luz. Con el tiempo este piso ha ido convirtiéndose en una cueva.

Escribió el nombre de Isabel en un espejo de dos palmos de grande, desenroscó la botella de agua bendita y echó unas gotas sobre él. Lo puso boca abajo y esperó unos minutos moviendo los labios —¿estaría rezando?— hasta que lo volvió.

—No es Isabel, la mujer del fotógrafo ese, la que te desea el mal. Está muy ocupada tratando de entender lo que le sucede a ella misma en su matrimonio.

—¿Está segura?

—Completamente. Y además no conoce tu vida tan a fondo como para intervenir en tu contra en tantos lugares diferentes.

Tenía razón, Isabel solo podía estar al tanto de lo de Roma.

—Piensa —dijo Viviana—. ¿A quién le interesaba que te quedaras paralizada en la pasarela? ¿Quién pudo desencolar las patas de la butaca Luis XV? ¿Quién pudo inducir al empleado del banco a que te atropellara? ¿Quién pudo nublarte la memoria para que te olvidaras el bolso? Piénsalo bien, ¿con quién estabas? ¿Es que nadie pudo ir a buscar el bolso en tu lugar? Hasta que no encuentres la respuesta no puedo hacer nada.

—¿Cómo que no puede hacer nada? ¿Y sus poderes?

—No seas ilusa. Yo no tengo poderes. Solo soy un instrumento del bien y del mal.

El bien, el mal, el cielo, el infierno, vivir, morir, amar, odiar. Creía que esas palabras eran valiosas antigüedades, como los cuadros de un museo, que se tenían, se hablaba de ellas, pero no se usaban.

—¿Cómo que del mal?

—Unos me utilizan para el bien y otros para el mal, tan humana es una cosa como otra. No me mires así, a veces para llegar al bien hay que recurrir al mal. Habrá que hacer algo para cortarle el paso a quienquiera que haya puesto sus malditos ojos en ti, de lo contrario puede que mueras. Y en esa búsqueda solo puedo ser tu guía. Puedo guiarte para distinguir la apariencia de la realidad.

—Hasta ahora no me ha ocurrido nada grave, todo ha tenido solución.

—¿Hasta cuándo? No sabemos si ese espíritu se va calmando o va enfureciéndose cada vez más.

—¿Espíritu? ¿Querrá vengarse de mí el espíritu de algún muerto? —pregunté sin poder creerme del todo lo que estaba preguntando.

Sonrió negando con su cabello caoba iluminado por las llamas de dos velas que, hiciera frío o calor, siempre estaban encendidas.

—Solo existen los espíritus de los vivos. Me refiero a la conciencia, al alma, a eso que hace que una persona sea como es. La mayoría de las veces nos dejamos ofuscar por el aspecto, la voz, los modales. El encanto personal puede llegar a ser terrible. Los rostros bondadosos, letales. Lo único que está en mi mano hacer es guiarte para que llegues a la conciencia, al verdadero ser de quienes te rodean.

—Me parece muy difícil —dije desanimada.

—Difícil, pero no imposible —dijo cogiéndome por los hombros—, en cuanto sepamos quién es, ¿comprendes?

Se puso las gafas que le colgaban sobre el pecho, vertió polvo en un saquito minúsculo, lo apretó en la mano derecha varias veces como para imprimirle su calor y energía y lo pasó por incienso.

—Es lo último que me quedaba del rododendro de flor negra. Es una planta muy rara que solo crece esporádicamente en alta montaña. Toma. Llévalo junto a ti, pegado al cuerpo. Tienes que esforzarte para percibir la conciencia. Es energía pura y según su carga sea positiva o negativa toma un color u otro. No es que en realidad la energía tenga color, es nuestra forma de captarla la que se lo concede. Uno de los colores más bellos y puros es el azul claro, el color del cielo, por eso las energías buenas las percibimos así.

—¿Y cómo conseguiré verlo?

—Con fe en ti misma. Hay algo portentoso en ti. ¿No te has dado cuenta?

Por un instante pensé cómo le sonaría todo esto a Carolina. Y cómo me habría sonado a mí antes de que alguien quisiera que muriese y que yo no parara de tener accidentes.

—No te dejes limitar por lo que ves. Lo que ves no lo es todo. Debajo de la piel están los nervios y el músculo, debajo del músculo el hueso, dentro del hueso, el tuétano. Dentro de las venas está la sangre. Debajo de las hojas está el tronco, dentro de los pétalos, el polen. Siempre hay algo más.

De todos modos también había venido hasta aquí para hacerle una pregunta absurda.

—¿Me engaña? ¿Por eso me avisó de que no podía curar mi dolor?

—¿Tú qué crees? ¿Por qué vienes aquí? —contestó.

Me cobró doscientos cincuenta euros, cincuenta menos —quizá por mi incómoda pregunta y su decepcionante respuesta— que la vez anterior.

Carolina me habría dicho «¿Lo ves? Está sacándote el dinero». Pero que yo supiese me sacaban el dinero en la peluquería, poniéndome potingues al lavarme la cabeza, que yo no veía porque estaba tumbada, y me sacaban el dinero en los restaurantes cobrando por un poco de merluza un precio desorbitado. Sin embargo, sentía que Viviana ponía interés, se concentraba, y además era una experta en botánica. Se lo había ganado.

Viviana abrió la puerta de la terraza. Atada a la barandilla estaba fijada la pantalla de brezo que impedía que nos vieran desde fuera. Entraban muy delgados rayos de luz que creaban líneas en el suelo. Ella pasó entre sus muebles, sus libros y sus calderos, separados lo justo para no tirar nada con el cuerpo. Le gustaba ir toqueteándolo todo con las manos mientras pasaba.

Me marché sin hacer ruido.

Aún tenía tiempo hasta la salida del tren y decidí

tomarme algo en el bar de la esquina. El camarero me reconoció de la vez anterior y porque le parecía haberme visto en alguna de las revistas que leía su mujer.

—¿Eres actriz?

Técnicamente lo era, así que afirmé. Le dije el título de la película en la que acababa de trabajar. No la conocía, no iba mucho al cine.

Me pedí un sándwich de jamón y queso, y mientras él lo preparaba fui al baño, hasta ahora había logrado evitar el de Viviana y conocer sus intimidades. A mi vuelta tenía un mantelito de papel en la barra y un cubierto. Apenas había nadie, una pareja al fondo y dos jugando una partida de cartas. Eran las cinco de la tarde y el calor apretaba.

—Alguien como tú, una actriz, solo puede venir por aquí si es para ver a Viviana.

No dije nada. Me quedé mirándolo con los ojos muy abiertos.

—No te preocupes, no eres la única. Y me alegro por ella después de todo lo que ha sufrido. Viviana no es una sinvergüenza de esas que salen en la tele. Ella se lo cree, y quién sabe, quizá aquello la hizo distinta —dijo y se acodó en la barra con ganas de charla. Bajó la voz.

13

El viaje de vuelta se me pasó volando, pensando en lo que me contó el del bar y en que juzgamos a la gente demasiado a la ligera.

Me dijo que tendría que haber visto cómo era el piso de Viviana cuando vivían con ella su marido y su hijo. Luminoso, alegre, con algunas plantas en la terraza como todo el mundo. Bajaba bastante al bar con su marido, sobre todo a eso de las ocho. Les preparaba una tortilla de patatas, una ensalada y una botella de vino blanco fresquito. Le parecía estar viéndolos. El niño se entretenía jugando por allí. Tenía ocho años cuando sucedió todo.

Entonces Viviana pesaría cincuenta y cinco kilos, era muy mona. Tenía el pelo negro y los ojos muy claros. Sin ser una belleza gustaba mirarla, en verano llevaba unos pantaloncitos cortos que le quedaban muy bien. Y sobre todo gustaba escucharla, algo con lo que seguro yo estaría de acuerdo porque si algo no había cambiado en ella era la voz. A pocos hombres y mujeres había oído él con una voz tan sensual, y eso que por el bar pasaba gente de todo tipo, y mucho más en el restaurante del trasatlántico donde trabajó mucho tiempo como camarero. Ni siquiera allí se tropezó con una voz igual. Y tras decir esto empezó a pasar la bayeta por el mostrador como si estuviera oyendo la voz imaginaria de Viviana hasta que volvió al presente.

Viviana era funcionaria en un ministerio, no retuve en cuál, y el marido era camionero. El camión no era suyo, pero lo aparcaba allí cerca. Estaba completamente embobado con Viviana. En cuanto podía paraba el camión y la llamaba porque nada más oírla cualquier tensión, cualquier disgusto le desaparecían. Toda la parroquia del bar opinaba que había tenido mucha suerte consiguiendo que una chica así se fijara en él.

Ella a quien idolatraba era al chaval. Tenían pensado mandarle a estudiar a Inglaterra en cuanto cumpliera once años. Estaban ahorrando para eso. Muchas veces, antes de que el marido saliera de viaje con el camión, desayunaban en el bar los tres y luego ella y el niño se acercaban a despedirle. Él les decía adiós desde lo alto, desde la ventanilla mientras arrancaba.

Y ese día, el día que cambió sus vidas, no se dio cuenta de que el niño se separó de su madre sin que él se diera cuenta de que estaba pasando por detrás cuando dio marcha atrás al camión. Lo atropelló y el chico murió en el acto.

A Viviana le dieron la baja por depresión en el trabajo y al final dejó de ir. Ni siquiera se molestó en pedir una excedencia o en arreglar los papeles. Dejó de ir, dejó de salir y de cuidarse. Dejó de querer a su marido completamente, y él un día no tuvo más remedio que marcharse y no volvió más, ni se ha vuelto a saber nada de él. Algunos malintencionados decían que nunca le perdonó y que seguramente le hizo una de esas cosas raras que ella hacía, porque hubo un momento en que llenó el piso de velas, de imágenes y de todo tipo de hierbas, y empezó a decir que había descubierto que el único sentido de todo lo que le había pasado era aprender para ayudar a los demás.

La interpretación del hombre del bar es que tuvo que transformarse en otro ser lo más diferente posible de sí misma para seguir existiendo en este planeta. Era ella, pero ya no era ella. Era como nosotros, pero ya no era como nosotros.

¿Qué habría hecho cualquiera si le hubiese sucedido algo semejante?

14

Pensé que, aunque solo fuera por consideración a Viviana y a cómo había llegado a ser la persona que era ahora, me colgaría la bolsita talismán con una fina cadena de plata. Me caía justo sobre el sujetador y podría disimularla con algunas prendas, pero con otras tendría que quitármela. A las modelos nos resulta difícil ser fieles a colgantes, collares, anillos, pulseras. Tenemos que quitárnoslos constantemente y corremos el riesgo de perderlos. De todos modos, a pesar del talismán, los accidentes no pararon. Claro que quizá sin él habría sido mucho peor.

Me ocurrió el 8 de julio en la playa de Las Marinas.

Elías estaba convencido de que ese algo que los pocos críticos que se ocupaban de su obra le decían que le faltaba a su pintura le vendría junto al mar, en una casa en la playa donde pudiera montar su estudio. Recrearía el verano en todas sus vertientes, y probablemente también el otoño y el invierno. Estaba entusiasmado. El calor le inspiraba, le abría las emociones, le llenaba de sensaciones. Con tal de verle contento yo era capaz de cualquier cosa.

Encontramos en Las Marinas, un pueblo de Alicante donde aún se pescaba y se hacían canastos de mimbre, una casa de dos plantas en primera línea de playa con una amplia terraza arriba desde la que se veía el mar y a la gente bañándose y pescando, y con un hermoso jardín abajo. Él se quedaría allí todo el verano para preparar su próxima exposición, mientras que yo iría y vendría. No podía rechazar ninguna oferta porque ahora necesitábamos dinero extra para pagar este alquiler y los kilos de óleo que Elías necesitaba.

Llegamos a mediodía. Al bajar del coche estiramos los brazos como si quisiéramos salir de nuestros propios cuerpos, y Elías se quitó los pantalones de dos patadas, se quedó en calzoncillos y a continuación desnudo. No le importaba que la ropa se llenara de hormigas o lo que quiera que hubiese por el suelo, y vino hacia mí despacio, marcando con fuerza las pisadas, dejando bien claro que venía. Buscó con la mirada el lugar menos duro donde tumbarme, que resultó ser un balancín de tres plazas que chirriaba. Su colchoneta olía a haberse mojado y secado mil veces. Hacía un calor húmedo y resbaladizo, aceitoso, aliviado por algunas ráfagas de brisa fresca, como si dos mundos diferentes trataran de encajar. La verdad, se estaba muy bien. E hicimos chirriar el balancín durante bastante rato.

—¿Y si nos ha visto algún vecino? —dije poniéndome el vestido.

—Para eso están, para ver lo que hacemos —dijo alegre, satisfecho.

En las ventanas había persianas mallorquinas pintadas en verde, y en el jardín había grava, tierra, palmeras y árboles frutales. La fachada era ocre con una gran buganvilla pegada a ella. Nada más abrir la puerta salió el típico olor a cañería de las casas de verano que me transportó al mundo de la despreocupación y la mente en blanco. La casa tenía de todo y solo hacía falta limpiarla. La mayoría de los muebles eran de mimbre y de teca, ligeros. Se movían fácilmente y no estaban amontonados, dejaban mucho sitio a la luz. La cocina tenía sobre todo muebles de obra, vasares cubiertos con cortinillas de cuadros en la parte baja, nada que oponer. Aunque a los dormitorios les daría otro aire.

Mientras yo husmeaba por los armarios y pensaba cómo mejorar la decoración, Elías se puso unos pantalones cortos sobre el bañador y una camiseta arrugada y se marchó a explorar los alrededores. Era feliz con él. Muy feliz. A la terraza llegaban oleadas de brisa marina, de humedad, de olor a azahar. Seguro que Elías por fin pintaría la gran obra que nos dejaría con la boca abierta. Cuando estuviera hecha, me encargaría de llamar a Jorge, su ex representante, y le convencería de que le diese una oportunidad, de que le dijese que lo había pensado mejor y que se arrepentía de haber roto con él. Yo siempre le había gustado, y si le llamaba se tomaría un café conmigo, estaba segura. Al mismo tiempo convencería a Antonio Magistrelli de que invitara a cenar a uno de sus amigos críticos de arte a nuestra casa, donde vería el cuadro expuesto en el salón y se enamoraría de él.

¿Y por qué Jorge, el ex representante de Elías, no podría estar vengándose de mí? No me pareció una simple coincidencia que al pensar en él, en el instante en que pensé en llamarle para hablarle del nuevo Elías, se me ocurriera abrir los cajones de la cocina y meter la mano para sacar los cubiertos. Quería fregarlos debidamente porque Dios sabe por cuántas bocas habrían pasado, por cuántas lenguas y dientes, cuántos labios los habrían chupado. Era una manía heredada de mi madre, que lo primero que hacía cuando alquilábamos un apartamento para pasar las vacaciones era comprar un par de guantes de goma, un estropajo y una botella de lejía, lavar los cojines, las cortinas y las colchas de las camas y todo lo que pudiera haber entrado en contacto con un cuerpo humano. Esto nos obligaba a imaginar a los anteriores inquilinos como seres sudorosos sentándose en esos mismos sillones, indeseables guarros metiéndose en esas mismas camas y asquerosas bocas comiendo en esos mismos platos.

Y cuando pasé la mano por los cubiertos dentro del cajón, pensando en Jorge y en qué artimaña me inventaría para atraerlo de nuevo hacia Elías, sentí cómo algo afilado y extremadamente suave se me hundía en la carne y vi cómo los tenedores, cuchillos y cucharas iban cubriéndose de sangre. Los cogí con las manos, los solté en el fregadero y la pila se cubrió de rojo.

La carne del dedo me colgaba, y empezó a dolerme como si unos dientes estuvieran devorándome el hueso, sentía punzadas en toda la mano. Se me nubló la vista y casi me mareé, pero estaba sola y debía mantener la calma. Me enrollé un paño de cocina, fui corriendo hacia la maleta y busqué con la otra mano una toalla.

Sobre la repisa de la chimenea estaban las llaves del coche y el móvil de Elías. Era inútil tratar de buscarlo, estaba perdiendo mucha sangre y a saber por dónde andaría él. Elías caminaba muy deprisa, era muy delgado y el cuerpo le pesaba poco, y estaría ya en la otra punta de la playa. Aunque se hubiese parado para fumarse uno de sus cigarrillos de liar contemplando el mar, sentado en la arena, sería igualmente inalcanzable. La toalla iba empapándose dramáticamente. Tampoco me sentía capaz de conducir. Además, ¿hacia dónde? Era la primera vez que veníamos a la playa de Las Marinas y lo único que sabíamos era que más adelante había una almadraba.

Decidí salir de casa y del jardín y me dirigí hacia un ruido de niños. Se trataba de una piscina en el centro de unos bungalows. Los niños se tiraban como salvajes, y no me miraban. No había padres, estarían echando la siesta o en la playa. La toalla chorreaba. Crucé las instalaciones y volví a salir a la calle por si pasaba algún adulto, pero pasaban demasiado lejos. Me estaba mareando. Iba a arrancarme el talismán de Viviana y a tirarlo a los contenedores de basura, lo único que había por allí más alto que un niño, cuando un anciano me dijo:

—Sígueme.

Le obedecí sin preguntar, no tenía fuerza. Nos metimos por las callejuelas de otra urbanización y abrió la puerta de un bungalow de paredes rosáceas como la piel de un bebé. Salió una anciana de pelo blanco por el centro de la cabeza y negro el resto.

—Échale un vistazo a esta chica.

La mujer trajo un caldero de cobre lleno de hierbas, desenrolló la toalla, lavó el dedo, cortó la carne sobrante con un cuchillo japonés, lo desinfectó y lo vendó.

—Ya estás lista hasta que encuentres a la persona

que te ha dirigido la mano hacia el filo del cuchillo. Por poco te quedas sin dedo.

—¿Quién es esa persona? —pregunté con la certeza de que aún no había llegado la hora de saberlo.

—Si lo supiésemos, si en cada momento supiésemos quién quiere quitarnos de en medio, la vida sería demasiado fácil, ¿no crees?

No, no lo creía. No entendía por qué la vida tenía que ser difícil para ser mejor. Corta, difícil y sin respuestas.

La mujer me tocó la frente. Era una mano fría y mojada, que me hizo abrir los ojos.

Fui viéndolo todo poco a poco: la mesa, la silla, un armario con medicinas, una bata blanca. Estaba en una camilla.

—Trate de incorporarse despacio, se ha desmayado —dijo el hombre de la bata, un doctor.

Me miré la mano, tenía el dedo vendado.

—No se preocupe, está bien. Quizá le quede una pequeña señal, le hemos dado puntos.

Me había desmayado mientras miraba a los niños en la piscina y el socorrista me llevó al ambulatorio.

—Permanezca sentada ahí fuera diez minutos y si no se marea puede marcharse —dijo animándome con una sonrisa a que saliera a la sala de espera.

Me levanté antes, tenía miedo de que Elías no

me encontrara al regresar a la casa y se alarmara. A pesar de que me habían dado un calmante, me dolía la mano. Eché a andar en dirección al aire azulado del mar, hacia la humedad, y a la media hora caí en la cuenta de que estaba más lejos de casa de lo que creía y que tendría que haber pedido un taxi desde el ambulatorio. Aunque la furia del sol se iba calmando poco a poco, sudaba, sentía mucha sed y tuve que sentarme varias veces en una piedra y en un bordillo de la carretera para no caerme redonda y que tuvieran que llevarme de vuelta al centro médico. Y además no recordaba cuál era el camino de tierra que conducía a la casa, que se distinguía por pequeños detalles que aún no conocía. Seguro que Viviana me diría que el sentirme así de desorientada era la señal clara de que estaba perdida en mi vida en general, lo que me costaría creer porque si a alguien le habían venido rodadas las cosas hasta ahora era a mí. Más rodadas que a Carolina, que no conseguía que le publicaran sus novelas; más rodadas que a Elías, que no lograba vender sus cuadros y más rodadas que a mis padres, a los que tuve que ayudar para poder disfrutar de una buena jubilación. Quizá no me merecía tanto, y la vida o los dioses querían recordármelo.

Menos mal que el pie iba cada vez mejor y no me molestaba para andar, porque tardé casi una hora en dar con los bungalows donde me prestaron ayuda, aunque no encontré al socorrista para darle las gracias. De allí a la casa había cinco minutos. Apareció ante mí al final del camino. Era alegre. Un buen refugio. Las paredes bajo el sol eran de cobre brillante, sombreadas por la buganvilla y las palmeras. Continuaba pareciéndome muy bonita. Ella no tenía la culpa de que me persiguiera un espíritu o una conciencia.

Como me había dejado las llaves dentro, salté por una ventana. Me pareció buena señal que no faltara nada. Y afortunadamente Elías aún no había regresado. Dejé correr el agua sobre los cubiertos para que terminara de llevarse la sangre.

Por la noche cenamos a la luz de las velas unas deliciosas sardinas compradas por Elías en la lonja. Ya sabía por dónde empezar a pintar. Había visto unas grúas impresionantes en el puerto.

—¿Qué te ha pasado en el dedo?

—Nada, me he cortado con ese cuchillo japonés.

No añadí que en ese momento, cuando el cuchillo me pasó por el dedo, estaba pensando en el cerdo de Jorge, calculando cuánto me costaría que aceptara readmitirlo en su catálogo. Había tenido un pensamiento peligroso con graves resultados.

15

Jorge no solo me miraba y me besaba en la mejilla de una manera excesiva, clavándome los labios —una vez sentí la lengua—, sino que me había insinuado que me acostara con él una noche en que lo invitamos a cenar en nuestra casa de Madrid.

De esto hacía más o menos un año.

—Patricia, tú y yo estamos hechos el uno para el otro —me dijo mientras Elías estaba orinando en el baño.

»No quiero morirme sin saber lo que es estar contigo —dijo mientras Elías se lavaba las manos bajo el grifo.

»Elías tiene mucho talento, pero hay que saber venderlo —dijo mientras Elías estaba secándose las manos. Y me cogió de la cintura y me atrajo hacia él con una fuerza que me dio miedo mientras Elías cerraba la puerta del baño.

Evité la mirada de Jorge el resto de la noche. Era

lo único que podía hacer si no quería darle la patada final a la endeble carrera de Elías. Porque si Elías se olía que Jorge me molestaba tendría que enfrentarse a él y ya no habría vuelta atrás. Y si yo le diese una patada en los huevos, tampoco. Era mejor callar y tragar saliva.

Después de aquello venía por casa de vez en cuando para ver cómo iba la obra de Elías. Echaba un vistazo a los cuadros, hacía el paripé, le decía que era un artista de los de antes, de los que no se dejan corromper y que el precio que Elías tenía que pagar era la incomprensión porque el mercado estaba echado a perder, a la gente le gustaba empapelar las paredes con cuadros que combinaran con el sofá. Entonces hablaba de Van Gogh y de Kafka, dos genios, uno del pincel y otro de la pluma, que no se comieron una rosca en vida. En ese momento a Elías lo invadía una mezcla de alegría y tristeza y bebía y fumaba canutos sin parar hasta que no se le entendía lo que decía.

—Las galerías van a lo seguro —decía Jorge mientras me miraba con una desfachatez cada vez mayor—. Salvo tres o cuatro con suerte, todos están en tu situación.

Pero hubo una noche aún peor hacía ahora cuatro meses.

Le habíamos dado la noche libre a Daniela, y los perros dormitaban en su caseta del porche para evitar que se le subieran encima a Jorge y le mancharan el traje color crema. Cenamos, bebimos bastante y Elías se puso de porros hasta arriba, hasta que se le caían de entre los dedos. A Jorge le iba más el rollo del alcohol, whisky, ginebra, y yo procuraba no pasarme con nada y no perder el control mientras Jorge estuviera allí.

Aquella noche, a eso de las dos de la mañana, Elías cayó redondo en el sofá y se durmió. Jorge tuvo el detalle de quitarle las botas, de acomodarle bien la cabeza en un cojín y de ir a nuestro dormitorio a coger una manta. Todo tenía muy mala pinta. No me gustó verle salir de mi cuarto con la manta. No me gustó verle entrar. No me gustó cómo le tapaba, casi como si estuviera muerto. No me gustó cómo se volvió hacia mí y me clavó las pupilas dilatadas amenazadoramente en mis ojos en máxima alerta —¿tendría por fin que partirle la cara?—. Podría decirse que era guapo, un guapo medio rubio con flequillo largo, que se retiraba constantemente con una mano con tendencia a la gordura y la flacidez. Costaba trabajo adivinar cómo era el cuerpo que tapaban sus clásicas chaquetas, los pantalones sastre y las camisas con iniciales. Solía llevar un gran fular alrededor del cuello, para recordar que se movía en el mundo del arte. De hecho trabajaba con los mejores artistas plásticos y de hecho conseguía fantásticos negocios y de vez en cuando colocaba un cuadro de Elías. Y cuando el mercado se le cerraba a cal y canto a Elías yo compraba el cuadro y lo guardábamos en un almacén de Singapur, junto con otras obras de millonarios desconocidos. Este era el mayor secreto que compartíamos Jorge y yo, hasta esa noche en que al tiempo que me miraba comenzó a sonreír ligeramente y a andar hacia mí despacio.

Elías dormía. De la profundidad de su pecho salían respiraciones infernales, suspiros sobrecogedores, palabras rotas. ¿De qué clase de células estaba hecho Elías para no poder ser feliz ni soñando?

—Tendrías que convencerle —dijo sin mencionar su nombre— de que viajara más, de que viviese en el extranjero una temporada, hasta que encontrara su fuente de inspiración, como Gauguin.

Cada vez lo veía más cerca de mí. Y de pronto su manera de andar y de hablar me confirmó lo que sospechaba: que consideraba que Elías jamás, por mucho que se lo propusiera, vería la luz de la genialidad.

Cuando llegó a mi altura sus ojos castaño claro se volvieron amarillentos y brillantes, la respiración movía las iniciales de la camisa. No quería dar un paso atrás porque eso habría sido aceptar que se iba a abalanzar sobre mí, y yo no quería pensar que lo iba a hacer.

—Nunca será Gauguin —dije.

Me cogió las manos. Le sudaban. No oyó lo que le decía. Le importaba una mierda Gauguin y mucho más Elías. Se quedó completamente centrado en mis manos, como si las estudiara mientras su cuerpo de cintura para abajo iba cambiando. Presentía que se estaba excitando, como si hubiese fantaseado mucho con ese momento y no pudiera controlarse. Levantó la vista hacia mí con los ojos semicerrados. Retiré las manos y me volví, y entonces lo sentí detrás de mí. Las partes blandas y duras de su cuerpo. Las manos trataban de subirme el vestido. La respiración pasaba entre el pelo y me calentaba el cuello. Todo el aire que le recorría por dentro, que le salía de los pulmones y que le subía por la garganta, se me pegaba al cuello. Los labios me dieron un escalofrío, y la lengua, que ya había notado otras veces en la mejilla, me obligó a sacudirme, a revolverme.

Me desprendí de él con una fuerza que él jamás había pensado que pudieran concentrar mis flacuchos brazos, ni yo tampoco. Se dio con un velador de mármol en el costado, se tambaleó y se puso la mano en la parte dolorida. Con toda seguridad le saldría un buen moratón. Me bajé el vestido. Elías se dio la vuelta como pudo en el sofá. Ahora roncaba.

Nos quedamos un momento paralizados. Yo mirando a Jorge, y él con la cabeza baja, prisionero del momento y de la humillación. Hasta un negociante como él, acostumbrado a todo, necesitaba unos minutos para recomponerse y reorganizarse. Yo estaba deseando que hiciera algo.

Por fin fue hacia la mesa donde habíamos cenado y recogió del respaldo de una silla el fular. Se lo puso, se retiró el flequillo y metió las manos en los bolsillos de la chaqueta.

—Gracias por la cena —dijo tropezando en cada palabra, mientras que los ojos iban tomando su color real.

La puerta se cerró y yo vi acabada, completamente acabada, la carrera de Elías, y más que su carrera su sueño. Y me invadió la angustia de qué sería de él sin su sueño y si sería capaz de crearse otro. Y deseé que siguiera durmiendo varios días hasta que en el universo ocurriera algo que cambiara las cosas. Algo tan tremendo que a Jorge le hiciera olvidarse de lo que había sucedido esa noche.

No pude pegar ojo. Al rechazar a Jorge con aquel desafortunado empujón había aniquilado el futuro de Elías. Cada vez que Jorge se duchara o se cambiara de ropa y se viera el hematoma en el costado, me odiaría y odiaría a Elías, al que hasta ahora solo había despreciado. No es que tuviese que dejar que Jorge me besuqueara y me follara, pero siempre hay formas de evitarlo, siempre hay alguna manera de no darse por aludido, ni mirado, ni deseado y de esquivar el momento crítico. Yo no lo hice, dejé que se me acercara, dejé que ocurriera el desastre porque en el fondo tenía ganas de pegarle. Y así estuve toda la noche, dándole vueltas y más vueltas.

Y ahora necesitaba a Jorge. Si el mar, el sol y la magia celestial eran capaces de sacar de Elías un rayo de esperanza de sus pinceles, necesitábamos que Jorge volviera a nosotros, y yo haría lo que fuese para conseguirlo y para que detuviera el hechizo que desde su corazón había lanzado sobre mí. Jorge era necesario en nuestras vidas. Me gustase o no, era el único marchante que conocía bien el estilo de Elías. Era el único que podría apreciar un cambio a mejor, y el único que si tuviésemos un golpe de suerte podría vender de verdad los cuadros guardados en Singapur y devolverme el dinero. Estábamos en sus manos blancas y flácidas. Y como nos decía Irina cuando nos leía la cartilla: «El orgullo es el mayor ser estúpido que llevamos dentro.»

16

Cada vez que tenía que envolverme la mano en plástico para ducharme o que no podía cortar la carne, cada vez que tenía que inventarme una postura rara para que no se me viese el vendaje en las fotos, me acordaba de Jorge. Estaba casi convencida de que era él quien, desde que aquella noche tan desagradable de hacía cuatro meses en nuestra casa de Madrid, se había apoderado de una parte de mi voluntad con sus ojos amarillos y brillantes. Y por eso, con solo desearlo él, me caía, me paralizaba, pasaba el dedo por el filo de un cuchillo japonés, me torcía un pie. Sin embargo, ocurrió algo que me hizo descartarlo o por lo menos no responsabilizarle completamente de mis males.

Fue a finales de julio.

Elías continuaba en la casa de la playa en Las Marinas, cada día más entusiasmado y más bronceado, y yo debía posar para catálogos de ropa de invierno en un lugar de los Alpes con nieve perpetua, el Parque Natural Berchtesgaden. Se suponía que no llegarían hasta allí los activistas defensores de los derechos de los animales cuando les tocaba el turno a los abrigos de pieles.

Yo sufría mucho porque se me resentía el tobillo con los tacones de veinte centímetros sobre la nieve, porque debía estar alerta para que no se me viera el dedo vendado, procurar meter la mano en un bolsillo o esconderla entre los pliegues del visón. El hombro aún me daba la lata al posar y por encima de todo tenía miedo de coger una pulmonía. Pero no era solo eso lo que me preocupaba. Además de hacer mi trabajo, en cuanto Irina me propuso venir a los Alpes empecé a darle vueltas a la idea de encontrar la planta con la que Viviana me había hecho el amuleto, y en la que había gastado lo poco que le quedaba. Sería una ocasión única para conseguirla, y un regalo inesperado para Viviana. Seguro que le encantaría. Desde que sabía lo que sabía sobre su vida ya no pensaba en ella como alguien que mágica e hipotéticamente podía ayudarme, sino a quien yo también debía corresponder no solo con dinero.

Mis compañeros no tenían ni idea de dónde encontrar el rododendro de flor negra. Y en el hotel-refugio donde nos alojábamos no había conexión con Internet y no tuve más remedio que preguntarle al encargado si había por allí algún rododendro de esa especie. Tenía que preguntar. Pero los otros empleados y la gente que había en ese momento en el vestíbulo no tenían ni idea. Así que se fue para adentro y regresó con una cocinera búlgara con delantal y gorro blancos que había visto uno y que podía llevarme allí cuando terminara de trabajar a eso de las diez de la noche.

Nos acostábamos temprano para empezar la jornada fotográfica a la salida del sol, pero no me importaba porque quería conseguir la flor negra fuera como fuese. Si me volvía sin ella no me sentiría merecedora del amuleto de Viviana. Imaginaba que la cocinera me explicaría dónde estaba el árbol con un pequeño plano y que al amanecer lo primero que haría sería ir allí, cortar la flor y volver a tiempo para posar. Ningún problema. Así que después de cenar me senté en los sillones del vestíbulo a esperar. Y a eso de las diez y media le pregunté al conserje al que ya conocía si la cocinera se había marchado. Hizo memoria: «¡Ah, Natalia!» No, aún estaba recogiendo. Se me cerraban los ojos, el día había sido muy intenso.

A las once y cuarto me sacudieron el hombro. Era Natalia. Ahora se le veía el pelo negro y liso hasta los hombros del chubasquero. Me tendió otro a mí, amenazaba lluvia. Llevaba botas de sierra como yo, que las usaba cuando no trabajaba porque me sujetaban muy bien los tobillos. Me indicó que la si-

guiera. Eché a andar detrás de ella. Recogí la pequeña mochila que solía llevar y me la colgué a la espalda.
Nos metimos por un camino. Ella andaba deprisa,
yo también. Intenté preguntarle si estaba muy lejos
el árbol, pero ella no me entendía. Sin el conserje
haciendo de traductor nuestra comunicación era terrible.

Estábamos dentro del bosque y de vez en cuando
cruzaba una sombra corriendo. Natalia iba tan rápido que la perdí de vista. «¡Natalia!», grité, y unos
ojos amarillos y brillantes como los de Jorge me mi-
raron por un segundo. «Chissssst», susurró ella a mi
lado y me cogió del brazo para que apretara el paso.
Tenía una mano fuerte, toda ella era fuerte y un
poco más baja que yo, pero a pesar de ir a su lado
sabía que de entre los árboles saldría un oso que se
abalanzaría sobre mí, que me mataría y que aquí
acabaría todo, y que por fin esa persona malvada,
que me odiaba, se saldría con la suya.

Después de andar casi una hora —un trayecto
que a la luz del día seguramente haríamos en la mitad— vimos unas cuantas casas de piedra, y Natalia
volvió a cogerme del brazo y me dirigió a una. Al
abrir la puerta se quitó las botas y me señaló las mías.
El suelo estaba cubierto de pieles y había una chimenea con rescoldos. Era como entrar en una gua-
rida. Encendió un quinqué y empezó a andar, yo iba
detrás. Abrió una puerta que crujió. Era una habita-

ción pequeña, con una ventana pequeña por donde se veía la luna rozando los árboles. Cerró la ventana, dejó el quinqué en una mesa de madera maciza hecha seguramente con pinos de los alrededores y abrió un armario que también crujió. Me tendió un camisón largo de algodón blanco y volvió a cerrar la puerta con otro crujido.

Me quité la mochila y el chubasquero, las botas las había dejado en el zaguán, y abrí la cama de blancas y limpias sábanas y miré a ver si había algún enchufe por allí. No parecía que tuviesen luz eléctrica, por lo que costaría un gran trabajo lavar todas estas sábanas y camisones. Así que me tumbé vestida y me tapé con el edredón, era la primera vez que lo usaba en verano. No entendía lo que había ocurrido, creía que Natalia me llevaría hasta al árbol. Empezó a soplar el viento y aunque la habitación estaba fría, me sentía a salvo. El mundo estaba fuera gritando y silbando y yo estaba en esta casa de piedra tapada con un edredón. No tenía de qué preocuparme. Nadie sabía que estaba aquí, ni siquiera lo sospechaban, estaba a salvo.

Dormí como hacía tiempo que no dormía, profundamente. Me despertó Natalia antes de que saliese el sol. Abrió la pequeña ventana como si ya fuese de día aunque estaba oscuro, pero las estrellas se iban alejando y apagando. Como no la entendía, no se molestaba en hablar. Encendió el quinqué y me señaló un orinal, una palangana y una jofaina. Habíamos saltado al siglo XIX, pero me daba igual, estaba acostumbrada a todo: al frío, al calor, a cambiarme de ropa rodeada de gente, a dormir poco, a no dormir y a quedarme traspuesta en cualquier parte. A veces me daba igual estar en un hotel de seis estrellas que en una pensión de mala muerte, el caso era poder dormir diez horas seguidas. Casi nunca me desnudaba para meterme en la cama, pero no tenía más remedio que seguir la regla de oro de desmaquillarme aunque fuera lo último que hiciese en la vida si quería seguir trabajando. A veces me quedaba dormida en medio de la operación y el tónico se derramaba por la colcha.

En la cocina esperaba un café humeante y una leche con un dedo de nata sobre una mesa a prueba de golpes.

—Tienes una casa muy bonita. Gracias por el café —le dije aunque no me entendía.

Ella tenía prisa y me acercó las botas. Me bebí el café quemándome la lengua. En el interior de la casa empezaban a despertarse niños y algún hombre.

Salimos a la fría noche, que empezaba a clarear débilmente, y emprendimos un viaje rápido entre aullidos de animales que no sabía identificar. En el trayecto pude tropezar mil veces, caerme, bajar rodando por terraplenes helados, clavarme una estaca de pino en el pecho, ser atacada de nuevo por un oso. Y, sin embargo, no pasó nada. Lo que me hacía pensar que no podía ocurrirme nada cuando la persona X no sabía dónde me encontraba. Y nadie, absolutamente nadie, sabía que yo estaba en esos parajes ni con qué podría herirme o matarme. Después de una hora de caminata iba acostumbrándome a la sensación de peligro e iba confiándome más y más. Era como acostumbrarse a los pitidos de los coches o a los semáforos. Había sido una niña de ciudad y de playa en verano y los árboles más cercanos eran los del parque junto a mi casa.

Llegamos a una peña recubierta de musgo, y todo lo que nos rodeaba comenzaba a salir de la oscuridad como si se elevara sobre el mar. Natalia me señaló un arbolillo enano de tronco tosco con pequeñas flores negras. La miré sorprendida y admirada de que el rododendro de verdad existiese y no fuese una fantasía de Viviana, y le di las gracias. Nunca me habría imaginado que encontrar una planta pudiera ilusionarme tanto cuando hasta hacía nada ni me fijaba en ellas.

Natalia me dijo algo incomprensible y yo descargué la mochila con el espanto de ver que se marchaba ligera por entre los pinos. Seguro que dijo: «Esto es lo que buscas, tengo mucha prisa.» Pero no podía salir corriendo tras ella, debía cortar un esqueje. Había capullos a punto de florecer y una flor ya abierta de una seda preciosa, que pronto se marchitaría. La corté por la base del tallo y también los capullos y algunas ramas verdes. «Lo siento», dije, seguramente lo que le habría dicho Viviana a este ser silvestre que había tenido la mala pata de tropezarse conmigo. Los envolví en un pañuelo de Lanvin, que siempre llevaba en la mochila, me la eché a la espalda y ahora sí corrí tras los pasos de Natalia. Puesto que trabajaba en el hotel, teníamos que ir en la misma dirección. Pero la perdí y hubo un momento en que me vi completamente desorientada. Ojalá en el colegio hubiese prestado atención. Más o menos sabía dónde estaba el este —por donde iba saliendo un blanquecino sol detrás de las nubes—, aunque no estaba segura del todo; el oeste, hacia donde tendría que ir girando el sol de las narices; enfrente el norte y a mi espalda el sur, pero ¿dónde estaba el hotel? ¿En el este, en el sur? Ni pajolera idea.

En algún momento la tierra se hizo muy dura y las huellas de sus suelas troqueladas para no resbalar y agarrarse al suelo de Natalia se esfumaron. Se la notaba acostumbrada a andar por todo tipo de terreno, como una gata, una loba o una cierva. Empezó a chispear. Cuando arreciara, el suelo se embarraría y las huellas se borrarían completamente. Maldita Natalia. La verdad es que ya había hecho suficiente dejándome pasar la noche en su casa y trayéndome hasta aquí. Pensaría que todo el mundo disfrutaba de su mismo instinto de supervivencia y que podría regresar sin complicaciones al hotel. Quizá lo mejor que podía hacer era sentarme en algún peñasco a esperar porque habría un momento en que darían la voz de alarma y saldrían a buscarme. Natalia les diría dónde me había dejado y aquí vendrían en primer lugar. Pero me daba mucha vergüenza. A las nueve empezábamos las sesiones de fotografía en ropa interior. Se suponía que a esa hora habría sol, pero como había empezado a llover haríamos la sesión de trajes largos, el caso era pasar incomodidades.

¿Y si lo intentaba? Eché a andar de frente partiendo ramas a mi paso para saber volver hasta que se me cansó el brazo. A las once me encontraba en un sitio muy bonito con un riachuelo, tierra roja, hojas grandes en el suelo sobre las que caía la lluvia. Olía muy bien. Respiré profundamente, como me había enseñado Viviana, y cogí agua del riachuelo, me lavé la cara y bebí. Me puse a tararear. Ya me estaría sustituyendo alguien y yo estaría perdiendo un buen dinero. Irina me echaría una bronca monumental en cuanto se enterase. Pero aquí todo eso estaba muy lejos.

Decidí seguir el curso del agua riachuelo abajo. ¿Lo había visto en alguna película? ¿Dónde había oído decir que había que seguir el curso de los riachuelos? Sabía bastante sobre cómo sortear los coches con la Vespino, dónde encontrar los mejores peluqueros, cómo lograr que no me engañaran cuando llegaba a una ciudad nueva, sabía moverme por los aeropuertos, por las calles, por los hoteles, pero no sabía nada del campo, de las plantas ni de los animales. No sabría qué comer para sobrevivir, menos mal que comía poco. A las dos de la tarde me senté bajo un árbol bastante tupido para no mojarme más. La lluvia aún no calaba el chubasquero, pero me daba miedo que llegase la noche y estar mojada. Me moriría de frío. Tampoco sabía hacer fuego. Por lo menos si fumase podría reunir unos cuantos palos y prenderlos, pero no llevaba mechero ni cerillas, nada. Debía procurar encontrar algún pueblecillo, un refugio, montañistas.

Descansé un poco admirando los bosques que trepaban por las montañas y pensando en lo agradable que sería el momento de entrar en la habitación del hotel y darme un baño. También pensé en los hombres prehistóricos y en que ninguno de ellos, ni el más atontado, se perdería en un lugar así. Para ellos los árboles no serían todos iguales, ni los bosques, ni las piedras. Se guiarían por las estrellas y sabrían ver en la oscuridad. Y por el día todo estaría cubierto de señales. No me habría importado ser una de aquellas mujeres envueltas en pieles por necesidad y no por capricho y no tener miedo de nada. El hotel tampoco debía de estar demasiado lejos, puesto que habíamos venido andando Natalia y yo. El problema era que me estuviese alejando en dirección contraria.

Me levanté y emprendí la marcha hacia ninguna parte siempre por la vereda del riachuelo. Ni siquiera era un arroyo, solo un poco de agua que corría desde las laderas de las montañas sobre las piedras y que había formado una hendidura. Me agaché y bebí de nuevo.

Llevaba todo el día andando, iba atardeciendo y me mareaban las inmensidades que subían y bajaban alfombradas de bosques, parecía que iban a tragarme, pero tenía que pensar que yo era tan hija de la naturaleza como cualquier cosa que hubiese aquí y que encontraría la forma de ser una más. Ya casi no llovía, lo que en esta situación era la mejor noticia del mundo. Seguiría andando hasta que no pudiese más porque era mejor que acurrucarme debajo de un árbol. En cuanto se hizo oscuro y el firmamento empezó a llenarse de millones y millones de estrellas saqué el móvil de la mochila. Como era de esperar no había cobertura, pero tenía batería y luz. Lo usé como linterna, igual que cuando buscaba el número de la fila en el cine. Me dolía el pie maltrecho por la humedad. Jamás había visto tantas estrellas; no había espacio entre ellas, parecía que iban a desplomarse de un momento a otro sobre mí.

No sé por qué no me desesperaba cuando normalmente me desesperaba que tardaran mucho en maquillarme o que los zapatos con los que tenía que desfilar me estuvieran dos números más grandes y sobre todo, por encima de todo, que Elías fracasara una vez más. Perderme por la montaña no era nada en comparación con que Elías tuviese una mala noticia. Ahora estaba relajada, con algún sobresalto que otro, con alguna sombra que otra rozándome el pelo, con las estrellas que se podían tocar con las manos y con el abismo por todas partes, pero no había nada más, ningún rechazo, ninguna palabra decepcionante, ningún deseo roto.

Cerca de las diez de la noche me encontraba muy cansada y con el temor de que se agotase la batería. Buscaba una piedra grande donde sentarme cuando vi un haz de luz intermitente y unos gritos lejanos. También les hice una señal con el móvil y quienquiera que fuese me respondió. Oía algo así como «Oeee». Yo no quería gritar mucho para no alertar a ningún animal. Fui hacia la luz y observé que la otra luz se movía hacia mí. Hice todas las señales intermitentes que pude para que comprendieran que pedía socorro. No quería hacerme ilusiones por si se echaban atrás, pero avancé lo más rápido que pude. Tuve que bajar un terraplén embarrado y resbaladizo hacia el abismo. Y más o menos a la media hora nos encontramos.

Eran dos guardas forestales.

—¿Te has perdido?

Les dije en qué hotel me alojaba, que mira por dónde estaba solo a un cuarto de hora de allí. Me apuntaban con una linterna y esperaba que no me leyeran en los ojos que había mutilado sangrientamente a la especie protegida del rododendro negro salvaje. Les pedí que no me acompañaran y continuaron alumbrándome con la linterna hasta que bajé un terraplén de medio lado para no fastidiarme el tobillo y emprendí el sendero del retorno.

Era más de la una de la mañana cuando llegué a la civilización. Los fotógrafos y las modelos se habían marchado ya. A mí pensaban salir a buscarme esa misma mañana porque no creyeron que corriese ningún peligro. A Natalia le hizo mucha gracia que me perdiera, no tenía ningún sentimiento de culpa. Según ella me había explicado cómo volver al hotel.

Al día siguiente regresé a la auténtica jungla.

17

Antes del viaje a los Alpes, estaba convencida de que era Jorge el que quería acabar conmigo, hacerme desaparecer. Pero ahora me daba cuenta de quién había salido ganando con mi desaparición de las sesiones de fotografía allí, quién se había beneficiado de mi desorientación; era alguien que trabajaba conmigo.

Creía que al llegar a la agencia de modelos en Madrid me bombardearían a preguntas o por lo menos me echarían la bronca por haberles dejado empantanados. Pero ya estaban en otra cosa. Preparaban un pase privado para unas cuantas fortunas de los Emiratos Árabes. Diseños recatados por fuera y explosivos por dentro, y no habían pensado en mí. Habían pensado en Manuela, porque Manuela había estado genial en los Alpes y además era muy morena y las ricachonas árabes se sentirían más identificadas con ella.

La felicité, le dije que me alegraba de que mi sustituta fuese ella. Ni siquiera me preguntó qué me había ocurrido en los Alpes. Pero yo sí le pregunté si se habían preocupado por mí cuando vieron que no regresaba de mi «excursión» por la montaña. Me sentía muy molesta, dolida. Ella estaba metiendo sus delgaduchas piernas en unos vaqueros, sin bragas, llevaba el sexo completamente depilado y parecía una niña alta.

—El conserje nos dijo que la cocinera te había dejado junto a un árbol y que regresarías andando, que tardarías una hora, dos como máximo. No sabes cómo se puso Roberto porque se nos iba la luz buena, así que tuve que empezar yo por ti y cuando terminamos a eso de las seis decidimos que era mejor marcharnos y pasar la noche en la ciudad. Fue increíble, montamos una fiesta en el hotel. Me bebí una botella de champán, aún tengo la barriga hinchada.

Yo necesitaba disculparme con alguien, contarle mi historia y decir que me había herido que a nadie se le ocurriese salir a buscarme. Así que me encaminé al despacho de Irina con la decisión y la fuerza del despecho y la decepción, porque habitualmente no podía evitar que me intimidara un poco.

—Irina —dije entrando sin llamar—. Siempre dices que somos una gran familia, que los trapos sucios debemos lavarlos en casa y etcétera, etcétera.

Pero yo me perdí por la montaña y no movisteis un dedo.

Irina iba con su mismo estilo impecable y clásico de siempre. El pelo rubio natural de los Urales limpio, sedoso, en una trenza que le acariciaba el cuello del traje de chaqueta. Las profundas huellas de un acné salvaje o de alguna tortura bajo dos dedos de maquillaje de Chanel, una camisa del más puro blanco imaginable donde resbalaba el azul de los ojos como el cielo en la nieve y una fina cadena de oro con un pequeño colgante que no se quitaba nunca, como si fuera un tatuaje. Piernas satinadas en unos zapatos negros o como mucho beis. Pasara lo que pasase ella siempre estaba impecable para darnos ejemplo, como si su madre la hubiese expulsado al mundo así, como si su cara hubiese venido al mundo con granos y maquillaje. Me imaginaba su vestidor con infinitas filas de chaquetas y de camisas blancas. De cuando en cuando añadía alguna novedad tipo pendientes, pulseras o cinturones.

—Ya hablaremos de ese asunto cuando tenga tiempo —dijo saliendo de detrás de la mesa y elevándose sobre sí misma, tapando el cuadro del fondo, inundando la habitación con unas ondas invisibles que salían de su cuerpo y de su mente, del pelo y del maquillaje y se metían por las hojas labradas en la madera de su mesa. Recorrían el tallo y los nervios laterales y centrales de las hojas y luego pasaban al terciopelo de las sillas, a todos los poros de la moqueta y después llegaban a mí y se metían en los bolsillos de mis pantalones, bañando con su energía unas cuantas monedas sueltas.

La seguí por el pasillo contándole a trompicones mi historia en los malditos Alpes. La rodeaba de cierta arrogancia llevar siempre la cabeza tan alta y el eje del esqueleto en su sitio. No parecía que jamás se hubiese tenido que adaptar a algo, ni que se hubiese sentido desplazada, ni que se hubiese sentido inferior a alguien aunque solo fuera por 'in segundo. Como dijo mi hermana Carolina, la escritora, el día que la conoció: «es una pieza perfecta del engranaje de toda esta mierda».

No le interesó nada de lo que le conté. Empujó la puerta del decorado donde Roberto estaba preparando el equipo para hacer unas fotos.

—¡Vaya! —dijo él sin dejar de manipular sus trastos—. Por fin apareces.

Iba a decir algo, pero al agacharse Roberto vi que en el bolsillo trasero llevaba una foto de Manuela y se me quitaron las ganas de hablar.

—Si no me necesitáis, me iré a la playa unos días —dije con una tristeza que nadie notó.

—No te preocupes, te llamaremos —dijo Irina.

¿Cuándo dejé de ser la estrella indiscutible de la agencia? Estaban llegando chicas más jóvenes, como Manuela, dispuestas a no dormir ni a comer nunca.

Y quizá a quitarme de en medio. Ahora me parecía más creíble que esa persona que quería que yo muriese no fuese la mujer de Roberto, ni Jorge, sino Manuela.

Ella supo por la cocinera que yo estaba en la montaña en el momento en que me desorienté y me perdí. Hasta ese momento, hasta que se enteró de mi paradero, no me había ocurrido nada raro. El que Manuela no se tuviese respeto a sí misma no significaba que no fuese ambiciosa. Lo era, me lo había demostrado mil veces. Recordé aquella vez que nos dijo a las otras chicas y a mí que la sesión de fotografía empezaba una hora más tarde para presentarse ella sola. Después ya no hubo nada que hacer, no podía volver a repetirse, no había tiempo y además sus fotos habían quedado muy bien, servían. Y recordé otra vez en que se puso a vomitar en el baño, lo que hacía en cuanto se comía un bollo o cualquier cosa que le engordara y le sostuve la cabeza porque tenía unas ojeras que le llegaban a las rodillas y daba la impresión de que iba a morirse en cinco minutos. Y así perdí la oportunidad de que me viese el mayor agente internacional de modelos, que había venido expresamente de Milán para conocer la agencia. Por lo visto Irina y Roberto estuvieron buscándome para presentármelo. Nadie la buscaba a ella, de lo contrario, ¿se habría puesto a vomitar?

El agente se llamaba John García, conocido solamente como John. Y el sueño de cualquier modelo era que pusiera sus ojos en ella porque inmediatamente su vida, su cuenta corriente, su casa, su país e incluso sus amores cambiaban al planeta de John, a una vida envidiada por el resto de planetas. ¿Qué habría sido de mi carrera si aquel día John me hubiese conocido en persona? Antonio e Irina se sintieron frustrados porque estaban convencidos de que me encontraba en el momento justo para pasar a las manos de John, lo que a ellos les beneficiaría en todos los sentidos. Pero yo, idiota de mí, estaba atendiendo la vomitona de Manuela.

—¿Por qué me miras así? —dijo Manuela.

Era como si de pronto, tras respirar el aire puro de las montañas, el oxígeno me llegase mejor al cerebro y viera con más claridad, como si se le hubiesen resbalado al suelo varios kilos de piel postiza. Hasta ahora la había considerado una chica atolondrada, yonqui, bulímica, distraída. Bueno, pues todas esas pieles acababan de desprenderse de sus 48 kilos de esqueleto, sobre todo la de distraída. Se enteraba de todo, lo controlaba todo. Ahora estaba observándome con ojos analíticos y para contrarrestarlos sonrió, pero ya no podía engañarme.

—Te estorbo, ¿verdad? —dije.

—¿Qué quieres decir? —respondió tratando desesperadamente de volver a ser la que había sido para mí.

No estaba dispuesta a entablar un rifirrafe sin sentido, nunca admitiría que no había nada en el mundo que deseara más que darme la patada de la agencia y a ser posible de la profesión. Una competidora menos. Al final comprendía que me había utilizado para entrar en el círculo más próximo de Irina.

Nunca se me olvidaría la primera vez que entró en la agencia, alta, escuálida, con una belleza original, preguntando qué tenía que hacer para ser modelo. Todos los presentes nos quedamos mirando sus cejas gruesas, negras y largas, las espesas pestañas que le sombreaban las pupilas como un ribete de terciopelo. Parecía pintada al carboncillo con claroscuros, valles y montañas. El pelo negro y rizado le caía por la espalda. Irina lo recogió en la mano y le dijo: «Tienes que cortártelo.» Manuela me miró aterrada sin saber qué contestar, y yo le sonreí y afirmé con la cabeza. La recepcionista le entregó una solicitud para rellenar, y no sé por qué me hice la encontradiza con ella cuando se marchaba. «Córtate el pelo a la altura de las orejas con flequillo y ven así a entregar la solicitud, píntate los labios de rojo. No te preocupes, ya volverá a crecerte»

¿Por qué la ayudé? No lo sé. Daba la impresión

de estar perdida, de que no sabía de qué iba esto, de necesitar ayuda. La maldita y destructora pena. Tenía la gran cualidad de inspirar el deseo de ayudarla. Uno la veía y deseaba ayudarla.

—¿Qué tal con Roberto? —dije—. Está casado y tiene tres hijos. Lleva tu foto en el bolsillo trasero del pantalón. Lo hace con todas.

—Ya lo sé. ¿Y qué importa eso?

Me pregunté cómo reaccionaría Manuela si fuese a visitarla la mujer de Roberto como hizo conmigo hacía unos cuantos años. No le haría ni caso. También me pregunté cómo funcionaría en la cama Roberto con ella. Después de todo, después de tener casi la certeza de que Manuela quería que yo desapareciera, continuaba dándome pena. Me la imaginaba dentro de unos años mendigando o prostituyéndose para una dosis.

Esa misma noche llamé a Viviana y le pedí que hiciese alguna prueba con Manuela. Necesitaba salir de dudas, necesitaba saber si debía o no dejarme llevar por el odio y el resentimiento. Viviana me dijo que esas cosas no podían hacerse a lo loco pero que por ser yo la llamase en diez minutos.

No era Manuela la incógnita que había que despejar, en ese sentido podía estar tranquila. Luego Viviana hizo una inflexión de voz para cambiar de tema, ya había completado el elixir del siglo XII. Y yo también cambié de tono para decirle que tenía un regalo para ella.

Por una parte me alivió que Manuela no fuera el elemento X, aunque siendo sincera casi hubiese preferido que lo fuese. No era tan buena persona como había creído y no sentía ningún escrúpulo por desplazarme en la agencia.

Durante una semana no recibí ninguna llamada de la agencia y me quedé en la playa de Las Marinas con Elías, que no llevaba tan avanzado el cuadro como yo creía, pero tenía muy buen aspecto, estaba moreno y más fuerte. Corría todas las mañanas por la playa, se había hecho amigo de unos pescadores y salía de pesca con ellos. Estaba decidido a dedicar un gran cuadro a cada uno de sus nuevos amigos. Me enseñó algunos bocetos. Le dije que iba por buen camino y le conté todo lo que me había ocurrido en los Alpes. No le dio importancia.

—En cuanto venda los cuadros que voy a pintar podrás dejar el trabajo. Nos haremos ricos.

Era maravilloso verle así, relajado, ilusionado, se empeñaba en asar el pescado que les compraba a sus amigos pescadores. Estaba reuniendo una pequeña bodega en el sótano porque le encantaba por las noches descorchar una buena botella con el pescado. A veces los invitaba a cenar a todos. Era fantástico. Tendríamos que comprarnos una casa por aquí. Esta misma estaba muy bien, era bonita, y podríamos tener un hijo. ¿Qué me parecía la idea?

¿Qué iba a parecerme? Me sentía más enamorada que nunca, lo único en contra era que esa vida no se pagaba sola y que además no quería acabar con mi carrera tan pronto. Tenía que saber por qué no me llamaban de la agencia de modelos, por qué no me ofrecían trabajo. Ahora que conocía el secreto de la felicidad de Elías —una casa en la playa, amigos rudos y vida sencilla— quería dárselo.

Lo primero que debía hacer era ir a ver a Jorge para convencerle de que volviera a representar a Elías. Y estaba dispuesta a hacer lo que tuviera que hacer si era absolutamente necesario, porque si Elías no estaba contento y no era capaz de quererme todo lo demás, la dignidad, el honor, no importaban.

Mi familia no quería que me dedicase a esto. Temían que me drogaran y me prostituyeran y cosas por el estilo. Me aconsejaban que estudiara la carrera de Derecho, pero a mí no me gustaba estar encerrada. Prefería ir de acá para allá y salir en las revistas. Todo empezó porque una compañera de instituto me pidió que la acompañara a hacer un casting. Era la primera vez que tenía contacto con lo que podríamos llamar una modelo real que ganaba dinero con lo que hacía y tenía un estilo muy superior al resto de nosotras. Acarreaba casi siempre un álbum lleno de fotos en que era pero no era ella, había que fijarse para reconocerla, y había participado en un anuncio para televisión. Como tenía una vida tan agitada, yo le pasaba los apuntes de las clases a las que faltaba, que eran muchas, y la tenía al corriente de los exámenes. Ella, que se llamaba Lisa, en recompensa me regaló una cazadora de piel muy bonita que ya no le gustaba y me pedía que la acompañase a algunos sitios. Como al casting en cuestión que nos costó nuestra amistad. ¿Qué culpa había tenido yo?

Acababa de cumplir dieciséis años el 1 de marzo y estábamos en abril. Llevaba la cazadora, regalo de Lisa, y ni siquiera me había maquillado. Me pidió que faltara a la última clase porque no quería ir sola a la prueba, y yo acepté. La verdad es que me encantaba su mundo, e inconscientemente nada más poner el pie en aquel local vacío, con una pared forrada de azul y un diván barroco muy bonito, donde nos sentamos a esperar, sentí algo en el estómago. Pensé que era miedo de que no superase la prueba, pero no era eso, no sabía qué era. Había más chicas como Lisa. Las iban llamando una por una y entraban en una habitación, yo me quedaba fuera. Cuando Lisa por fin entró, se me acercó un hombre con la nariz muy picuda, ojos saltones y un grueso anillo en el dedo anular.

—Vamos a ir adelantando, pasa aquí conmigo —me ordenó.

No me dio tiempo a decir nada, o no quise decir nada. ¿Qué llevaba yo puesto además de la cazadora? Un jersey negro de cuello vuelto, unos vaqueros y las deportivas de gimnasia. Muchas veces después he pensado en ese momento, recreándome en todos los detalles. También me gustaban los detalles del día en que conocí a Elías. Las cosas buenas parecen hechas de millones de pequeñas piezas preciosas, que uno puede desarmar y armar a placer.

Me llevaron a un despacho y el de la nariz picuda me alborotó el pelo con la mano del anillo, me dijo que bajara ligeramente la barbilla y que mirara a la cámara. Hizo varias tomas con y sin cazadora y dijo «Ya está. Espera ahí fuera». No dijo «gracias por tu tiempo» que, según Lisa, era la frase mortal.

Cuando salí, Lisa movió negativamente la cabeza. No la habían cogido.

—¿Dónde estabas? —preguntó desfondada.

—Han estado haciéndome unas fotos —dije con un hilo de voz.

A Lisa la cabeza le hervía, se le notaba en los ojos, no sabía qué estaba pasando, yo tampoco. Hasta que salió el de la nariz picuda y me dijo:

—Me gustaría hablar contigo. ¿Tienes cinco minutos?

Al salir, Lisa se había marchado. No volvió a dirigirme la palabra. Me habría gustado contarle que me contrataban para hacer un catálogo de ropa de unos grandes almacenes y que, si quedaban contentos, me llamarían para más trabajos. Siempre que intentaba acercarme a ella en el instituto se marchaba para otro lado. Nunca me lo perdonó. Con el tiempo llegamos a coincidir en algún pase, y ella trató de que nuestras miradas no se cruzasen. Después desapareció de mi mundo, seguramente también del mundo de la moda, y casi la olvidé.

Estuvieron llamándome de diversas agencias para hacer trabajos puntuales cada vez mejor pagados hasta que me contrataron en exclusiva Antonio e Irina. Llegó un momento en que pude comprarle un visón a mi madre, un coche a mi padre, pagar la matrícula de la universidad de mi hermana, y al poco cancelamos la hipoteca del piso. Y entonces comprendieron que era un trabajo como otro cualquiera, incluso mejor que otro cualquiera.

No les hizo mucha gracia que me casara con Elías, decían que aún era muy joven, aunque ya tenía veintidós años. Yo les dije que a partir de ese momento no podía seguir dándoles dinero. Se produjo un silencio tenso, como si hubiera estallado una bomba. Mi madre me dijo que ellos nunca me habían pedido nada, que había sido yo la que me había empeñado en ayudarles y que de saber que, de pronto, sin previo aviso, iba a ocurrir esto, mi padre no se habría prejubilado y habría esperado a la edad reglamentaria. Me sobrecogió la seriedad con que me miraban y respondí que más adelante, cuando Elías y yo nos sintiéramos bien asentados y Elías empezara a vender sus cuadros, las cosas podrían volver a ser como antes. Y a decir verdad, de esta situación lo que más recuerdo fue que se produjo en la cocina de nuestro antiguo piso y la carcajada de Carolina cuando mencioné los cuadros.

18

Cuando Jorge abrió la puerta, ni en mil años se habría imaginado que sería yo quien llamaba. Estaba hecho un asco y le incomodó que le viera así. Nos cruzamos las frases típicas: «¿Qué haces aquí?» «Estaba cerca y he pensado...» «Podrías haber llamado antes, me pillas...» «Bueno, si quieres me marcho.» «En fin, ya que estás aquí...»

Conocía su casa de un par de veces en que nos invitó a cenar a Elías y a mí con otros pintores de segunda o tercera fila. Ya había visto los sofás y sillones de cuero blanco y las piezas de coleccionista y antigüedades combinadas con diseños actuales, los muebles costaban una fortuna. Resumiendo, una casa para impresionar y dar fiestas.

Se trataba de reuniones que no le importaban mucho, pero que le servían para cumplir con Elías y con otros como él. A veces incluía a un marchante extranjero que no conocíamos y a escritores del tipo de mi hermana Carolina. Por ella sabía que lo mejor era preguntarles por lo que hacían, si estaban escribiendo, cómo les llegaba la inspiración; lo mismo era aplicable a los pintores, y a cualquier persona con la que tuviese que hablar, era sencillo aunque bastante aburrido. A veces pensaba que no me interesaba nada en profundidad, que estaba atontada de tanto posar y cambiarme de ropa. Pero tenía que reconocer que me obsesionaba Elías, y el resto de la gente había empezado a importarme quizá demasiado desde que sabía que mi muerte podía interesarle a alguien.

Jorge, en esas situaciones, se dedicaba a decir de cada uno que era un pintor excepcional o un escritor excepcional o el mejor crítico europeo y a llenar las copas. Lo hacía bastante bien, pasándose la mano por el flequillo cada cinco minutos. Vivía en un chalé en El Viso, un barrio en general adinerado. El catering no solía ser nada del otro mundo, más bien escaso porque se suponía que el mundo del arte bebe más que come. Elías se liaba un cigarrillo mientras saboreaba una copa de vino. Se echaba hacia atrás en un sillón, cruzaba las piernas y entablaba una conversación sosegada sobre pintura, pintores... Siempre era el más atractivo por su mirada sombría, el pelo revuelto, las camisas blancas, limpias pero arrugadas —no le gustaban planchadas— sobre un cuerpo delgado y firme. Se parecía a Jesucristo. Yo sabía lo que sentía la gente al verle porque era lo mismo que había sentido yo: una necesidad diabólica de cruzar, por lo menos, una mirada con él.

Y todo iba bien hasta que Elías empezaba a encenderse y a elevar la voz y pasaba de la suavidad al sarcasmo y a la ferocidad. Su interlocutor, que a lo mejor había dicho una tontería sin pensar, sin darle importancia, de pronto se encogía como los pájaros cuando tienen frío. Y Elías abría sus brazos remangados y el pelo se le movía como si hubiesen dejado la ventana abierta. Todos salíamos del aletargamiento en que estuviésemos sumidos, y si alguien por casualidad no había reparado en él, acababa reparando. En ese punto tenía la costumbre de descalzarse, momento que yo contemplaba con horror porque a continuación podía llegar a las manos con quien le llevara la contraria, y poner la situación tan tensa y desagradable que no tenía más remedio que arrastrarle a la calle y llevármelo a casa. Jorge solo nos invitaba a las fiestas de poca monta, no porque Elías acabara volviéndose loco en casi todas ellas, sino porque no lo consideraba a la altura, me sentía como si nos escupiera a la cara. Por eso cuando al llegar a casa Elías me preguntaba: «¿crees que me he pasado?», yo le decía: «no, cariño».

Me extrañó que me abriese la puerta el propio Jorge. Cuando nos invitaba, la abría lo que antes se llamaba un mayordomo o una doncella y se suponía que había unos cuantos empleados más. Todo un aparato de alto standing montado por su esposa, que pasaba largas temporadas de reposo en un sanatorio en Suiza debido a una tuberculosis crónica contraída en la infancia. La vi tres o cuatro veces, se llamaba Rosalía y era de una extrema delicadeza en sus andares, en sus modales, en su manera de sentarse, de hablar, de mirar, de inclinar la cabeza para un lado, de sonreír, de toser y de sostener el tenedor. Cualquier mujer a su lado parecía un hombre. Cualquier mujer a su lado resultaba demasiado pintarrajeada y tosca. Ahora, se notaba que hacía mucho que no venía por aquí.

Flores marchitas en los jarrones, polvo en los muebles, sillas descolocadas, una camisa sobre el sofá... lo normal en una casa no vigilada por Rosalía. Jorge estaba más descuidado aún: sin afeitar, sin ducharse, con kilos de más, cara abotargada, párpados hinchados, el flequillo pegado a la frente. Había cuadros apoyados en el suelo como si no le interesaran.

—Anoche invité a unos amigos —dijo para justificar el ambiente tan mortecino, pero no había rastros de fiesta ni alegría.

—¿No está tu mujer?

—No hay nadie. Tampoco el servicio, les he dado vacaciones.

—¿Necesitas ayuda?

—Iba a hacerme una sopa de sobre. Si quieres puedes calentarla.

Bajé hacia la cocina. Recordaba que estaba en un semisótano, como en algunos palacios. Era muy espaciosa, con decoración industrial de esa que sale en las revistas y que nadie tiene sitio para meter. La luz entraba por unas ventanas alargadas que daban a ras del suelo del jardín. Se veían la hiedra y las petunias. Predominaba el acero inoxidable y debía de dar gusto guisar allí cuando el acero relucía. Ahora las cacerolas y los vasos se amontonaban en el fregadero y una mesa preciosa de color verde estaba llena de restos de pizza y servilletas de papel con manchas de tomate.

Tiré algunas cosas a la basura y recogí otras, pero no estaba dispuesta a ser su empleada de la limpieza por la cara. Cogí el cazo menos sucio que vi, lo enjuagué, puse agua y eché el contenido de un sobre. Lo saqué de una alacena que hacía juego con la mesa. Había todo tipo de conservas, legumbres, aceite... de todo, reservas para un año. Removía la sopa con la cuchara de madera menos sucia que encontré cuando oí los pasos cansinos de Jorge bajando la escalera. Se sentó de golpe en la silla, con la fuerza de todo su cuerpo.

—Sírvete tú también —dijo.

—Sabes que no puedo comer estas cosas, tienen muchos carbohidratos.

—Tonterías. Cuando sepas qué es lo importante de la vida, te parecerá que has estado perdiendo el tiempo.

—Estar como estoy es parte de mi trabajo. Tengo que ganarme la vida.

—¿Y qué hace el bueno de Elías? —dijo en tono sarcástico, ofensivo, dolido y con no sé cuántos matices más.

—Se ha retirado a la playa. Está pintando como nunca.

Hizo un gesto odioso en el que debieron de intervenir un millón de sus flácidos músculos.

—El negocio está jodido —siguió—. Ni aunque pintase el *Guernica* tendría nada que hacer, imagínate pintando lo que pinta.

Problemas económicos. Jorge no estaba vendiendo. Su mujer gastaba mucho en sus sanatorios y en su vida débil y enfermiza.

—¿Estás en apuros?

—¿En apuros? Tengo que vender esta casa.

Le serví la sopa en un cuenco que había por allí.

—Quiero que vuelvas con Elías. Si necesitas un préstamo puedo ayudarte.

Se quedó mirándome como un niño pequeño, con la guardia bajada.

—¿Y de dónde vas a sacar el dinero?

—Conozco a gente a la que le podría interesar invertir en arte.

En ese momento estaba pensando en Antonio Magistrelli, que invertía en obras a través de sus amigos críticos de Nueva York.

—Con la comisión de un par de cuadros de esos podrías salir de apuros.

Estaba desganado, me escuchaba como quien oye llover.

—Pero no es solo eso, ¿verdad?

¿Por qué estaba tan asustado alguien como Jorge, acostumbrado a asustarse constantemente, a los altibajos, a no vender, a vender a lo grande? Con toda seguridad habría pasado por momentos peores.

—¿Es por Rosalía? ¿Está peor? —pregunté.

—Está muy rara —dijo con la mano puesta en la frente mientras que con la otra se llevaba una cucharada de sopa a la boca.

Siguió tomándosela completamente concentrado en el cuenco. Pero yo no quería marcharme con las manos vacías.

—¿Por qué no llamas a Elías? ¿Por qué no le dices que confías en él y que estás deseando ver su nuevo trabajo? No le digas que has hablado conmigo. Déjale que él te lo cuente todo. Puedo asegurarte que te saco de esta.

Asintió. Se pasó la mano por el flequillo.

—Lo que pasó aquella noche... —dijo en tono de disculpa o de reproche.

No le dejé seguir.

—Estábamos borrachos. Si te digo la verdad no sé muy bien lo que pasó —dije.

Cerré la puerta. Salí entre macizos de flores. Me custodiaron hasta la calle. Jorge nunca sabría que había venido dispuesta a cualquier cosa con tal de que le hiciese caso a Elías. Si hubiera estado en buena forma habría pillado al vuelo la ocasión. Simplemente por llamar a su puerta, simplemente por hablarle de Elías, me estaba sirviendo a él en bandeja.

19

Si alguna vez Jorge había deseado que yo muriera, ya se le había pasado. Estaba en otra cosa que tenía que ver con Rosalía, pensaba mientras me dirigía a la agencia de modelos para preguntar por qué no me llamaban y para intentar convencer a Antonio de que invirtiese en los cuadros representados por Jorge.

Me encontré con Magistrelli, que entraba en ese momento. No me gustó el gesto de enfado que tenía. Lo más probable es que no fuese por mí, pero cuando se quiere algo de alguien todo lo de ese alguien tiene que ver con uno. Quizá se había hartado de mí y no sabía cómo decirme que me buscase otra agencia. Se me pasaron cincuenta cosas por la cabeza, todas a cuál peor: yo era la causante de su cabreo, yo sobraba, yo venía en el momento más inoportuno, yo me lo había encontrado a traición en la puerta y no tenía más remedio que hablar conmigo, yo se lo estaba poniendo difícil.

—Estoy muy preocupada —le dije—. Hace más de una semana que no sé nada de vosotros.

Se volvió hacia mí y me examinó de arriba abajo.

—No sé qué quieres decir.

Le seguí camino de su despacho. Andaba deprisa, la chaqueta golpeaba sobre su culo perfecto.

—Desde que me sustituyó Manuela en los Alpes no he vuelto a trabajar.

—Díselo a Irina. No se habrá dado cuenta, ha debido de pensar que querrías descansar.

En su despacho se quitó la chaqueta y se desanudó la corbata. Antonio era un hombre del siglo XXI de pies a cabeza. No fumaba, hacía deporte y se exfoliaba la piel de todo el cuerpo una vez al mes. Se depilaba el pecho, las piernas y los genitales. Tenía la cara hidratada y brillante por las mascarillas y las cremas que se aplicaba religiosamente. Se había tatuado un hombro y un tobillo. Durante un tiempo se cortaba el pelo al uno, pero ahora lo llevaba más largo y revuelto, como si no le importara su aspecto. Estaba divorciado de una modelo norteamericana, y tenía un hijo con ella al que veía en vacaciones. Se pasaba el día de un lado para otro. Se relacionaba con cientos de personas. Hablaba unas quince horas por el móvil. Su manos libres también lo usaba mientras nadaba. Decían que en su apartamento no había nada, solo la ropa, las cremas y una pantalla gigante en el salón; que parecía una habitación de hotel de trescientos metros sin un solo detalle personal. Los muebles eran de diseño. Todo lo había dejado en manos de un decorador de interiores, que se decía que podría ser su amante. Fuera o no fuese así, contaban que daban ganas de salir corriendo del apartamento, del que se salvaban unas vistas espectaculares y buenos cuadros colgados de las paredes. También había largos pasillos y grandes habitaciones por los que se podría patinar sin tropezar con nada. La cocina tendría unos cien metros de muebles lacados en rojo y negro sin nada dentro, menos el frigorífico de cuatro puertas, lleno de agua mineral con y sin gas y botellas de Dom Perignon. Todo un enigma.

Manuela había estado en ese lugar en una fiesta con empresarios japoneses. Nunca le pregunté qué había ocurrido, porque Manuela me habló de la casa, pero no de la fiesta; la había borrado de su mente, como solía hacer con cualquier cosa que la obligase a replantearse la vida. Dijo que en uno de los baños el jacuzzi estaba separado del resto por una pecera que iba desde el techo al suelo.

Mucha gente de la agencia había pasado por el apartamento de Antonio, pero yo no. Quizá porque nunca le había invitado a mi casa, quizá porque estaba casada, quizá porque Elías no le caía muy bien. Lo vio un par de veces en la fiesta de Navidad que se hacía en la agencia y en las dos ocasiones sufrí enormemente porque Antonio casi nos rehuyó, nos saludó lo justo y si Elías hizo algún comentario lo escuchó con una seriedad inquietante. Antonio, que repartía simpatía entre miles de personas, se la negaba a Elías, lo que me dolía profundamente. Le habría agarrado de las solapas de sus chaquetas D&G hasta arrancárselas. «¿Por qué, hijo de puta, por qué?» Elías, afortunadamente, nunca se dio cuenta. Se quedaba satisfecho con el trato de Antonio, creía que era excelente.

—Me gustaría proponerte algo, una inversión —dije—. Creo que podría interesarte.

—¿Una inversión? —dijo cogiendo unos papeles de encima de la mesa y hojeándolos.

—Conozco a un marchante de cuadros que podría hacer tus delicias.

Sonrió.

—Tu marido, ¿no es pintor?

—No te estoy hablando de las obras de mi marido. No es eso.

Me sentí avergonzada. Para salvar a Elías me estaba poniendo del lado de Antonio.

—Te estoy hablando de pintura muy cotizada.

—¿Y tú te llevas alguna comisión?

Negué con la cabeza.

—Entonces, ¿por qué vas a hacerlo?

—No lo hago por dinero.

Se quedó pensativo, calibrando qué otro interés

podría tener en ese asunto. Debía admitir que era muy listo y que seguramente lo descubriría enseguida.

Se sentó con los papeles en la mano y se puso a leerlos sin acordarse de que yo estaba allí. Luego levantó los ojos y me miró fijamente. Se giró hacia el ordenador, y dijo: «¡Dios santo!» Se le escapó. Le faltó taparse la boca con la mano. Acababa de ver algo que le había impresionado.

No pregunté nada. Yo estaba allí accidentalmente. Estaba a su pesar, así que me levanté y permanecí unos segundos de pie esperando que él dijera algo. No lo hizo. Descolgó el teléfono. Ni siquiera me miró cuando salí. Abrí la puerta muy despacio y la cerré del mismo modo, deseando oír algo que me orientara sobre posibles cambios en la agencia porque la alarma que había sacudido a un hombre como Antonio, que había hecho de la soltura y el desenfado su bandera, era más que preocupante. Normalmente los cambios solían venir precedidos de pequeños temblores como este, casi siempre imperceptibles, pero si uno estaba atento podía notarlos.

Por ejemplo, los días previos a darle la patada a Marcos pareció que lo iban a entronizar o algo así. Roberto e Irina nunca habían estado tan simpáticos con él. Le sonreían más que a los demás. Ninguno supimos interpretar que aquel comportamiento era sospechoso, que era un temblor.

Marcos era uno de los pocos modelos masculinos que había en la agencia. Era moreno y unos cuantos rizos le caían sobre la frente, como si siempre estuviese en la playa en un día ventoso. Se cuidaba mucho, permanecía estable en el mismo peso y desfilaba con mucho estilo. Tenía la habilidad de arrinconar a las jóvenes promesas que llegaban a la agencia, los intimidaba, lograba que se sintieran incómodos e inseguros y se los quitaba de encima. No se sabía bien cómo lo hacía, pero hiciera lo que hiciese le daba resultado: nunca llegaba a tener competencia real.

Hasta que un día nos contó a Manuela y a mí, entre contento y preocupado, que Antonio e Irina lo invitaban a comer, algo que no hacían a menudo con ninguno de nosotros para no ablandarse y poder exprimirnos al máximo. Dijo que iba a ponerse un clásico traje oscuro de Armani, con camisa blanca pero sin corbata, porque quería que lo tratasen con respeto y seriedad y, a poder ser, con gratitud por todo lo que había hecho por la agencia. Repasada esta escena después de un año, más le habría valido no hacer este comentario delante de Manuela, aunque probablemente el resultado no habría cambiado.

Por aquellos días —repito, hace más o menos un año— Marcos había cruzado la línea que va de la delgadez a los huesos. Quizá influyó el haber cumplido treinta y ocho años, aunque él se empeñaba en confesar treinta y dos. Seguramente le daba miedo que su cuerpo cambiase y llegó a dar la impresión de estar anoréxico. Cuando te besaba en la mejilla te clavaba los pómulos, que eran como dos piedras redondas cubiertas de pergamino. Tenía los ojos hundidos y los dientes más grandes. La ropa colgaba de él, ligera. Su manera de andar, suelta y desenfadada, lograba que las prendas flotaran sobre él, que casi volaran por la pasarela. Casi siempre arrancaba aplausos. Era único. Pero empezaba a ser una víctima de sí mismo.

Tras la comida con los jefes, Marcos no volvió por la agencia nunca más. Nos enteramos de que ya no trabajaba para Antonio e Irina porque en el transcurso de las siguientes semanas me decidí a preguntar por él, e Irina dijo que seguiría colaborando con la agencia aunque menos intensamente que antes. Pero la realidad fue que nunca volvimos a verlo. Lo sustituyeron dos chicos muy jóvenes, rubios y con ligeros músculos en las piernas y en los brazos, más al gusto general.

Y ahora volvía a sentir ese temblor que precede al desastre, un cosquilleo en el estómago y un calambre cuando tocaba cualquier vestido de los que había en el *backstage*, cuando me sentaba en una butaca, cuando me mojaba las manos, cuando cogía un vaso, cuando le daba al interruptor de la luz, como si en el sistema eléctrico de la agencia estuviese a punto de producirse un cortocircuito y como si la materia estuviera viva y quisiera avisarme de algo.

Serían los nervios, echaba de menos a Elías. O más que echarle de menos me preocupaba. Tenía que conseguir que antes de que terminara de pintar la serie «Reflejos marinos», como ya llamaba a la exposición, Antonio invirtiese en el negocio de Jorge, y que este le montara la exposición en una buena galería y lograra venderle unos cuantos cuadros. En el último momento podría comprarlos yo misma con otro nombre, como ya había hecho otras veces; los guardaríamos en el contenedor de Singapur, lo que me impediría comprar la casa de la playa. Pero por encima de todo estaba la autoestima de Elías, su entusiasmo y su felicidad.

20

Regresé a casa pensando en todo esto, en que no había sacado nada en claro de mi conversación con Antonio Magistrelli, solo más intranquilidad, y en que en unos meses vencería mi contrato con la agencia, algo que hasta ahora solo les había preocupado a ellos, no a mí. Lo pensaba cuando subí las escaleras corriendo para ducharme y cuando al cerrar el efecto lluvia para enjabonarme oí el teléfono. Qué despiste no haber colocado un supletorio arriba, pero como siempre hablábamos por el móvil... Al fijo únicamente podían llamarme Antonio o Irina, de la agencia, y Elías. «Por favor —pedí en voz alta mientras me enrollaba una toalla en la cabeza—, no cuelgues, no cuelgues.» Bajé desnuda y deprisa, pero pisando con cuidado. La llamada debía de ser importante, porque quienquiera que fuese insistía. Quizá a Antonio se le había olvidado hablarme de la renovación del contrato. O era Elías, para comunicarme alguna novedad sobre Jorge y los cuadros. En todo esto pensaba cuando noté que una mano invisible me empujaba con una gran violencia. No resbalé como podría suponerse, sino que una extraña fuerza me tiró y no pude hacer nada para sujetarme a la barandilla ni enderezarme.

El teléfono seguía sonando, pero ya no podía cogerlo. Durante un instante no me moví por si me había roto la espina dorsal. Llamé a Daniela, que estaba cuidando del huertecillo, y esperé pacientemente a que me oyese. Eso era lo más importante, lo único importante ahora: que no me quedara inválida para el resto de mi vida. ¡Daniela! La llamé una y otra vez hasta que me decidí a moverme un poco. Podía, pero sentía un dolor tremendo. Bajé arrastrándome los escalones que quedaban, me tumbé en el suelo y cerré los ojos. El teléfono por fin dejó de sonar.

Cuando entró Daniela quitándose los guantes de faena con un chasquido y me vio así pensó que me había muerto y pegó un grito.

Me hice un hematoma enorme en el glúteo derecho y una herida en la pierna al clavárseme el borde de un escalón. Ello me impediría desfilar en biquini y ropa interior, pero sabía que podría haber sido peor y que aquella fuerza o deseo diabólico en mi contra no podía venir de Jorge, porque él ahora estaba distraído con los problemas con Rosalía y el dinero. Entonces, ¿de quién venía? Solamente yo sabía que no había resbalado, solo yo sabía que un pequeño huracán me había empujado.

¿Quién quería atormentarme?

21

¿Podría ser Carolina?

Carolina sospechaba algo sobre las misteriosas compras de cuadros de Elías. Decía que sus cuadros eran una completa mierda, y estiraba la palabra «mieeeerda» todo lo que podía. Entendería que se los colasen a algún comprador papanatas si él tuviese nombre, si fuese reconocido internacional o nacionalmente, si le gustase a alguien aparte de mí. No le cabía en la cabeza, y se la agarraba con ambas manos, que un coleccionista anónimo invirtiera en semejante mieeeerda.

Carolina cobraba religiosamente todos los meses su nómina como mi ayudante, y aunque había semanas y semanas en que no le veía el pelo, tenía acceso a mis cuentas de correo y a la correspondencia. En teoría se encargaba de pagar los recibos que no estaban domiciliados y de controlar que yo cobrase los trabajos que hacía. Por lo general tenía que hacerlo yo en los ratos libres, porque en el fondo lo que quería es que Carolina pudiera dedicarse a escribir y que llegase a ser una gran novelista y que todos estuviésemos muy orgullosos de ella.

Desde pequeña estuvo completamente segura de lo que le gustaba y de lo que no. Sabía cuándo un libro era bueno o malo leyendo la primera página, si un vino estaba en su punto dando un sorbo, si iba a llover o a hacer bueno mirando el cielo. Cuando me dio por el mundo de la moda me enseñó a combinar los colores. Para mi primera cita de trabajo importante buscamos una combinación de tonos de rosa, rosa chicle, rosa palo, rosa transparente, rosa pétalo. Desde los zapatos hasta el collar de cuentas de cristal eran rosa. Mi estilo gustó. Y he de reconocer que ahí empezó todo. Desde entonces, cuando deseaba alguna opinión segura sobre algo acudía a Carolina.

Era dos años mayor que yo y estudió en la universidad. Llevábamos una vida muy diferente, ella entre libros y yo entre trapos. La admiraba mucho. Admiraba su capacidad de concentración, sus exámenes, sus amigos intelectuales, su criterio sobre cualquier cosa, lo bien que hablaba y lo bien que escribía. No tenía miedo de hacer el ridículo, porque era imposible que lo hiciera. El mundo, que siempre estaba un palmo por encima de mí, estaba un palmo por debajo de ella. Cuando mis padres empezaron a estar mal de dinero, me asusté por si Carolina no podía seguir estudiando, menos mal que comencé a ganarlo yo y mi hermana no tuvo que trabajar y desperdiciar su talento. Estaba deseando que terminara su primera novela y verla en los periódicos y en las revistas exhibiendo su propia obra, no como yo, exhibiendo siempre las obras de otros.

Cada una habíamos nacido para algo diferente. Ella se parecía a mi madre, baja y ancha y con una boca muy bonita, de labios gruesos y dientes blancos como la leche. Pero a pesar de esto era tan imposible que ella fuese modelo como yo una intelectual. Para ella el único problema de mi mundo, y de su esencia, era que todos los que lo habitábamos queríamos ser alguien que no éramos. Por eso la mayoría hablaba con un acento raro, como si se hubiese criado en la misma casa, una casa habitada por unos extranjeros de un país inidentificable. Sin embargo, para mí todo eso era mejor que estar hincando codos.

Carolina era muy lista, por lo que no habría sido extraño que revolviendo entre mis papeles o examinando los extractos de las cuentas bancarias pudiese saltarle la señal de alarma. Aunque la compra de los cuadros de Elías la hacía a través de una de las sociedades de Jorge, que los adquiría con nombre falso, ella podría haber unido esto con aquello, ver alguna cantidad transferida a una sociedad desconocida sin la suficiente justificación. Era muy capaz de haberse dado cuenta. Y ella odiaba a Elías desde el momento en que anuncié que me casaba con él.

Elías y yo nos conocíamos hacía solo cinco meses —de esto hacía ya más de cuatro años— cuando decidimos casarnos, pero para mí era suficiente. Tenía treinta y ocho años y estaba divorciado. Nuestras vidas se cruzaron porque Irina se empeñó en que otra chica y yo la acompañásemos a un cóctel. A veces nos obligaban a los modelos de la agencia a ir a esos sitios para hacerlos atractivos. Y no había que hacer nada especial, solo debíamos estar allí como uno más, dejarnos ver, mirar. Cuando llegué resultó que era la inauguración de una exposición de arte multimedia de un amigo de Antonio. Enseguida vinieron a saludarnos Antonio y un crítico de arte muy importante de Nueva York, que para pasarse la vida de pie contemplando cuadros y cosas como las de esta exposición, sudaba con cada paso que daba y con cada palabra que decía, y me dejó la cara mojada cuando acercó la suya para saludarme.

La verdad es que no me interesaba nada de lo que veía, y tampoco podía beber mucho porque al día siguiente tenía fotos en ropa interior. Así que di una vuelta y me tropecé con Elías, que también estaba dando una vuelta con las manos metidas en los bolsillos del pantalón. Fue lo que se llama un flechazo. Llevaba unos pantalones dados de sí en los bolsillos y una simple camisa por dentro con las mangas dobladas; el pelo, ni muy limpio ni sucio, normal, negro, lacio, le llegaba al cuello de la camisa.

Nos dimos de bruces y nos quedamos mirándonos un minuto por lo menos.

—¿Eres el artista? —dije.

—No, el artista de esto no.

Las modelos teníamos que ser proporcionadas, muy delgadas, armónicas, guapas en conjunto. La gente normal podía permitirse el lujo de ser imperfecta, tener el tronco demasiado largo, la nariz torcida, y en cambio a veces poseía algo espectacular, una parte de su persona sobresalía, brillaba y era superior a toda la armonía y la belleza juntas. En Carolina era la boca, en Elías eran los ojos, rasgados y medio hundidos en su propia negrura. No tenía que desfilar, ni posar, ni estar perfectamente afeitado, ni siquiera tenía que sonreír. Solo tenía que mirar. Y me miró.

—Pero eres artista de otras cosas.

Asintió. Comenzamos a andar despacio hacia uno de los artilugios expuestos. Se detuvo para mirarme otra vez a los ojos.

—Dime la verdad. ¿Te está gustando lo que ves?

Era una pregunta trampa, porque no sabía si la

exposición tendría que gustarme, si estaría marcando tendencia o si ya la había marcado. Además yo estaba allí apoyando a Antonio, y no quería que un comentario negativo le llegara al artista. Tampoco sabía si él era amigo del artista o si me había engañado y era el que había hecho aquello. Ni siquiera me había fijado bien en las obras, me eran indiferentes. Pero me arriesgué y por un momento me metí en la piel de Carolina.

—Es una mierda.

Primero se sorprendió, luego se rió, después se rió más. En lo sucesivo nunca le vería reírse con tantas ganas. Ni sus ojos volvieron a estar tan risueños y alegres.

—¿Qué te parece si nos vamos a tomar algo a otro sitio? Hay un bar en la esquina. Necesito fumar.

Le dije adiós con la mano a Irina. Él había ido con el amigo de un amigo. Nos presentamos —Elías. Patricia— mientras caminábamos hacia el bar, cuya puerta estaba llena de colillas. Nos encontrábamos en junio, olía al verano que se acercaba a grandes zancadas. La gente en las terrazas disfrutaba de la brisa. Me sentía bien yendo al lado de ese desconocido y deseaba que me echara el brazo por los hombros y me protegiera del resto del mundo. Afortunadamente me había puesto unas sandalias planas y un vestido con la espalda al aire, y aun así era un poco más alta que él. A veces según andábamos nos rozábamos un brazo con el otro. Y del mismo modo que Carolina solo necesitaba la primera página de un libro para saber si le gustaría lo demás, a mí me bastó el roce de su brazo para saber que me gustaría besarle y acostarme con él.

Era pintor y quedamos en que al día siguiente, en cuanto yo terminase el posado de joyas, me acercaría a su estudio para ver los cuadros. Nos fumamos tres cigarrillos en la puerta del bar y no toqué la cerveza. Había aprendido que en lugar de rechazar las bebidas debía aceptar y luego no probarla, así no tenía que dar explicaciones ni sumergirnos en el estado intestinal de una modelo, cuyo vientre debe parecer que no tiene nada dentro, que es compacto y liso como una plancha de acero.

No reconoció mi cara. No era el tipo de persona que lee revistas de moda. Solo había que ver cómo vestía, el reloj que llevaba, las zapatillas. Era tosco en sus movimientos. Al lado de los hombres con los que trataba a diario, era un completo salvaje.

Al día siguiente no veía el momento de terminar con las fotos. No había comido y me sentía mareada, pero era más bien porque iba a encontrarme con Elías. Cuando me puse el casco y me subí en la moto tuve que respirar profundamente tres veces.

El resplandor del atardecer era majestuoso, casi me ahogaba.

Su casa era como él, sin adornos ni tonterías. Se trataba de una entreplanta en Lavapiés en la que se amontonaban los cuadros y los tubos de pintura. Había una cocina llena de cacharros sucios en la pila, una cama a un lado y un pequeño baño con pegotes de pintura. Los pies se pegaban al suelo como si fuera de chicle. Solo tuve que empujar la puerta para entrar, no la cerraba nunca. Desde la ventana podía ver las ruedas de mi Vespino atada a un árbol. Él estaba pintando y ni siquiera se volvió a mirarme. Me dijo que cogiera una cerveza del frigorífico. Lo abrí y salió una bocanada de olor infernal, como si estuviera directamente conectado con una cloaca. Lo cerré sin tocar nada. Bebí agua del grifo con la mano y fregué los cacharros mientras él seguía pintando. Lo de fregar no era buena idea, porque también hacía publicidad de manos y de pies, pero era incapaz de ver aquello sin hacer nada. Solo Carolina habría tenido narices de fingir que no lo veía.

Cuando terminé me senté en la cama a hojear un libro, y cuando él terminó vino hacia mí y sin mediar palabra me tumbó y me hizo el amor. Estaba muy seguro de sí, o quizá de mí. Estaba seguro de mí. Y acertó porque me gustaba todo de él, de pies a cabeza, incluso la pocilga en la que estábamos me gustaba. Mientras apoyaba la cabeza en su brazo pensaba que limpio y con una mano de pintura este antro tampoco parecería tan mal, siempre y cuando estuviésemos nosotros desnudos dentro de la cama como ahora. Pensé que lo primero que haría sería comprar un juego de sábanas bordadas, un juego de toallas y dos albornoces y unas zapatillas para no pisar el suelo jamás.

Día tras día fui dejando más y más cosas por el estudio: maquillajes, vestidos, cepillos del pelo, tenacillas. Sus grandes cuadros, que yo no llegaba a comprender, necesitaban mucho espacio y yo se lo estaba quitando. Él no decía nada, pero nos estábamos convirtiendo en multitud. Y además no tenía luz para pintar, así que llegamos a la conclusión de que era mejor que él dejara el estudio y nos trasladáramos a la casa que yo había comprado en una zona residencial y que hasta ahora compartía con Carolina y sus dos perros, donde ella podía estudiar con tranquilidad porque yo casi siempre estaba viajando. Tenía dos plantas y un jardín y una piscina de agua salada.

No fue sencillo pedirle a Carolina que se marchara, pero no había otra salida si yo quería ser feliz, y lo deseaba con todas mis fuerzas. Quería algo más que madrugones, privaciones y trabajo demoledor. Accedí a quedarme con los dos perros de Carolina y a subirle el sueldo para que pudiera pagarse un apartamento.

A los cinco meses Elías y yo nos casamos. No quería arriesgarme a que sucediese algo que nos echara atrás. Era lo más intenso que me había ocurrido en la vida, nunca nada ni nadie me había gustado tanto. Estaba deseando llegar a casa después de las jornadas demoledoras de fotos, pasarela o anuncios de televisión para besarle. Los perros no echaban de menos a mi hermana y salían a recibirme, y desde el jardín veía en el taller que habíamos construido arriba a Elías pintando. Me encantaba esa sensación de que todo aquello pertenecía únicamente a mi vida. Admiraba nuestras sesiones amorosas como si entrase en un palacio de oro y brillantes y todo me deslumbrase, no podía cerrar los ojos.

Carolina fue la madrina y mi padre el padrino porque Elías no tenía familia cercana, nada más se conocía la existencia de su ex mujer, lo que a Carolina le sonaba raro. «Siempre se tiene algo de familia», decía. Mis padres se llevaron un disgusto enorme por eso de que yo era muy joven. Por eso de que a partir de ese momento dejaría de pasarles dinero porque debía reformar el chalé y tenía muchos gastos. Pero del sueldo de Carolina me ocupaba yo, y hacía bastante que habíamos cancelado la hipoteca del piso, así que no tenían por qué pasar agobios. Elías dijo que podría buscarle a mi padre un trabajo suplementario a la prejubilación, lo que les daría más holgura económica, pero a mi padre no le hizo mucha gracia que Elías se metiera tan pronto en nuestras cosas. Nunca antes había llegado nadie extraño a decirnos lo que teníamos que hacer. «Ya nos arreglaremos», dijo mi padre fríamente.

Me dolía mucho que no se quisieran las personas a las que yo más quería. Pero mi felicidad estaba en juego y lo mejor era dejar que los ánimos se calmaran. Y el mismo día de la boda Carolina, mientras me ayudaba a ponerme el vestido —un vestido hasta la rodilla de chantilly color beis, regalo de Antonio e Irina—, me dijo de una manera que nunca hasta hoy quise analizar:

—Ya lo tienes todo.

Ahora mismo describiría su tono como de envidia o resentimiento. No me pareció normal que me hablara así, no me pareció normal que se rompiera, poco antes de ponérmela, una pequeña diadema de la familia de brillantes y perlas, una de las pocas joyas que poseíamos y que a mí me hacía ilusión llevar en la boda. Pero no pude ponérmela porque se rompió, algo muy raro puesto que siempre había estado en el joyero de mi madre. Ahora ya podía enfrentarme al hecho de que podría haberla roto Carolina.

Carolina siempre se había quejado de ser más baja y menos estilizada que yo, como si nuestros padres hubiesen elegido los mejores genes para mí, y le fastidiaba que a veces nuestra madre apartase lo mejor de la cena para cuando, antes de independizarme, llegaba a las dos o tres de la madrugada de trabajar. Le molestaba mucho esa pequeña deferencia de nuestra madre hacia mí, que yo veía como simple consideración a lo mucho que aportaba a la economía familiar con mi esfuerzo. Me llamaba larguirucha. Y a veces la había pillado observándome con una seriedad sobrecogedora. Hasta ahora, hasta que los accidentes empezaron a encadenarse y hasta que Viviana no comenzó a abrirme los ojos, no quise darme cuenta de la verdadera actitud de mi hermana hacia mí.

Tampoco quise darle importancia al momento en que los sorprendí a Elías y a ella discutiendo en voz baja el día de nuestra boda.

—¿Qué te ha dicho mi hermana? —le pregunté.

—Nada, dice que me he casado contigo para pegarme la gran vida. Dice que a ella no la engaño.

Lo atribuí a los celos, porque ya no podíamos estar tanto tiempo juntas como antes y porque al tener que marcharse de mi casa se habría sentido abandonada, todos se habrían sentido abandonados. Pero para bien o para mal ahora veía en perspectiva. Viviana me había preguntado quién sabía que estaba en casa de mis padres el día que me lastimé el hombro y dónde estaba en cada momento cuando me habían ocurrido el resto de accidentes. Y debía reconocer que siempre había estado presente o tenía conocimiento de ello Carolina.

Era una chica intensa, fuerte, con mucha energía concentrada, pasional, vehemente e inteligente, cualidades que juntas podrían mover una montaña, y que de pequeña la impulsaron a intentar clavarme un tenedor en el ojo.

Se me revolvía el estómago solo de pensar que pudiera hacer algo tan perverso como desencolar las patas de la butaca Luis XV en casa de nuestros padres. O retirar de mi vista el bolso en los estudios de cine de Roma para ponerme en una situación difícil y conseguir como mínimo que me torciera un pie. Nunca le entusiasmó la idea de verme en el cine. De hecho su actitud de permanente incredulidad me debilitaba y me volvía insegura, y cuando dije mi frase en el rodaje no la noté convincente ni natural, y ahora sabía por qué: Carolina, entre el resto de miradas del equipo, me observaba de un modo que me destruía. Me miraba seria, sin ningún amor en sus ojos, sin ningún estímulo de ánimo; parecía decir: «Cállate, vete, escóndete.» De entre todas las miradas, la de Carolina era la que más brillaba y la que se me clavaba en el cuerpo como millones de agujas que me paralizaban. Me inmovilizaba los brazos y la lengua, la cabeza. Acababa de darme cuenta de que su mirada era su espada. Por eso cuando por fin terminamos la toma, en lugar de la aprobación del director, deseé la aprobación de Carolina. Y ella no me dijo nada. Se calló, miró para otro lado, cambió de conversación. Y me juré que jamás volvería a intentar trabajar en una película. Desde el principio del viaje, desde el primer momento en que empezamos a repasar mi papel, puso aquel gesto que yo creía que era de preocupación por mí y que ahora creo que era de obligación y desprecio.

Siempre la había querido. Me gustaba mucho hablar de mis proyectos con ella, la prefería a mis padres. Comprendía mis sueños y le encantaba ponerse aquella ropa mía que le servía, así que le traía modelos originales de los viajes. Convencí a nuestros padres para que pudiera estudiar lo que quisiese. Y por eso se me hacía tan cuesta arriba imaginar que me deseara algún mal. Quizá simplemente detestaba a Elías y no quería que nos fuese bien. No quería que yo creyese que el mundo me bendecía cuando estaba con él.

El día que me corté con el cuchillo ella sabía que estaba en la casa de la playa. Cuando me perdí y casi me quedo sin trabajo, Carolina sabía que yo estaba en los Alpes. Cuando me quedé paralizada en la pasarela de Berlín, sabía que estaba allí. Cuando me caí por las escaleras podía imaginarse que me encontraba en casa, en una casa y en unas escaleras que ella conocía muy bien.

22

¿Podría ser Irina?

A nadie podía contarle que recelaba de mi hermana, me habrían tomado por loca y mala persona, y yo misma también. Empezaba a dudar si no se me estaría yendo la cabeza. Ella me acompañó el primer día que pisé la agencia hacía ahora ocho años. Yo llevaba más de dos trabajando con diversas agencias de modelos, de publicidad y como azafata de televisión. Ganaba bastante dinero y siempre tenía trabajo. Pero un día, después de un desfile en París, Irina, la famosa Irina, fue a verme al *backstage*. Todos los que trabajábamos en el sector de la moda la conocíamos de nombre, habíamos oído hablar de ella.

Estaba quitándome el último vestido y se quedó contemplándome el cuerpo con ojos de experta. Las chicas de alrededor la observaban de reojo, y por su forma de disimular que la miraban comprendí que este era un momento importante.

—Me gustaría hablar contigo —dijo con su voz grave y hombruna. Era la única que no tenía la entonación cantarina del mundo de la moda, tendente a que todos nos sintamos falsamente cómodos. Irina intimidaba. Iba muy elegante con un traje de chaqueta y falda gris perla y el pelo recogido en una larga cola de cabello dorada. Tendría cuarenta y cinco años, tal vez más.

Recogió ella misma el vestido que me quité y lo dejó caer sobre el respaldo de una silla. Se presentó y dio unos pasos tras de mí hasta el gran espejo de pared a pared, donde empecé a desmaquillarme. Me senté, ella permaneció de pie. Hablamos en el mundo del espejo. Y allí todo parecía diferente, como cuando ves una calle en una película y te cuesta reconocerla porque está en un mundo distinto.

—A Antonio Magistrelli, el presidente de la agencia, y a mí nos gustaría citarte en nuestras oficinas para hablar contigo. Queremos proponerte algo que solo ocurre una vez en la vida.

La cita era a las doce de la mañana. Me acompañó Carolina. Tuvimos que esperar a Antonio en el despacho de Irina, haciendo un repaso de mi vida profesional; llevaba el *book* conmigo, pero solo lo hojeó. Parece ser que conmigo tenía bastante. Disimuló su sorpresa al saber que Carolina era mi hermana, y ella se dio cuenta.

—Soy el patito feo —dijo. Esto me incomodó mucho, y me puso triste porque no era verdad, porque me hacía culpable de parecer un patito feo y porque no tenía que haber dicho nada en una situación tan delicada.

Lo achaqué a un deseo de distender la situación. Y he de reconocer que al estar presente Carolina, con su cara de no creerse nada de lo que le dicen, su aire displicente y su pregunta estrella de qué saldría ganando yo atándome a una sola agencia, me benefició bastante. Pasaron de querer hacerme un favor porque me veían posibilidades a dejar claro que les interesaba para su agencia.

—A mi hermana, sin estar en la cima, hasta ahora le ha ido muy bien. Nos gustaría asegurarnos de que la cima es un lugar con un caché mucho mayor. Necesitaríamos ciertas seguridades contractuales.

Yo no decía nada. No podía quitarle la razón sin demostrar miedo y no podía darle la razón sin demostrar miedo también.

Aceptaron redactar un contrato que nos dejase satisfechas. Con Carolina no se podía jugar. Yo acababa de cumplir dieciocho años y ella tenía veinte. Qué tiempos aquellos. A la salida dijo que Antonio estaba cañón, pero que no se fiaba de él.

Para firmar el contrato quedamos a comer Antonio, Irina y yo en un superrestaurante en el que solo ellos se pusieron las botas. Yo apenas probé bocado. Fue una cita parecida a la que años más tarde tuvieron con Marcos, pero en mi caso no estuvo precedida de sonrisas ni simpatía; no hacía falta, el contrato hablaba por sí solo. La consideración que iba a darme la agencia no necesitaba añadidos. Y en cierto modo parte de lo bien que me fue a partir de entonces se lo debía a Carolina y su mala leche. La única persona a la que he visto encararse con la cara picada de Irina sin bajar la vista.

Para mí Irina era un misterio. Algunos decían que había luchado en la guerra de los Balcanes; no me extrañaba, algunas de sus comparaciones preferidas eran: primera línea de combate, retaguardia, al ataque y frases así. Otros, que pertenecía a la mafia rusa y que por eso la agencia iba tan bien; no me extrañaba. Y algunos pensaban que estaba metida en tráfico de drogas; tampoco me extrañaría. Muchas veces me pregunté quién sería el camello de Manuela cuando estábamos en el extranjero y no teníamos tiempo ni para llamar por teléfono. ¿Irina? Solía cubrirle las espaldas a Antonio ante cualquier problema. Sabía defendernos —a sus modelos— ante los demás, aunque luego nos echase la bronca. Realmente parecía un mando intermedio entre los soldados rasos y sus superiores, en este caso Magistrelli. Tenía unas manos cuidadas, pero grandes y fuertes, no como si alguna vez hubiese trabajado en el campo, sino como si hubiese empuñado pistolas, rifles, granadas. Irina se las sabía todas, para ella el mundo era como un pueblo de mil habitantes, le aburríamos con nuestros tontos conflictos, con nuestros cotilleos, con nuestras gilipolleces. Su problema era que no tenía otro planeta más grande y complicado al que escapar. Que supiésemos, no tenía familia, y si la tenía no le daba ningún quebradero de cabeza. Tampoco hablaba nunca de pequeñeces domésticas, como si en su casa no se estropearan los grifos ni las bombillas o como si no viviera en ningún sitio. Cuando alguien decía que este mundo era muy complicado, ella torcía el gesto. «Embrollado, nada más que embrollado. Pero a mí no me embrolla nadie», decía. Solo una vez contó, pasada de copas en una fiesta de la oficina, que descendía de la aristocracia rusa, lo que explicaba su altivez.

Lo cierto es que gracias quizá a los embrollos de Manuela en el momento actual yo era cada vez menos solicitada, y solo faltaban tres meses para que venciera la renovación de mi contrato. Entre mis accidentes y que había empezado a interesar más la estética exótica que la mía, las pieles morenas y los rasgos más abruptos, me llamaban menos. Y de seguir esta tendencia podría acabar siendo un lastre para la agencia de modelos.

Cabía la posibilidad de que fuese Irina quien deseara librarse de mí. No podía pegarme un tiro, pero en su país había mucha gente como Viviana —chamanas, hechiceras, brujas—, con artes temibles. Y la verdad es que cuando en Berlín me quedé paralizada en medio de la pasarela, de esa manera tan humillante, de esa forma tan cruel, ella no se sorprendió tanto como era de esperar. Me dejó hecha polvo con su comentario de «Y ahora esto», aún está sin descifrar, pero lo que me pasó no le pareció absolutamente fuera de lo normal. Si lo había provocado ella, era porque quería que yo misma me retirara de la primera línea de combate. Todo era posible. Y además había otra cosa en la que no me habría fijado jamás antes de entrar en el mundo de Viviana.

Era una figurita que le pendía de la cadena de oro sobre el escote. De un tiempo a esta parte me llamaba la atención porque me recordaba algo. Nunca me había fijado bien en ella, la gente lleva muchas cosas atadas al cuello —crucifijos, vírgenes, herraduras, medias lunas, diamantes, la mano de Fátima—. Yo ahora llevaba, siempre que podía, el amuleto de Viviana. Hasta que el colgante de Irina me recordó a uno de los anillos de Viviana y lo rela-

cioné con él, no me di cuenta de lo que era. Se trataba de una figura con la cabeza y los pechos de mujer, cuerpo de león y alas de águila. Así que un día le
pregunté a Irina por su significado. Tardó en contestarme unos segundos, como si su cerebro hubiese
tenido que procesar mil millones de combinaciones
y variantes.

—Es un adorno —dijo.

La intuición me decía que no debía volver a inte-
resarme por el asunto, y aunque se me iba la vista
hacia aquel colgante procuraba desviarla hacia otro
lado. No podía ser casualidad la coincidencia con
los anillos de Viviana.

23

¿Podría ser Antonio Magistrelli?

Desde la última vez que estuve en su despacho, Antonio me miraba de una manera diferente, como si tuviera que decirme algo o como si tuviera que decírselo yo. La interpretación más razonable era que no sabía cómo decirme que no iban a renovarme el contrato. Me sermonearía con todo lo que la agencia había hecho por mí, el dinero que yo había ganado —impensable cuando me entrevisté con ellos la primera vez acompañada de Carolina—, cómo crecimos juntos la agencia y yo, pero las cosas cambian y bla, bla, bla.

Lo cierto era que, por mucho que lo esperaba, no sabría qué decir ni qué decisión tomar cuando me dieran la patada, si pleitear con ellos o llegar a un acuerdo aunque perdiese dinero. Cada vez que pensaba en esta más que probable posibilidad el cerebro se me adormecía, como si se negara de plano a resolver la situación. Y al mismo tiempo necesitaba que ocurriera algo. Cada vez me sentía más incómoda vagando por la agencia y encontrándome en los pasillos con Antonio e Irina, y me preguntaba desesperada por qué tenía que ser yo quien tirase la primera piedra. Si querían que me fuese, que me echasen ellos.

Pero el martes 20 de agosto me largaba a la playa de Las Marinas con Elías y a la mierda todo, cuando una noticia en el telediario me sobresaltó. Me había preparado una mochila con lo imprescindible porque cuando viajaba por placer o fuera del trabajo me gustaba ir prácticamente sin nada. Llevaba *El amante de Lady Chatterley*, unas camisetas y unas bragas; en la casa tenía cepillo de dientes, biquini, toallas y un par de pantalones cortos. El tren salía a las cinco y no le había dicho nada a Elías para darle una sorpresa.

Puse la televisión mientras me comía una ensalada con dados de pollo, que Daniela me preparaba con las calorías justas, y entonces oí el nombre de Karim, de su esposa Sharubi y de Bangladesh, se hablaba de talleres clandestinos de ropa y blanqueo de dinero a través de un entramado de sociedades. Hasta ahora no se había logrado saber quién era uno de los dueños de las instalaciones. Presuntamente era un español cuya identidad estaba siendo investigada. Tuve una punzada en todo el cuerpo, como si me hubieran clavado una aguja desde el cráneo hasta los pies. ¿Podría ser Antonio el socio español? ¿A quién podría preguntárselo sin que mi pregunta llegara a sus oídos, dado que la misma pregunta ya entrañaba la duda, la sospecha?

¿Y si yo sabía algo sin darme cuenta de que lo sabía y a Antonio le venía de perlas que yo muriera? ¿Y si había visto algo en Nueva Delhi que no tendría que haber visto? Como cuando le haces mal a alguien y, para no recordarlo, te gustaría que desapareciera de la faz de la tierra cada vez que lo ves. No quería deshacerse de mí porque ya no gustase y no me solicitaran tanto como modelo, sino porque le recordaba algo. Y fue a la vuelta de ese viaje de la India cuando el avión casi se estrelló. Creo que nos salvó Viviana y una poderosa mano invisible.

Qué ingenua era en aquellos días. Iba por la vida sin enterarme de nada. El trabajo, el amor, emborracharme un poco en alguna fiesta para liberarme de las tensiones, ganar dinero para sentirme segura. Ni en un millón de años me habría dado cuenta de que el mundo era un embrollo, como decía Irina, donde los pensamientos mueven el viento y las miradas te destruyen o te salvan.

Carolina me diría que esas teorías eran estupideces. Elías, más o menos igual. Carolina y él eran más parecidos de lo que se creían. Despreciaban para no ser despreciados. Ahora que sabía que un deseo puede salir del corazón de otra persona y matar como una bala, ahora que sabía que no todo está en la realidad, me sentía como si de repente viese mejor, oliese mejor y me esperasen cosas extraordinarias que ni siquiera soñaba.

Tomé el tren para Alicante a la hora prevista.

Cuando llegué a la casa de Las Marinas aún se oía el griterío de niños en la piscina de los bungalows cercanos donde me ayudó el socorrista con el corte del dedo. La casa estaba tan silenciosa y el aire que la rodeaba tan quieto que los gritos parecían más intensos y el trino de los pájaros ensordecedor. Eran cerca de las nueve de la noche y Elías estaría en el puerto con sus amigos pescadores. Así que busqué la llave, que nos habíamos acostumbrado a dejar debajo de una maceta —con el recelo de que pudiesen llevarse lo único de valor que había allí, los cuadros de Elías—, y que por fortuna todo el que entraba respetaba. Solo habían robado una televisión pequeña. Los primeros rayos de oscuridad cruzaban el salón de una forma muy agradable.

Hice tiempo a que llegara Elías acercándome a la playa. Estaba loca por ver el agua.

Me senté en la orilla. Me froté los pies y las manos con la arena mojada para que me corriera la sangre. Respiré todos los iones posibles. Cerré los ojos pensando en santa Teresa, atravesada por un dardo dorado, y en la Virgen y su extraordinario manto, extenso y eterno como el mar y el cielo. Seguramente todo era lo mismo: una desbordante sensación de misterio y una profunda oscuridad azulada. Y fue entonces cuando sentí aquella sombra, una sombra conocida y grande. Venía de atrás hacia delante y me abrazaba, me tapaba como un abrigo inmenso. El sol terminó de zambullirse en el mar como si pasara la noche en el fondo, lo que probablemente hace miles de años se lo parecería a alguien.

No me atreví a volver la cabeza. Por allí no había nada, ni edificios ni árboles que soltaran esa sombra tan negra, como una tonelada de petróleo. Me encogí, me abracé las rodillas con las manos. La sombra me recorría, pasaba por mis pies, las piernas, los brazos, no me atrevía a moverme, y cuando me pasó por la cara sentí el olor de la casa de Viviana.

Viviana siempre hablaba de que una sombra me rondaba. Seguramente era esta, y ella estaba luchando por apartarla de mí.

Me levanté de golpe y al sacudirme la arena la sombra se desprendió y desapareció.

De regreso a casa me crucé con Elías.

—Venía a buscarte. Imaginaba que estarías aquí.

Olía a vino y por primera vez en mi vida no me hizo gracia que me besara.

—He visto tu mochila al entrar. ¿Por qué no has llamado?

—Quería darte una sorpresa.

—Ya sabes que no me gustan las sorpresas —dijo, cogiéndome cariñosamente por los hombros.

De alguna manera supe que ese instante quedaba registrado en el cerebro primitivo de las emociones intocables, para bien o para mal.

24

Tuve que llamar a Viviana por lo menos veinte veces al móvil hasta que lo cogió. Era desesperante, parecía bastarle con su oscura cueva de ramos colgantes, con el gato, su don sobrenatural y su soledad. Aunque desde que conocía la trágica muerte de su hijo me parecía normal que no tuviese una vida normal. Por fin, su voz acariciadora se abrió paso entre las penumbras, espejos, piedras de todas clases, esencias, morteros y botellas de cristal.

—¿Alguna novedad? —dijo.

Le pregunté por el significado de sus anillos y le dije que Irina, la mandamás de la agencia —una mujer de la que no podría contarle nada con certeza—, llevaba una de las figuras colgando del cuello.

—No son adornos —dijo pensativa—. Cada uno de estos anillos encierra una historia, y cada historia el aprendizaje de un sentimiento nuevo.

Le describí el colgante de Irina.

—Es la esfinge —dijo—. Tiene un significado positivo. Es fuente de sabiduría y habita entre este y otros mundos, de donde nos trae mensajes, también de los dioses. Puede ayudarnos a luchar contra las fuerzas oscuras.

—Entonces, alguien que lleve consigo la esfinge no tendría por qué desearme ningún mal —dije tratando de descartar a Irina como sospechosa.

—Podría ser —dijo Viviana sin convicción—. Quizá ni siquiera sepa lo que lleva encima, quizá sea un regalo y no se imagina que esa figura está registrando su vida y sus emociones. La gente acepta regalos así como así, sin tener en cuenta que hay personas por ahí con un poder innato, con mucho más poder del que pueda tener alguien como yo, y ni siquiera lo saben. Les asombra la cantidad de cosas raras que les ocurren y no se dan cuenta de que son ellos mismos quienes las provocan. Ahora lo que necesito urgentemente es que me traigas la esfinge. Debes ingeniártelas para quitársela y traérmela, porque ella me contará quién es y lo que hace la tal Irina. No debes pedírsela, porque perdería su fuerza. Cuando la tengas en tu poder, envuélvela en una tela de seda morada y luego métela en un saquito de seda verde. Me la traes inmediatamente y a ver qué pasa. El amuleto que te hice te ayudará. No te lo quites. Te aconsejará y protegerá.

Me daba un miedo horrible solo pensarlo. Jamás me habría atrevido a contrariar a Irina, a entrar en su despacho sin su permiso, mucho menos a revolver en sus papeles y sus cajones, y el colmo de todo: nunca se me habría pasado por la imaginación robarle nada. Irina tenía unos ojos portentosos que lo veían absolutamente todo, los hechos y las intenciones, los sueños y la desesperación. Veía el alma. Sus mandíbulas reflejaban tormentos, las huellas de la cara una lucha salvaje, los ojos crueldad. Nunca me había tratado mal —tampoco al resto de los modelos hasta que llegaba la hora de la verdad, como en el caso de Marcos—, pero eso solo era porque ella no se estaba batiendo en esta vida simple, hecha de pequeños deseos y desastres. Su verdadera batalla estaba en otro plano, y allí era un militar. Por mucho perfume que se pusiera, ahora la veía tal como era, en uniforme y matando. Y lo confirmaría la esfinge que debía llevarle a Viviana.

Podría pedirle ayuda a Carolina, pero ¿cómo podría contarle todo esto? Me internaría inmediatamente en un psiquiátrico. Yo también pensaba que estaba perdiendo la razón, lo que pasaba es que la razón no me ayudaba a resolver mis problemas. Lo que no podría saber Carolina es que la culpabilidad de Irina me ayudaría a descartarla a ella.

Aún cojeaba con los cambios de temperatura, aún me molestaba el brazo al vestirme, aún estaba tomando antibiótico por la herida de la pierna y aún me daba terror quedarme paralizada en cualquier sitio o perderme en la montaña, y lo que podría estar por llegar, si no daba con la equis. Me daba igual lo que pudiera pensarse de mí porque nadie estaba en mi lugar ni podía comprenderme, solo Viviana.

Jamás habría creído hace unos meses que yo fuese a hablar de esfinges con alguien como Viviana, pero seguramente cuando ella cenaba en el bar de la esquina con su marido y su hijo tampoco lo habría imaginado. A ella su sufrimiento la empujó a un mundo distinto. ¿Y a mí? ¿Qué me estaba pasando a mí para confiar en Viviana? ¿Por qué le seguía el juego? ¿Por qué no podía dejar de seguírselo? ¿Podría ser que el juego me estuviese gustando? Algunos se enganchan a las drogas como Manuela, otros a la pornografía, al juego. Viviana me estaba descubriendo las sombras y las luces.

25

Le dije a Elías que tenía trabajo y que tardaría varios días en ir a verle a la playa. Pasó por alto mi comentario porque estaba emocionado, su voz era eufórica. Le había llamado Jorge.

—¿Te imaginas? —dijo—. ¿Sabes lo que esto significa? Que me necesita. Ha querido volar solo y al final se ha dado cuenta de que sin mí se queda cojo. No he querido hacer sangre con su bajada de pantalones y le he dicho que me alegra que me haya llamado y que me lo pensaré.

Entre sus palabras se colaba ruido de olas, la voz ronca del mar, sentí un sabor salado y fresco.

—Ha insistido en que quiere ver mis progresos, así que ahora no puedo distraerme.

Mensaje recibido. Jorge, en lugar de llamarme directamente, había hecho esta pirueta, bastante arriesgada para mí, porque ahora no tenía más remedio que convencer a Antonio de que aumentara su colección de cuadros si no quería que Elías sufriera un batacazo aún más fuerte, más cruel, que lo dejara postrado en esa melancolía que yo temía más que a nada en el mundo. Para no llegar a eso sería capaz de cualquier cosa.

Antes de salir de casa, Daniela me pidió marcharse unos días a ver a sus hijos a Rumanía, puesto que tenía tan poco que hacer en casa desde que Elías estaba fuera y yo tampoco estaba casi nunca. Me quedé sorprendida porque Daniela nunca pedía nada. A veces ni siquiera se marchaba en su día libre, no tenía a donde ir y prefería estar viendo la televisión y leyendo en su cuarto. No es que no se le permitiera usar el salón, lo hacía para descansar de nosotros, sobre todo de Elías, que aunque antes de marcharse a Las Marinas se pasaba las horas muertas en su taller del ático acristalado —allí tenía de todo, una habitación con baño, cafetera y frigorífico con bebidas por si le apetecía—, había días en que estaba especialmente nervioso y no paraba de subir y bajar y pedir cosas. Otras veces, según Daniela, se marchaba toda la mañana por ahí y luego se metía en el estudio a trabajar hasta la noche.

La verdad era que me gustaba que al llegar a casa hubiera alguien ahora que Elías no estaba.

—¿Y los perros de Carolina? —dije.

Lo tenía todo pensado, una amiga suya se quedaría con ellos.

Pero es que a mí no me gustaba que se quedaran con extraños.

—En ese caso le podría dejar la llave para que viniera a darles de comer y a sacarlos a correr.

Mucho peor. Nadie, absolutamente nadie aparte de ella podía tener llaves de esta casa.

—Necesito ver a mis hijos —dijo al borde del llanto— y Elías no está y tú ya puedes andar bien.

—Conforme, arregla lo de los perros como te parezca, pero quizá cuando regreses yo no haya podido vencer al mal y ya no esté aquí. Tómate todos los días que quieras, no hay prisa.

Lo normal es que mis palabras le hubiesen extrañado, pero tenía prisa y se quedó con lo esencial: podía colocar con alguien a los perros y marcharse.

—He dejado comida en el frigo para toda la semana. Solo hay que calentarla. No se te olvide comer fruta y hazte un zumo por la mañana, es muy fácil.

Le di dinero para sus hijos y para que cenara y comiese durante el viaje. Insistí en pagarle el billete de avión, pero ya había comprado el billete en un autobús que tardaba tres días en llegar a su destino.

—Por tu cabezonería vas a pasarte todo el tiempo viajando.

—No me importa. Así me da tiempo de pensar.

Ya tenía las maletas preparadas. Hizo una llamada. Me preparó un sándwich y un mango cortado en cuadrados, les puso las correas a los perros, los metió en un coche que acababa de llegar, las maletas en el maletero y me dijo adiós con la mano.

Hacía tiempo que no estaba tan absolutamente sola. Mordisqueé el sándwich antes de que se enfriara y luego ataqué el mango. Me hice un té contemplando la desolación que me rodeaba. Era una desolación bonita, me alegraba mucho haber comprado esta casa cuando ganaba tanto dinero, ahora no me habría atrevido. Y me alegraba haber insistido en que hicieran una cristalera corredera en la cocina porque así ahora podía tomarme el té en el jardín, donde veía los cuencos vacíos en que comían los perros. Los pájaros trinaban, el sol daba sobre los geranios morados. Dejé la taza en un velador de hierro y entré.

Me avergonzaba haberle puesto pegas para que se marchase unos días, pero me había pillado por sorpresa. Menos mal que ella había pensado en todo. Tenía un pensamiento muy ágil, enseguida encontraba soluciones a los problemas de la casa. Era rumana y había aprendido español en pocos meses. En su cuarto había colgados dos retratos enormes de sus hijos, una niña y un niño muy rubios, con caras de ángeles, que me producían una enorme congoja cuando pasaba por allí y los veía mirándome, porque Daniela nunca cerraba la puerta de su cuarto, seguramente era un vestigio de alguna casa donde le prohibieron cerrarla.

Empujé la puerta hasta abrirla del todo. Lo tenía neuróticamente ordenado, pero había arrancado las fotos de sus hijos y si me fijaba bien no había dejado nada importante: el ordenador y la impresora que yo le había prestado, el equipo de música que había sacado del garaje, la televisión, el florero con dos o tres rosas del jardín, en un lado las zapatillas de lona blanca con las que estaba en casa y las que usaba en su cuarto junto a ellas. En el armario había colgadas algunas rebecas, un abrigo, un anorak, una cazadora de Gucci de la pasada temporada que le había regalado y varias prendas que nunca se ponía. Puede que se hubiese marchado para siempre. Hacía dos días que había cobrado el mes. Aunque lo más probable es que ella misma no estuviera segura de lo que iba a hacer. Se lo había llevado casi todo por si no volvía, pero en su interior sabía que aquí tenía un sueldo seguro y que con él sus hijos no pasaban necesidades. Aun así, de vez en cuando debían de entrarle enormes deseos de escapar de nuestra vida e irse a la suya, a la verdadera. En el cuarto también tenía la estampa de un santo rumano con una llama perpetua, que no podía apagarse bajo ningún concepto para no romper el hilo de la vida. Se había llevado los perros, pero había dejado la dichosa llama y me daba miedo que fuese a apagarse.

Abrí el cajón de la mesita de noche. Había una caja de aspirinas, un paquete de clínex y un cuaderno escrito de su puño y letra en rumano. Cerré el cajón despacio para no crear una corriente de aire que apagase la vela.

La encontré un día de invierno de hacía casi dos años a la salida de casa. Estaba en la acera de enfrente sentada en una maleta. Llevaba el anorak negro que ahora estaba colgado en el armario, el pelo rubio, setentero, como si saliese del túnel del tiempo y unos zapatos escotados por detrás. No tuve que fijarme mucho, se me metió de lleno en la retina como un golpe de arena, como una brizna de hierba. Yo iba preparada para correr; zapatillas chillonas, mallas, sudadera. Solía darle dos vueltas al parque y si me había pasado con el chocolate, tres o cuatro. Cerré la verja y cuando iniciaba la carrera, ella cruzó deprisa con un papel en la mano. Vista más de cerca me di cuenta de que no llevaba medias, ni parecía tener carne de gallina en las piernas. Me señaló el papel y la casa ante cuya puerta estaba la maleta. Dijo unas palabras que no entendí.

Sí, la dirección estaba bien. Ningún problema. Tranquila, le dije. Y eché a correr. En esa casa casi nunca había nadie, y ella parecía que venía para quedarse. Apreté el paso y en la segunda vuelta ya casi se me había ido de la cabeza su imagen solitaria sentada sobre la maleta ante una fachada igualmente solitaria. Corría escuchando música, sentía que volaba y sudaba a pesar de que había empezado a llover. Sentía que el aire me entraba como el agua, fresco y húmedo. Cuando regresé después de una hora, allí seguía la extranjera sobre la maleta. El agua arreciaba. Al verme, se le alegró la cara, simplemente porque era la única persona que conocía por allí. Yo también le sonreí y abrí mi verja. La verdad es que era una zona residencial en que por las mañanas podías no tropezarte con ningún vecino, y si se pensaba daba miedo porque podían secuestrarte, asesinarte y nadie se enteraría. Por las tardes se animaba más con algunos niños y perros, o por lo menos sus ruidos tras las vallas.

Lo más seguro era que los fantasmales habitantes de la casa de enfrente regresaran por la tarde y esta chica a saber de dónde vendría, de un viaje largo seguramente. Abrí la verja de nuevo y le hice una seña para que se acercara con la maleta. Ella no lo dudó. Aún tenía el papel en la mano destrozado por la lluvia.

Le hice que me siguiera, y ella muy prudentemente dejó la maleta y los zapatos empapados en el porche, yo hice lo mismo con mis zapatillas. Me puse un albornoz y a ella le traje una toalla al vestíbulo. Se entretenía pasando la vista por los techos, los suelos, la barandilla. Se secó el pelo, los brazos y la cara y me la entregó. Le pedí que se secara los pies y que luego la arrojara en un rincón, pero ella la dobló cuidadosamente y la colocó en un lado del primer peldaño. Y entramos en la cocina. Yo aún no había desayunado, así que hice café y tostadas para las dos.

Se llamaba Daniela y, en efecto, venía de Rumanía. Había tardado tres días en llegar desde su pueblo. Le pregunté si no tenía frío en los pies y negó rotundamente, no hacía frío en comparación con el que hacía en su país. Nos entendíamos, no en los detalles, pero sí en las líneas generales de la situación, y también ayudaban algunas palabras sueltas en inglés.

Me enseñó el contrato de trabajo como interna. La había reclamado la que seguramente era la vecina de enfrente, una anciana de ochenta años. Daniela estaba muy preocupada porque no sabía nada de cocina española y las personas mayores son muy pejigueras con la comida. Le dije que en cuanto amainara un poco iríamos a llamar de nuevo. Daniela estaba asustada, no parecía una persona cobarde, pero la situación era como para inquietarse porque seguramente no tendría dinero para regresar a su tierra.

Volvimos a ponernos el calzado, cruzamos la calle y estuvimos llamando un buen rato. Ningún movimiento en el interior, ningún atisbo de vida. Hasta que se abrió la verja contigua y una mujer con un carrito de la compra nos dijo que allí no vivía nadie porque hacía unos días que la señora había ingresado en una residencia de ancianos. Daniela no entendió los detalles, pero en líneas generales comprendió que algo malo pasaba, un desastre.

Nos metimos de nuevo en la cocina y me leí el contrato, papel mojado. Yo tenía que marcharme a una sesión de fotos. Debía ducharme, arreglarme aunque luego me peinaran y maquillaran. Le indiqué que permaneciera tranquila en la cocina hasta que yo bajase por las escaleras que ella tanto había admirado un rato antes. Le expliqué que tardaría una hora más o menos.

Mientras me secaba el pelo pensaba en qué iba a hacer con esa pobre mujer. Qué mala suerte había tenido con el contrato. Podría llamar quizá a la Cruz Roja y explicarles su caso. Me había metido en un lío. Para colmo Elías, que necesitaba inspirarse, se había marchado a una casa rural.

Cuando estuve lista bajé despacio sin saber qué hacer. Olía muy bien. De la cocina salía olor a pinos nevados. Daniela estaba limpiándola de arriba abajo. Los mosaicos brillaban, y lo mismo el fregadero; todo brillaba con un resplandor nuevo. Hasta ahora tenía una empleada por horas que por lo que ahora veía no se volcaba mucho en el trabajo. Daniela se volvió a mí con el estropajo en la mano. Acababa de darme la solución.

—Bien, Daniela, si quieres puedes quedarte con las mismas condiciones de ese contrato. Solo cambias de número de calle.

No necesité mucho para hacérselo comprender. Se puso a llorar. Le enseñé el único cuarto que había en la planta baja y volvió a llorar. Fui al porche a buscar la maleta como una manera de dejar claro que se quedaba. Le dije que descansara, que podía dormir todo lo que quisiera y que yo volvería por la noche. Le dejé mi número de móvil. Y añadí que estaba a prueba, tres meses a prueba. Ella miró los tres dedos sin comprender.

Tuve que coger el coche en lugar de la Vespino y mientras iba conduciendo llamé a Carolina y se lo conté. Me dijo que estaba loca, ¿cómo se me había ocurrido meter a una completa desconocida en la casa? ¿Y si me robaba y se largaba? Ahora mismo iba para allá a ver quién era esa. Para disuadirla le dije que Elías estaba al llegar. Si ella la hubiese visto como yo, no dudaría. Y si yo no hubiese salido a correr a esa hora de la mañana y no la hubiese visto, Daniela se habría encontrado en un buen aprieto. Le dije a Carolina que llamase a la asistenta y le dijese que ya no la necesitaba.

Si había una persona que no podía desear que yo muriera, esa era Daniela. Jamás había dudado de ella; siempre tenía presentes sus lágrimas de alivio cuando la acogí en mi casa. Pero ahora no estaba tan segura. Las fotos de sus hijos arrancadas de la pared eran como un portazo, como un desplante sin sentido. Cada vez lo veía más claro: se había marchado, pero no del todo por si no le iba bien en ese pueblo suyo con peluquerías ancladas en el cardado. Era normal que quisiera ver a sus hijos, podría habérmelo pedido, pero quizá no se atrevía por si la echaba, sin embargo había sido ella la que había preferido sustituir vacaciones por más dinero. Quería amasar la mayor cantidad en el menor tiempo posible.

Se ocupaba de la casa, de los perros, de Elías, de que comiera bien y fuese limpio, de la compra, había plantado un pequeño huerto en la parte de atrás del jardín y hacía conservas. Se encargaba de cualquier avería de la casa, a veces las arreglaba ella misma, en varias semanas chapurreó el español y a los seis meses lo hablaba bastante bien. Adelgazó y podía ponerse alguna blusa mía que yo desechaba, zapatos y jerséis. Rufino, mi peluquero, fue un día por casa y le hizo un corte de cabello espectacular. En ocasiones, cuando terminaba las faenas de la casa, posaba para Elías. Él decía que su cuerpo tenía unas redondeces exquisitas para la pintura. Atendía el teléfono y me llevaba una pequeña agenda, aparte de la de la agencia y la de Carolina. Cuando tenía algún disgusto en el trabajo ella me lo notaba y me ponía un vaso de leche caliente. No sé por qué, con ella y su eterna vela encendida me parecía que no podía ocurrirnos nada malo. Y esto era algo que Viviana no sabía. Más de un conocido había pretendido arrebatármela. Incluso Jorge, medio en serio medio en broma, le ofreció una cantidad de dinero desorbitada por irse con él, y decía que los mejores cuadros de Elías eran con mucha diferencia los desnudos de Daniela. No era normal que una persona nos hiciera la vida tan fácil, esto tenía que acabar.

Por la noche, al regresar del gimnasio me calenté la cena en un silencio desmesurado, como si viviese en medio de la nada. Me senté en la silla preferida de Daniela, la que usaba para pelar las patatas, doblar la ropa, escribir las cartas a sus hijos, tomarse un café. Desde aquí se veía la vitrocerámica y parte del huerto, se veía caer la lluvia cuando llovía y se veían la luna y las estrellas. No sabía gran cosa de Daniela y puede que ya nunca lo supiese. Llamé a Carolina y le conté lo que había ocurrido.

—¿Has mirado el joyero? —dijo—. ¿Y la caja fuerte?

Desde el principio, desde el primer día, mi hermana había desconfiado de Daniela, o mejor dicho quería desconfiar. Le parecía que tenía que desconfiar de ella.

—No seas tonta, ¿por qué iba a llevarse algo?

—Porque todos nos llevamos algo de todas partes.

¡Ay! ¿Por qué sería así? Aunque solo fuese por darle en las narices, abrí la caja fuerte. Todo estaba en su sitio, y en el joyero igual. Abrí el vestidor, en un rápido vistazo no aprecié que faltase nada. Los vestidos de firma estaban guardados en sus fundas. Sí que se había llevado algo: a sí misma y las fotos de sus hijos.

Pasé otra vez por su cuarto y la llama parpadeó. ¿Qué habría escrito en el cuaderno? No me había interesado por su lengua y poco por lo que hacía cuando estaba en su país, no tenía mucho tiempo de sentarme con ella a charlar, quizá Elías sabría más. Elías no era muy hablador, pero era fácil suponer que ella le contaba cosas cuando posaba para él. Esperaría un mes sin tocar nada, si pasado ese plazo no volvía, buscaría a alguien que la sustituyera. Y si la llama se apagaba, que sería lo más probable, rezaría una oración en consideración a Daniela.

26

No tenía ni la más remota idea de cómo podría quitarle el colgante a Irina. Habría sido mucho más fácil un pañuelo, una chaqueta. No podría quitárselo llevándolo ella encima, eso sería imposible, a no ser que la drogara o algo por el estilo, lo que no era mala idea. Pero tenía que pensar cómo, con qué y dónde. En mi casa no porque podría atar cabos muy fácilmente. En la agencia imposible; ella jamás se echaba la siesta ni se quedaba traspuesta aunque llevase varios días en vela, estaba acostumbrada a cosas peores. Qué drama si fuese Irina la culpable de mis desgracias. Me encontraba en un callejón sin salida.

Fue por casualidad y jamás se me habría ocurrido atreverme a hacer algo semejante. Una osadía, una locura, un acto reflejo y poner los pies en el lugar preciso y en el momento exacto para pisar la línea de la delincuencia. Seguro que muchos delincuentes empezarían como yo. Todo fue porque Manuela me propuso que la acompañara a hacer unas compras. De vez en cuando me lo pedía y siempre me negaba porque era precisamente ella la que me estaba quitando el trabajo, porque era más joven y tenía más talento que yo como modelo. Esta vez quise superar mi miedo a Manuela y acepté.

Subimos en su cochazo color cereza descapotable. Le encantaban los coches de los futbolistas supermillonarios y las motos de agua, y hasta que no se compró las dos cosas no había parado. No le atraían las mansiones, no le atraía nada que no pudiera lucir por la calle.

—Es impresionante —dije según iba abriéndose la capota lentamente hasta aparecer un rectángulo completo de cielo.

—Ya verás lo que es bueno —respondió, y en ese momento me dieron ganas de saltar en marcha. La absoluta falta de miedo de Manuela me daba miedo. Era una chica hecha de trozos de mundo, de todo lo que uno iba encontrándose por aquí y por allá, bueno y malo—. ¡Vamos allá! —dijo pisando el acelerador.

No abrí la boca, aguanté. Si ella se había sobrevivido a sí misma toda una vida, también sobreviviría yo unas horas. Aceleró más, tanto que estuve a punto de sujetarme en el agarradero, como habría hecho cualquiera en su sano juicio. Noté que me miraba de reojo. Parecía que quería introducirme en su mundo por la vía rápida. Quería que empezase a sentir su cosquilleo.

Cuando vi que nos dirigíamos a la carretera de Valencia, comprendí qué clase de compras íbamos a hacer, pero habría sido demasiado pueril decirle que quería bajarme. No era una niña y además, ¿dónde estaba mi sentido de la curiosidad?

Llegamos a una zona polvorienta de chabolas y casas levantadas en una noche, que en cuanto cayesen cuatro gotas se embarraría. Había zombis pululando por allí y otros cochazos relucientes como el de Manuela. Sacó el brazo y llamó a un tipo que llegó a trompicones pero sin llegar a caerse, todo un espectáculo.

—Vigílame el carro —dijo—, y que no se te ocurra apoyarte, desgraciado.

No se sabía si aquel chico u hombre tendría treinta o setenta años. Quizá menos, quizá más, pero obedeció a Manuela y se quedó al lado del coche como un soldado tambaleante. Yo la seguí.

—Aquí no se te ocurra comprar, ese es un tal, contigo no quiero nada —iba diciendo Manuela según pasábamos por ventanas enrejadas, con el fondo de un bello entorno de jeringas entre los matorrales resecos y los miembros de una ONG con guantes de goma azules vagando por allí.

Todo me daba mucho asco. Manuela parecía una de esas flores bonitas que crecen en medio de un estercolero. Iba de acá para allá con sus largas piernas y su minifalda y sus botas Farrutx y su brillante pelo y sus aros de oro en las muñecas y una pequeña cadena alrededor del cuello, justo sobre las clavículas. Se movía como pez en el agua. Me compró un gramo de coca a un hombre gordo apoyado en una pared.

—Es un regalo —dijo oprimiéndome un poco contra ella—. Esto te alegrará un poco, cara de vinagre. Y si quieres algo más fuerte, vamos adentro. Venga, vamos —insistió.

—Para empezar, tengo suficiente —le dije esquivando su invitación. Prefería no tener ninguna imagen más asociada a Manuela.

Me hizo un guiño muy cariñoso arrugando nariz, ojos y boca. Por fin era de los suyos.

Mientras ella estaba dentro, me acerqué a un individuo que estaba sentado en una silla de director de cine junto a una puerta a la espera de clientela. No parecía estar colocado. Llevaba colgado oro en todos los formatos posibles.

—¿Cómo se llama este sitio?

A este hombre que no debía de extrañarle nada en el mundo le extrañó mi pregunta.

—El Poblado para unos, el Paraíso para otros.

—¿Vendéis aquí algo más aparte de...?

Dejé la pregunta en puntos suspensivos porque imaginé que ellos llamarían a la droga de otra manera y no quería parecerle una idiota. Se lo pregunté por hacer tiempo y no pensar en lo que se estaría metiendo Manuela.

—Hay que ganarse la vida. ¿Qué está buscando, señorita?

Parecía una pregunta filosófica, que yo también me hacía últimamente.

Me observó detenidamente, descartándome seguramente como posible madero. Cuando ya me tenía localizada y situada en el mundo, él mismo contestó la pregunta.

—Si quiere un Rolex de oro auténtico, no de mercadillo, señorita, o un anillo de brillantes, tengo un cuñado joyero. Puedo enseñarle el muestrario —dijo señalándome el interior de la ventana enrejada.

Y fue entonces cuando hablé casi sin pensar, como si mi cabeza funcionara por su cuenta. Me dejó pasmada lo que me salió por la boca.

—¿Conoces a alguien que pudiera hacerle un trabajo a un amigo mío? Él querría que de la manera menos agresiva posible le quitara a una mujer las joyas que lleva encima, sobre todo un colgante prendido de una cadenita al cuello.

—Aquí no hacemos eso. Robar. No nos gusta robar.

Me avergoncé, y sobre todo no quería que Manuela se enterara de nada. Así que di media vuelta con la cabeza gacha. Me estaba convirtiendo en un monstruo.

—Espere, señorita —dijo el hombre cogiendo del poyete de la ventana un pequeño bloc y un bolígrafo—. ¿De cuánto estamos hablando?

—De trescientos euros —dije tan bajo que tuve que repetirlo—. ¡Trescientos!

—Hable con el Tejas. Dígale que va de parte del Negri.

Me fui andando al ritmo lento de los demás, hacia el coche. El soldado seguía en su puesto. Para no pensar en que Manuela estaba tardando mucho en salir, llamé al número del papel.

Le expliqué al Tejas lo que quería. Le dije que más que un asunto de dinero era un asunto sentimental. Desde que había llegado aquí me sentía ridícula con mi acento y mi vocabulario de diccionario. Notaba que tenían que hacer un esfuerzo por entenderme y por eso me llamaban señorita, como llamarían a la maestra en el colegio cuando eran pequeños.

—Señorita —dijo el Tejas—, los asuntos sentimentales valen más.

—No sé qué decirle —dije diciendo la verdad.

—Pues diga quinientos.

Iba a decir que tendría que consultárselo a mi amigo, pero ya estaba harta de hacer el ridículo.

—Está bien. Mi amigo no quiere que sufra ningún daño, solo quiere recuperar el colgante del cuello.

—Hecho.

Le describí a Irina con todo detalle y su coche en el parking del edificio de la agencia. Era rubia, alta, con señales en la cara y ojos azules. Su coche era un BMW. Iba muy elegante y nada más verla sabría que era ella.

—Ningún problema. Blanco y en papela.

—De acuerdo, conforme. En cuanto lo tenga me llama a este número —le dije yo en mi argot.

Regateó por un anticipo, pero ahí me mantuve firme. Nada de anticipo.

—¿Para qué vamos a perder tiempo? Mañana a eso de las nueve, cuando ella se marche del trabajo. Mi amigo —otra vez la tontería del amigo— tendrá los quinientos preparados y un gramo de coca de propina al día siguiente.

Manuela se acercó. Me oía hablar como en sueños, sonriente. Le dio una propina al zombi y subimos. Le iba a preguntar si quería que condujera yo, pero había decidido desde el principio estar tranquila y dejar que la vida siguiera su curso.

—Lo que te has perdido —dijo, creyendo que iba montada en un corcel o algo así.

No contesté. Empecé a pensar en el asunto que tenía pendiente con Jorge: que Antonio Magistrelli le comprara cuadros para que a su vez Jorge le montara una buena exposición a Elías.

27

Cuando le dije a Elías que Daniela se había marchado, quizá para siempre, permaneció callado un momento, con el pincel en la mano, mirando al techo, y a continuación dijo que no le extrañaba. ¿No le extrañaba? Pero lo vi ya concentrado en el cuadro y no pregunté. Estaba pintando a un pescador, y me parecía que era lo mejor que había pintado en su vida. Tenía fuerza, personalidad. Por fin estaba consiguiendo algo. No dije nada para no romper la magia. Evidentemente necesitábamos comprar una casa en la playa como esta para que Elías desarrollara su creatividad. Me quedé mirándole desde la puerta de la terraza de arriba, donde montaba el caballete —otras veces pintaba en el jardín y otras en el puerto— con inmenso amor.

El inmenso amor te llena el pecho con una oleada de calor, como si la persona amada te echara todo su aliento dentro. ¿Cómo es posible sentir algo así? ¿Y por qué? Se había recogido el pelo en una cola desgreñada. El inmenso amor lo abarcaba totalmente, incluido el pescador y sus ojos furiosos, y me hizo olvidarme de Daniela.

Hasta la noche, cuando Elías bajó para cenar, no volví a acordarme de que no le extrañaba que se hubiese marchado. Se lo pregunté y él contestó contemplando el jardín:

—La luna está enorme.

La luna era lo único que cambiaba de forma en el cielo y esta noche parecía que nos iba a tragar.

—Tiene dos hijos, ¿no?

—Sí, claro —dije.

—Pero hay más —dijo él.

—Ah, ¿sí?

—No me digas que no te diste cuenta.

Le escuchaba con los ojos tan abiertos que parecía que iban a romperse.

—Si regresa, procura ser un poco más... más, menos paternalista. Dale un espacio real.

—¿No está contenta en nuestra casa, quiero decir conmigo?

—¿Tú lo estarías? Incluso hiciste que le cortaran el pelo a tu gusto.

Constantemente me cortaban el pelo al gusto de un montón de gente y no me importaba, el pelo no tenía ninguna importancia.

—¿Y ella se quejó? ¿Te dijo que no le había gustado?

—No hacía falta. Estaba triste. Quería ser ella misma.

—¿Y posando era ella misma?

—Por lo menos se sentía una mujer. Su cuerpo me inspiraba, y eso la llenaba de orgullo.

Estaba luchando por retener al inmenso amor, que me inundaba de la felicidad absoluta, y de ver a la nueva Daniela.

Ahora intentaba interpretar sus silencios cuando le regalaba ropa mía y ella la cogía y la miraba con tristeza. Creía que su melancolía era por esos dos enormes retratos de su cuarto, y creía que todo le parecía bien, que le encantaba ponerse mi cazadora de Gucci del año pasado, mis gafas de Dior. Daba por hecho que le encantaban los maquillajes que me regalaban las firmas. Daba por hecho que todo lo mío era mejor y que necesariamente tenía que maravillarle. Entró en nuestra casa por pura necesidad y di por sentado que le bastaba con no pasar hambre y frío y con poder mandarle dinero a sus hijos.

—Me estaba muy agradecida.

—La gratitud no es cariño ni respeto —dijo Elías.

La ensalada se me estaba atragantando. Elías, en cambio, desde que pintaba a gusto comía con placer y paladeaba los buenos vinos que encargaba en una bodega del puerto.

—Entonces, ¿qué es?

—Cuando te sujetan una puerta para que entres

o Chanel te hace un regalo y das las gracias, ¿qué sientes?

No estaba segura de nada. Daniela podía estarme agradecida y aborrecerme al mismo tiempo. Por eso no se había llevado la cazadora que le regalé, un detalle que al abrir su armario había pasado por alto. También había visto los maquillajes en el armarito de su baño y me pareció normal que los dejara porque iba a volver.

—¿Y qué me dices de los perros?

—Los está cuidando una amiga suya provisionalmente. Volverá.

Y entonces se hizo la luz, se descorrió el velo; entonces comprendí que no me daba cuenta de nada y que para comprender no se puede estar corriendo de un lado para otro, sino permanecer como Elías, mirando, pensando e interpretando las maravillas de la vida.

—Ha sido una decisión repentina —dijo Elías sirviéndose más vino y luego dejando resbalar su oscura y profunda mirada sobre la copa.

Ni siquiera me atrevía a preguntarlo.

—¿Tú lo sabías?

Y nada más decirlo el universo y la noche se agrandaron angustiosamente. A lo lejos se oía el mar, como la respiración de un animal gigante.

—No se atrevía a decírtelo. La acogiste cuando no tenía donde caerse muerta, le diste un techo, un trabajo, le regalaste ropa muy bonita que ya no querías. Te está muy, muy agradecida. Prefirió decírmelo a mí.

No me gustaban los reproches, las peleas por agravios obvios, las justificaciones. Veía demasiado de eso en mi profesión. La pregunta que venía a continuación era por qué él no me avisó. No la hice, de alguna manera ya estaba hecha.

—Se me olvidó, perdona. Iba a llamarte, pero me puse a pintar y se me pasó.

Lo miraba perpleja.

—No tiene tanta importancia —dijo—. No te lo tomes así. Ella ha hecho todo lo que ha podido mientras estuvo en la casa. Iré a buscar los perros en cualquier momento y los traeré aquí para que correteen por la arena.

—Entonces no piensa volver.

—Creo que no. El que me viniese a la playa todavía empeoró más las cosas.

Me estaba cansando de ir de sorpresa en sorpresa, de pregunta en pregunta. Crucé las manos y me quedé mirándolo como una estatua.

—Sí, lamentablemente, creo que llenó su hueco afectivo conmigo.

—Se enamoró de ti.

—Algo parecido. Cuando me vine y se quedó sola en la casa no pudo soportarlo.

—Pues me alegro de que se haya ido —dije, pero

no era verdad, porque algo me impedía tener celos de Daniela, lo que en el fondo sería humillante para ella. Simplemente sabía que a Elías no le gustaba y que se habían aliado porque eran más humanos que yo, porque dependían de mí, porque yo era una insensible que no me daba cuenta de los verdaderos deseos de los demás.

Elías me cogió la mano y dijo:

—¡Pobre chica, tan joven y con dos hijos!

Y yo también dije:

—Pobre chica, espero que le vaya bien.

28

Acabamos de cenar en silencio con el fantasma de Daniela flotando sobre nuestras cabezas. ¡Qué poco llegué a conocerla! Me intrigaba el cuaderno que había dejado olvidado. Pero no le dije nada a Elías, no quería hablar de Daniela con él. Este pequeño, imperceptible, pensamiento duró poco, hasta que el móvil sonó dentro del bolso, que había colgado en la percha del vestíbulo.

En medio del lejano oleaje y de las hojas de las palmeras movidas por el viento, en medio de los pequeños ruidos negros que parecían caer del cielo, dentro del bolso, entre las fundas de las gafas, una carterita Cartier, un perfume y una polvera y mil cosas más, en medio de todo esto, se oyó un sonido que hace unos cuantos siglos parecería cosa de ángeles o de demonios. El móvil. ¿Quién sería a las once de la noche?

Elías se acomodó en el sofá para ver una película

que tenía preparada para después de cenar, una de sus claras señales de felicidad y satisfacción.

Fue milagroso que aguantase la llamada hasta que logré atrapar el móvil con la mano.

—Ya está hecho —dijo la voz vagamente familiar del Tejas.

El vino de la cena me había dejado bastante espesa. Además, estaba en el paraíso y la voz llegaba del infierno.

—¡Señorita! ¿Me oye? —gritó la voz cabreada.

Salí al porche sobre el que casi rozaba la luna.

—Sí, claro que te oigo.

—Pues ya está. Tengo el colgante. —Lo hizo chocar con el auricular—. Ahora quiero la pasta.

—La tendrás mañana sin falta. Ahora mi amigo está en la playa.

—¡Joder! Ten mucho cuidado, pija de mierda, porque te mando a ti también al hospital.

—¡Corta pronto! —gritó Elías, otra señal de su felicidad.

—¿Al hospital?

Bajó un poco el tono.

—Es una fiera, tuve que arrearle.

—¡Dios mío! —dije cada vez más en susurros.

—¡La guita! —gritó.

—La tendrás mañana por la tarde, a las cinco, en el zoológico, junto al foso de los leones. Te llevaré lo prometido, no te preocupes. Te doy mi palabra.

—Quería que se tranquilizara. Aunque estábamos a cientos de kilómetros de distancia, quería que no deseara pegarme una paliza—. Pero dime una cosa, ¿ella está bien?

Colgó. El aire trajo una ráfaga de perfume y cuando traté de cerrar la nariz y los pulmones ya era demasiado tarde, ya lo tenía dentro, un placer que no me merecía. Y además no podía contarle a nadie lo que había ocurrido. Había cruzado una línea sagrada, era una delincuente. Por lo menos Manuela y los zombis del Poblado solo se hacían daño a sí mismos.

—¡Corta ya! —gritó Elías de nuevo—. ¿Quieres ver la película o no?

Cada vez que pensaba en lo que había hecho me parecía más horrible.

No podía contárselo. Ni siquiera podía contárselo a Viviana, no le gustaría estar metida en algo así. Me serví una copa de vino y me senté en el sofá, pero no muy cerca de Elías, no quería que me echara el brazo por encima y me encerrara en su cuerpo mientras el mío me pedía salir a correr y a gritar de puro nerviosismo. Me bebí la copa de tinto y luego otra. Elías me echó una mirada de reojo.

—Ponme a mí también.

Él seguramente pensaba que después de la película, o puede que antes, haríamos el amor en el sofá, algo que en esas circunstancias me resultaba insoportable. Tendría que negarme y no quería pasar por eso, así que dije que sentía náuseas y que me marchaba a vomitar y a la cama.

Afortunadamente, Elías se quedó dormido en el sofá hasta la madrugada, más o menos cuando me levanté yo.

Hice café, salí a correr por la playa, me duché y cerré la pequeña mochila que llevaba a todas partes dispuesta a marcharme a Madrid, sacar dinero del banco, pasarme por la agencia a ver qué se decía de Irina y estar antes de las cinco en el zoo.

Los ruidos medio despertaron a Elías, que se marchó tambaleando del sofá a la habitación y no se enteró de nada; volvió a quedarse dormido como un tronco. Nada le quitaba el sueño, ni la tristeza, ni la alegría, ni el poco éxito que había tenido, ni el gran fracaso que había sufrido.

Le dejé una nota debajo de la taza donde le gustaba tomarse el desayuno diciéndole que la llamada que había recibido por la noche era de la agencia, me esperaban para hacer un anuncio. Demasiadas explicaciones, siempre le contaba muy por encima lo que hacía porque mi trabajo le aburría, y la verdad era que a mí también, sobre todo posar. Me gustaba más desfilar que posar y mucho más actuar en el cine, tener que aprenderme un papel y ser otra persona; aunque después de lo mal que lo hice en Roma no creía que volviesen a llamarme para ninguna otra película. De todas formas no podía quejarme porque casi nadie de mi edad ganaba tanto dinero como yo, muchas chicas querrían tener un marido como Elías y en cuanto apartara de mi lado a la persona que quería hacerme daño todo sería perfecto. Pero no podía quitarme de la cabeza a Irina. ¿Qué le habría hecho el animal del Tejas?

El tren iba más lento que nunca, y yo tenía tantas cosas que arreglar... Jamás me había sentido así, ya no estaba en el lado de Elías ni en el de la mayoría de la gente normal, ahora podría detenerme la policía, podría ir a la cárcel, tenía un secreto muy gordo. Me había convertido en una de esas personas que ocultan algo. No tenía ganas de sonreír, solo de estar seria, reconcentrada en la paliza de Irina, en el colgante, en esa locura que no sabía dónde me estaba llevando. El campo, los árboles, la tierra roja, la grava al lado de las vías... ya no los veía con la misma inconsciencia de antes, ahora todo tenía existencia real y significado. Me recordaban que había cruzado la línea de los perseguidos, los fugitivos, los criminales.

29

Saqué el dinero de un cajero de la misma estación nada más llegar y después me marché a casa a cambiarme de ropa. Irina no soportaba que nos presentásemos en la agencia de sport, como cualquier chica normal de la calle, y yo no debía dar por supuesto que Irina no me vería. Y lo cierto es que quizá me pasé. Me recogí el pelo de tal modo que salieran mechones por aquí y por allá y me puse los tacones y un vestido ajustado. Me maquillé y con manos un poco temblorosas conduje el coche hasta la agencia. Era la primera vez que conducía después de quedarme paralizada en la pasarela de Berlín. Pero ahora, después de lo que había hecho, el que me quedase clavada en medio de la autopista no era tan importante.

Respiré hondo en el parking donde el Tejas había asaltado a Irina. Aparqué y no me acerqué a su coche, porque las cámaras podían captar mi interés en el BMW. A ella le encantaba que todas sus posesiones estuvieran en consonancia con su imponente aspecto. Sabía cómo crear una imagen, una impresión, una sensación; para eso se dedicaba a la moda y la publicidad. Irina solía decir que nadie tiene tiempo de buscar en el interior de las personas, que ese interior hay que darlo servido. «Hay que gritarle al mundo entero quién es uno, porque el mundo está muy distraído con otras cosas.» Para ella no tenía sentido la palabra «profundo». Todo lo que no se veía no existía. Y lo que ella reflejaba era poderío y dominio de la situación. No sabía cómo el Tejas, del que por ahora solo conocía la voz, se había atrevido a acercarse a su traje gris, a sus musculosas pantorrillas, a su mirada de cuchillo. Uno tenía la sensación de que estaba cubierta de acero. Irina, como el general que debió de ser, sabía cómo imponer respeto y temor. Si se lo proponía, auténtico miedo, como aquella vez en que una casa de alta costura pretendió que la agencia pagara un vestido de casi doscientos mil euros que una de nuestras modelos había quemado con un cigarrillo. Después de hablar con ellos no solo renunciaron a cobrar sino que le enviaron un ramo de flores, lo que realmente daba mucho miedo.

Me temblaban las piernas cuando empujé la puerta de cristal de la agencia, que ocupaba toda la planta del quinto piso de un edificio del siglo pasado. Lo habían reformado respetando las columnas de hierro y los techos de cinco metros, por lo que se podían montar muy buenos decorados para las fotos. Solo Irina y Antonio tenían despacho individual. La recepcionista no estaba en su sitio, aunque no me habría dicho nada porque era la discreción absoluta. No entendía cómo nunca podía tener ganas de contar algo.

Antes de asomarme a estos dos despachos recorrí las distintas dependencias. Estaba todo bastante tranquilo. En una de ellas Roberto le hacía fotos a una chica nueva y muy joven, más joven que Manuela. No quise fijarme mucho en ella para no compararme. En cualquier otro momento me habría marchado sigilosamente sin hacerme notar. Por el contrario, ahora necesitaba ir reconociendo el terreno que pisaba y no pasar a nadie ni nada por alto.

—Hola, Roberto —dije—. ¿Algo nuevo por aquí?

Se separó de la cámara un momento. La chica continuó en la misma postura; es lo típico de los comienzos: no querer que el fotógrafo se cabree o pierda interés por nada del mundo. Roberto no se dio cuenta del sacrificio de la chica o simplemente lo consintió.

—¿Dónde te has metido? —dijo con sus ojos grises y su cuerpo atlético, su camiseta y sus vaqueros; un atractivo irresistible que lamentablemente había muerto para mí, se había desvanecido, y por mucho que le miraba no lograba recuperarlo.

—He estado en la playa de Las Marinas.

—Entonces no te has enterado.

Negué con la cabeza, intentando que no se me notara el nerviosismo.

—Se rumorea que Antonio está implicado en el caso de los talleres de Bangladesh.

—¿Cómo?

No había oído bien. Parecía que todos los circuitos alrededor de mi oído se habían colapsado, también los de todo el cerebro y los de la vista. La estatua en ropa interior tendida en el diván se había emborronado.

—¿Cómo? —repetí para sacudirme el caos de la cabeza. ¿Por qué no me hablaba de Irina?

—Como lo oyes. Su gran amigo Karim lo ha implicado. Parece que Antonio es un socio en la sombra más importante que el propio Karim y que hay un lío de lavado de dinero, paraísos fiscales y trabajo clandestino.

La chica no pudo más y se sentó en la posición del loto, haciendo unos estiramientos con los brazos.

—¿Y lo sabe Irina? —dije llevando la conversación a mi terreno.

—No sé. Antonio hace dos días que no viene por aquí —dijo, y se giró hacia la chica, que trató desesperadamente de volver a la composición anterior.

La comprendía. Cuánta importancia se le da a

todo al principio. La primera vez que se piensa algo, la primera vez que se hace algo, el primer día de trabajo, la primera noche con alguien, tienen algo de trágico, agotador.

Los dejé con lo suyo y seguí mirando de cuarto en cuarto. Todo el mundo volvía la cabeza hacia la puerta para ver quién era yo y al segundo regresaba a su posición normal. Casi todos eran colaboradores externos, gente contratada para hacer algún trabajo puntual, no tenían por qué saber nada de lo sucedido a Irina. Me angustiaba tener que marcharme con las manos vacías, con la incertidumbre de lo que habría podido ocurrirle. Me dirigí a su despacho con la respiración a cien por hora.

Abrí la puerta, aún planeaba su perfume por allí. Sobre la mesa había diseños y *books* de modelos. El teléfono sonó y me sobresalté. Dudé si cogerlo, pero no tenía por qué, yo no era su secretaria. Qué sensación tan extraña. Irina no estaba aquí por una decisión mía. La mesa estaba recogida, como se dejan las cosas dispuestas para el día siguiente. Por fin podría mirar en los cajones con la casi seguridad de que ella no aparecería. Me acerqué a la mesa. El teléfono volvió a sonar. Puse la mano en el agarrador del primer cajón. No se abría. ¿Por qué estaba haciendo esto? Una voz me obligó a volverme.

—¿Qué haces?

—¿Dónde está Irina? —pregunté a mi vez.

Era Manuela con una melena desgreñada que le comía la cara, parte de la espalda y los hombros.

Tenía los ojos más hundidos de lo habitual y los labios resecos. En medio de un campo de trigo habría parecido un espantapájaros. Ahora ya conocía los bellos parajes que frecuentaba en cuanto tenía un rato libre.

—¿No lo sabes? —dijo.

Moví la cabeza ligeramente sin dejar de mirarla.

—Ayer le pegaron una paliza y le robaron.

Me sorprendí de verdad. Aunque lo sabía, me sorprendió oírlo de alguien que no era el Tejas. Me conmocionó que fuese cierto. Le pregunté cómo había sido, no quería meter la pata y decir algo que no debería saber, porque Manuela era una colgada y al mismo tiempo muy astuta. Aún estaba en ese punto en que podía mantener su papel y controlarlo todo.

Su versión coincidía con lo que me contó el Tejas: parking, paliza, robo. ¿Qué le robaron? Bolso, pulsera, colgante, reloj. Cabrón, tenía que quitarle solo el colgante. Le pegó con la culata de un revólver en la cabeza y la dejó inconsciente.

¿Y dónde estaba ahora?

En el hospital. Manuela la había acompañado toda la noche. Estaban haciéndole pruebas para descartar que no tuviese ninguna lesión cerebral.

Me senté en el filo de la mesa.

—¿Cómo es que te llamaron a ti?

—Cuando el guardia de seguridad subió solo quedábamos en la agencia la recepcionista y yo —dijo—. ¿Necesitas algo? —preguntó echando un vistazo a la mesa.

¿Y a ella qué le importaba? Pero no era el momento de buscar más complicaciones.

—Me gustaría saber si va a renovarme.

—Ya —dijo.

—¿Crees que debería ir a verla? ¿Le gustaría?

Se encogió de hombros.

—Mejor mañana.

—¿Vas a volver allí?

—Sí —dijo Manuela con cierto derecho sobre la situación, el que le daba el haber estado con ella la noche anterior o quién sabía por qué. Puede que Manuela e Irina tuviesen una relación secreta. ¿Habría ido también Irina con ella al Poblado?

—¿Sabes lo de Antonio? —le pregunté para congraciarme con ella más aún.

—Es mejor que Irina no se entere de nada. En cuanto se recupere y vuelva, todo se arreglará. Y tú no te preocupes por tu contrato —dijo guiñándome uno de sus hundidos ojos.

Más claro, imposible. Manuela tenía cierto poder sobre Irina. Y sabía cosas que me afectaban, como que iban a renovarme el contrato, lo que le concedía poder sobre mí.

—Mañana podríamos hacer un viajecillo al Paraíso. Seguro que ya estás canina —dijo.

—Ya veremos, quiero ir poco a poco.

Se rió con la risa de quien ya ha pasado por esa etapa. Por mi parte tenía que ir al zoo y no quería presentarme entre las cebras y los elefantes vestida de princesa. Busqué por allí unos vaqueros, una camisa y unas zapatillas y me cambié. Probablemente eran de la modelo que estaba posando para Roberto. Tenía una talla menos que yo y un número más de pie. Envolví los zapatos de tacón con el vestido ajustado.

Mercedes, la recepcionista, ya estaba en su sitio. Y esta vez, contra todo pronóstico, sí tenía ganas de largar. Al pasar por su mesa me obligó a bajar la cabeza hacia la suya y me contó lo que ya sabía, con una novedad añadida: la policía, gracias a las cámaras del parking, había identificado al agresor.

—¿Tan pronto? —dije

—Cuando quieren... Irina tiene muchas influencias.

Le pegaba tener amistades influyentes, no sé por qué no lo había pensado mejor. Le pedí un sobre en blanco.

Dejé el vestido con los zapatos en el maletero, metí el dinero y el gramo de coca en el sobre y conduje hasta el zoo. A la entrada me hicieron una foto, que me entregaron enmarcada en una cartulina con un oso panda troquelado.

Como aún faltaba una hora estuve viendo una exhibición de delfines, pensando y dando un paseo entre llamas y jirafas, sin poder quitarme a Irina de la cabeza y a sus amigos importantes. Hasta que me llamó Elías al móvil para preguntarme por el viaje y para comunicarme que Jorge se pasaría a verle el fin de semana. Estaba radiante.

¿Por qué tan pronto? Jorge podría haber esperado para que Elías continuara contento un poco más. Era muy improbable que si Antonio estaba metido en el sucio tinglado de Bangladesh le comprase ningún cuadro, y entonces Jorge le daría de nuevo la espalda a Elías. Un futuro negro como pocos.

Desde mi puesto junto a los elefantes vi a un individuo que iba acercándose despacio al foso de los leones, con las manos metidas en los bolsillos. Las metía con tanta fuerza que parecía que los iba a romper. Estaba tenso. Llevaba unos pantalones pitillo de rayas con botas y una cazadora. Fui junto a él y me acodé en la barandilla mirando un foso en el que no se veía ningún león; estarían echando la siesta. En cuanto oyese su voz, sabría si era él.

—¿No tienes calor con tanta ropa? —dije.

Él le daba la espalda al foso. Llegaron unos niños, se subieron a la barandilla, los padres iban detrás.

—Siempre voy así, el tiempo no manda en mí.

Era él.

—¿Traes el colgante?

Asintió.

—¿Por qué le robaste el bolso y el reloj? Eso no entraba en el trato.

—Tú solo me pagas por el colgante, lo demás es cosa mía.

—A mi amigo no le va a hacer mucha gracia.

—¿Y a mí qué cojones me importa?

—Está bien —dije abriendo la mochila.

Él miró a los lados. Se acercó a mí y me echó el brazo por los hombros. Olía a *aftershave*, como si se hubiese preparado para una cita. Caminábamos como una pareja. Tenía un corte en la mandíbula.

—¿Por qué tuviste que pegarle una paliza a Irina? Con que la hubieses amenazado con la pistola habría bastado.

—Pero ¿qué dices? Yo no llevo pipa. Le di un par de hostias y una patada en un tobillo, no es para tanto. Ni siquiera cayó al suelo, se abrazó al capó. Lo que más me costó fue el colgante. ¡Qué perra con el puto colgante! ¿Por qué quieres esa mierda? Ni siquiera es bonito.

—Ya te he dicho que no es para mí.

—Ya, es para un amigo. Como tú quieras.

—Toma —dijo. Lo sacó de un bolsillo de la cazadora y me metió la cadena por la cabeza.

Me la quité enseguida y la guardé en la mochila y saqué el sobre con el dinero y la coca.

—¿Por qué no has traído unas trompetas?

Tenía razón. Los sobres son sospechosos por sí mismos, más en manos del Tejas.

—A partir de ahora borra mi cara de tu cabeza. No me conoces ¿entendido? —dije.

—Entendido.

—¿Y cómo lo vas a conseguir cuando te interroguen? Te han captado las cámaras del parking.

¿Cómo iba a tomarme en serio el Tejas si decía que las cámaras le habían captado, en lugar de que le habían pillado?

—No la dejé medio muerta, y nunca pegaría a una mujer por placer.

Me miraba suplicante.

—Seguro que no me crees si te digo que es la primera vez que le cruzo la cara a una piba. Y lo hice porque me obligó, era muy fuerte. Cuando vi que llegaba la ambulancia no podía creerme que fuese por ella.

—Van a detenerte.

—No diré nada de ti si te tomas un café conmigo. Eres muy guapa.

—¿Y me lo dices a mí? Ya sé que soy guapa. ¿Por qué no te escondes en algún sitio?

Me miraba obnubilado, enmudecido.

—Dile a ese amigo tuyo que no te meta en estas mierdas. No te pegan.

—No dejes que te cojan —insistí.

—Creo que cuando esa mujer y yo peleamos había más gente en el parking cerca de nosotros. Lo noté, y creo que ella también lo sabía porque miraba detrás de mí. Creo que si no hubiese estado distraída con otra cosa me habría roto los huevos.

No tenía por qué mentirme, a no ser que quisiera lavar su imagen porque yo le gustaba.

—Comprendo lo que sientes —dije—, pero no se te ocurra llamarme por nada del mundo. El bolso que le robaste a Irina cuesta tres mil euros, no dejes que te engañen.

Lo dejé con las manos metidas en los bolsillos, entre la gente que acudía a la actuación de los loros.

30

Con el colgante en mi poder llamé a Viviana y le dije que ya tenía la esfinge y que necesitaba acabar con esto urgentemente. Le dije que si salía ahora mismo podría estar en su casa a las doce de la noche. Dudó un momento y contestó que este trabajo me saldría más caro. No quiso decirme cuánto, así que saqué del cajero lo máximo permitido con tres tarjetas diferentes. Aparqué el coche en el parking de la estación y tomé el primer AVE a Barcelona.

Durante el viaje estuve tentada varias veces de sacar el colgante para estudiarlo detenidamente y saber por lo que había luchado tanto y había perdido mi honradez y mi cordura; precisamente por eso me costaba trabajo abrir la mochila y sacarlo. Ni siquiera lo había envuelto en seda morada ni lo había guardado en un saquito verde, tal como me aconsejó Viviana. Con las prisas se me había olvidado por completo, por lo que empecé a dudar de que tanto esfuerzo y traición hacia Irina sirviesen para algo. El botón del vaquero que le había tomado prestado a la modelo nueva y superdelgada se me clavaba en el ombligo. Me lo desabroché. Respiraba desacompasadamente, a veces rápida y otras, lenta. Estaba entendiendo a la gente que hacía cosas sin sentido para el resto de la gente: empeñarse en ser mucho más rico cuando ni tres generaciones de descendientes van a poder gastarse el dinero, jugarse la casa en una partida de póquer, encontrar —como Manuela— arrebatador un lugar como el Poblado cuando podría estar en los castillos que quisiera. Era lamentable que Antonio hubiese perdido la cabeza en los negocios de Karim y Sharubi. ¿Y quién era yo para juzgarles? Yo me había enredado en un juego cuyas leyes no conocía. ¿Sería en el fondo como Manuela?

Al final me decidí. Cogí la esfinge. Si uno se olvidaba de que era un ser mitológico y lo que representaba, era horrenda, un monstruo. Siempre me habían producido repulsión esas figuras mitad humano, mitad animal —las sirenas, los centauros, los sátiros—, a los que se les suponía cruces sexuales bastante inquietantes. Y la esfinge se llevaba la palma.

Era de oro esmaltado en marrón oscuro la parte de león, en verde y amarillo las alas, marrón más claro para la cara y los pechos femeninos y un tocado en azul como los brazos. ¿A qué mente perturbada se le habría ocurrido algo así? La envolví en un clínex que siempre llevaba en la mochila junto al libro. La cerré, me abracé a ella para protegerla bien y me quedé dormida.

A la llegada tomé un taxi como la otra vez y le dije al taxista que le daría diez euros más por la carrera si me llevaba en un tiempo récord.

Estábamos entrando en septiembre suavemente, con la bajada de dos o tres grados de temperatura. Aún olía a verano. Por la ventanilla entraba el lejano olor del mar y la oscuridad y pensé que huir no era tan difícil, se trataba de alejarse y alejarse hasta llegar a un lugar donde nunca habría estado antes. El tiempo deja las cosas atrás, y la distancia también. Empezaba a comprender a esas personas que un día comienzan a alejarse, a alejarse y de pronto ya están tan lejos que no pueden volver. Pero no era mi caso, yo no imaginaba un mundo mejor que el mío.

Tuve que llamar varias veces al videoportero y ya me estaba impacientando cuando la dulce y melodiosa voz de Viviana dijo «entra». Por un instante temí que se hubiese olvidado de mi visita y durmiera profundamente. Y fue en ese momento, en ese preciso momento, cuando sonó el móvil. Era Carolina, preguntándome dónde estaba y si podía llevar a unos amigos a bañarse en mi piscina. Le dije que hiciera lo que quisiera. Apagué con rabia. Parecía que solo yo tenía siempre cosas que resolver. ¿Por qué no estaba Carolina reuniendo las facturas que había que llevarle al gestor financiero?

Subí despacio y me encontré la puerta del piso entornada. El gato, *Kas*, llegó como una sombra de ojos brillantes. Lo cogí en brazos y le acaricié la cabeza. Desde que sabía que se lo había regalado a Viviana el dueño del bar de la esquina también sabía que solo quería mimos. Olía a eucalipto, romero y otras cosas. Yo era más alta que Viviana y tuve que apartar a mi paso más colgaduras de plantas secándose que pendían del techo que ella. Pasé al salón seguida por *Kas* y traté de dar la luz, pero no sabía dónde estaba el interruptor. Casi todas las paredes estaban ocupadas por ramos o cuadros, no había un centímetro vacío. Tampoco me atrevía a sentarme: en todas las sillas y sillones había cojines y daba la impresión de que debajo de los cojines habría otros *Kas* u otros animalillos. Habría salido a la terraza, pero las cortinas estaban echadas. Entonces empezó a sonar un cántico que venía del interior de la casa. Era la voz de Viviana. Decía algo en una lengua que yo no conocía, o quizá no distinguía bien las palabras, como sucede con frecuencia con las letras de las canciones.

El murmullo de la melodía fue acercándose y acercándose hasta que noté la presencia de Viviana dentro de la habitación. No me habló, no me saludó. Se aproximó a una mesa junto a la pared y encendió dos velas. Bajo su luz vislumbré el mantel blanco y un caldero, que ya me era familiar, en el que echó unas hierbas e hizo incienso con ellas. Pasó los brazos y la cara por ese humo, que olía como a medicina. Me extendió una mano con la palma abierta sin dejar de medio cantar, medio recitar. Llevaba un camisón de algodón blanco sin mangas. Tardé un segundo en comprender que me estaba pidiendo el colgante. Saqué el clínex de la mochila, desenvolví el colgante y lo deposité en su palma.

Se volvió de una manera que me sobrecogió.

—Solo la esfinge —dijo.

La desenganché un poco nerviosa por lo que me había dicho de que la esfinge habita entre mundos. Viviana lo creía, Irina la llevaba puesta y la mayoría de la gente tenía fe en alguna divinidad que lo había creado todo. Yo también empezaba a creer en algo.

Me acerqué cautelosamente y dejé caer la figurita en su mano abierta. La pasó una y otra vez por el incienso y por las velas y hubo un instante en que Viviana me miró y sentí que había ido demasiado lejos, me había puesto en contacto con algo que no entendía.

Viviana le murmuró algo a la esfinge, luego se quedó mirándola un rato y a continuación la limpió con un paño blanco, la envolvió en él y me la entregó.

—Mañana puedes devolvérsela a su dueña. Ven, acércate.

Hice lo que me dijo e inesperadamente me abrazó. Me cogió entre sus enormes brazos, me estrechó contra sus grandes pechos. Noté todo su cuerpo en el mío. Y a continuación me sopló en la frente. Algo me rozaba en la pierna, sería *Kas*.

Encendió una vela más gruesa con la que podíamos vernos mejor y abrió las puertas de la terraza. El humo del incienso se dirigía hacia allá.

—La esfinge no está contenta contigo. No le gusta la violencia. ¿Por qué hiciste algo así?

—No sabía cómo quitarle el colgante a Irina, siempre lo llevaba puesto. Contraté a uno para que se lo robase.

—Tienes que devolvérselo lo antes posible porque de lo contrario podría morir. Se ha quedado sin fuerza.

Se marchó y volvió con una de sus infusiones.

—Tómatela, te sentará bien —dijo—. Esta noche puedes dormir aquí y mañana temprano llévale el colgante.

—Pero ¿quién quiere hacerme daño?

Se quedó mirando al firmamento.

—¿Quieres unas pastas? —preguntó pensando en otra cosa—. No es Irina. Esa mujer tiene otros problemas. Sabe demasiado de algo relacionado con un país lejano, con sedas, vestidos y dinero. Irina ha nacido para el amor.

Viviana seguramente habría leído en el periódico la noticia sobre el entramado de Bangladesh. Cuando nos conocimos, veníamos precisamente de India. Yo era modelo y trabajaba para Irina. Podría haber relacionado las dos informaciones. Estas personas tienen que valerse de su perspicacia y de muchos datos. Lo increíble es que supiera que habían atracado a Irina, aunque no lo había dicho claramente. Lo había dicho yo, ella solamente había supuesto violencia.

—Está en peligro y debería decirle a la policía lo que sabe. Quizá podrías ayudarla —dijo.

—¿Ella no me desea ningún mal? —Negó con la cabeza—. ¿Podría ser mi hermana Carolina, que siempre ha tenido celos de mí? ¿Mi ex empleada Daniela? ¿Otra modelo llamada Manuela? A Isabel, la mujer de Roberto, ya la descartamos. ¿Jorge, al que di calabazas y ante el que ahora debo arrastrarme para que ayude a Elías? ¿Antonio, el presidente de la agencia de modelos para la que trabajo? ¿Y Marcos? Puede que nos odie a todos los que nos quedamos en la agencia mientras él tenía que empezar de cero. A mis padres no les hizo ninguna gracia que desapareciera su gran ingreso extra mensual —dije vagamente, pensando en voz alta.

—¿Quién es Elías?

—Mi marido.

—¿Y qué hace?

—Es pintor. Hasta ahora no ha tenido mucha

suerte, pero está cambiando de estilo, está madurando como artista.

—¿Y eres feliz?

Me quedé pensando en la palabra felicidad. ¿Qué sienten los otros cuando son felices?

—Mucho.

—Ahora debes descansar —dijo.

Viviana me condujo a una habitación al fondo del pasillo. La vela que llevaba en la mano creaba un agujero de luz por el que íbamos entrando poco a poco.

—Está fundida la bombilla del techo y no alcanzo para cambiarla, tampoco me hace falta. Estoy muy acostumbrada a este otro tipo de luz, me hace compañía —dijo.

Una vez en el cuarto y con la puerta cerrada encendí la lámpara del techo. Frente a la cama había un espejo grande, apoyado en el suelo y tapado con una sábana, que caía hasta abajo. En una mesa había cuadernos y lápices, como si alguien estudiase o hubiese estudiado aquí.

Me senté en la cama y contemplé con más detenimiento lo que me rodeaba. Era la habitación de un niño que ya no jugaba con muñecos. Me senté ante el escritorio. Aún había rayajos de lápices de colores. No pude evitar abrir muy despacio la cajonera junto a mis piernas. Había libros forrados en transparente, de dibujo, sociales, matemáticas. Había una foto de una clase con los niños y la profesora. Una cabecita estaba marcada con un círculo. Era la típica foto del colegio como recuerdo. Sería el final de curso.

El niño se sentaba en la segunda fila y estaba muy serio. Iba muy bien peinado, preparado para una foto. Llevaba un polo de manga corta con iniciales, como si su madre le hubiese marcado la ropa para ir a algún campamento. Tenía los ojos claros. Debía de parecerse un poco a Viviana cuando Viviana solo vivía en este mundo.

Había firmado la primera hoja de los libros con el nombre de Felipe Salas Castro. Pasé la mano por la mesa, donde este niño habría pasado las suyas mil veces haciendo los deberes. Seguramente mis padres no sabían lo afortunados que eran no habiendo perdido a ningún hijo. No sabían que tendrían que estar saltando todo el día de alegría. También giré la llave del armario. Si chirriaba lo más mínimo al abrirlo lo dejaría, pero no hizo ruido. Pegados a la parte interior de las puertas había pósteres de motos, y ropa colgada y organizada. Debajo se alineaban las zapatillas de deporte y zapatos como si se acabasen de limpiar y abrillantar. Cerré el armario con la sensación de haber cometido un sacrilegio. No debía haberlo abierto, no debía haberlo visto, como no debía haberle hecho nada a Irina. Últimamente hacía cosas que antes nunca me habría atrevido a hacer.

Me metí en la cama de Felipe. Entre sábanas azul oscuro. Me sentí en paz y apagué la luz. Noté cómo unos pasos, los de Viviana o los de *Kas*, se alejaban de la puerta.

Me quedé dormida enseguida, la infusión iba cerrándome los ojos suavemente como una mano invisible, una sensación muy agradable mezclada con el temor de que de un momento a otro se escurriría la sábana del espejo y vería algo que no quería ver.

Dormí bien, anormalmente bien.

Por la mañana, a los densos olores de la casa se unió el del café. Con la claridad del día pude ver que Viviana había ganado peso y que se movía con enorme dificultad. Respiraba profundamente con cada movimiento que hacía.

—¿Está todo bien? ¿Lo tienes todo claro?

Asentí sin mucha convicción. Debía colocar el colgante del cuello de Irina.

No podía mirarla abiertamente a la cara, a los ojos, porque veía en ella la carita de Felipe, de ese niño que había dejado cuadernos y zapatos limpios en un cuarto de una casa en un barrio alejado de todas partes, un planeta donde solo habitaba su madre, que buscaba o había encontrado la forma de llegar hasta él.

No sabía qué decirle. No le diría nada de lo que las dos sabíamos que yo había descubierto.

—Toma —añadió, dándome una piedra morada que prendí de mi cadena junto al saquito-talismán—. No te desprendas de ella, te protegerá más aún. Ya has recorrido la mitad del camino. Ten en cuenta que como es arriba es abajo, como es abajo es arriba.

Lavó unas tazas en el fregadero para servir el café, sacó un cartón de leche del frigorífico y pensé que había llegado el momento de marcharme. *Kas* también estaba tomándose su leche en un tazón.

—No tengo azúcar. Como no puedo tomarla, nunca me acuerdo de comprar.

—Es igual. Se me hace tarde, tengo que coger el tren.

Saqué mil quinientos euros de la mochila y le pregunté si le parecía bien.

—Y tengo otra cosa para usted —dije desenvolviendo del pañuelo de seda el esqueje de rododendro con capullos y la flor negra ya marchitada. Lo puse en una esquina de la mesa de madera llena de mil cacharros. No dejé que me diera las gracias. Con su cara de sorpresa, sus ojos abiertos y su principio de sonrisa tuve bastante.

Me tomé un té en el bar de la esquina. El camarero me saludó como viejos amigos.

—Otra vez por aquí —dijo.

—No puedo remediarlo —dije casi avergonzada.

—Es normal. Viviana os da algo especial que solo una persona especial puede dar.

—¿Su hijo se llamaba Felipe?

Asintió.

—Como su padre —dijo.

Le pedí que me llamase un taxi. No quiso cobrarme el té.

31

Las horas se me hicieron eternas en el tren. Llamé a Manuela para preguntarle por Irina y me dijo que cada vez se encontraba peor y que no se separaba de ella. Le dije que dentro de poco estaría allí para relevarla.

Me dijo que ni en broma. Ella amaba a Irina. Estaba llorando. Oprimí los amuletos que me había dado Viviana para agarrarme a algo y soportar mi culpa.

—Lo siento mucho —le dije—. Ahora te comprendo mejor.

No debería haberle dicho nada, estaba con el mono, fuera de sí, y empezó a reírse descontroladamente.

—Pero ¿qué vas a comprender tú?

Le dije que había interferencias y corté.

Si el Tejas no había dejado medio muerta a Irina, ¿quién habría sido? El campo pasaba al lado con su tierra rojiza, sus matojos, sus árboles, sus florecillas junto a la grava, su cielo azul y sus silenciosos pájaros. Por ahí podría estar caminando yo hacia alguna parte en una vida que no fuese esta. No quería perder lo que había conseguido, necesitaba que la agencia me renovara el contrato, y no encontrarme sin pertenecer a nada. Así que debía tener cuidado con Manuela y que no se mosqueara conmigo, puesto que parecía que había conseguido una gran influencia sobre Irina. Claro que si Irina moría la decisión de renovarme el contrato dependería absolutamente de Antonio, y para que muriera lo único que debía hacer era, según Viviana, no ponerle el colgante. Y cuanto más pensaba en ello deseaba con todas mis ganas llegar al hospital, entrar en su habitación y colocárselo, solo esperaba que aguantase.

El resto del camino casi lo pasé andando del asiento a la cafetería y de la cafetería al asiento. Recogí el coche en el parking de la estación y llegué al hospital con un nerviosismo espectacular. No quise llamar a Manuela para decirle que ya estaba entrando por si tenía la suerte de encontrar a Irina sola.

No fue así. Estaban Manuela, Antonio y un hombre en la puerta, revisando unos papeles sobre una cartera de piel.

Todos se sorprendieron al verme, incluso el que no me conocía, como si estuvieran dispuestos a dejarse sorprender por cualquier cosa.

—Está muy mal —dijo Antonio—. Y todo por un bolso, un reloj...

Hizo una mueca de asco.

Manuela tenía ojeras y nos miraba de abajo arriba entre dos columnas de pelo enmarañado.

—Deberías arreglarte un poco —le dije—. Yo te cubro, me quedo aquí hasta que vuelvas.

Arrastró una imperceptible mirada hacia Antonio y el de la puerta.

—Hoy no tengo trabajo, donde mejor estoy es aquí, junto a mi amor —dijo y le cogió una mano pálida, delgada, consumida, en que los días estaban actuando con toda la fuerza de todo el tiempo junto—. La han sedado para que descanse, puede despertar en cualquier momento.

Antonio la miró con incredulidad.

—¿Estás segura de lo que dices? Quiero que me avises de cualquier cambio que notes en Irina, si no mandaré a este para que la vigile.

Cogió la chaqueta, y el de los documentos, en cuanto vio que se la ponía, metió precipitadamente los papeles en la cartera. Antonio ya no miró hacia atrás, como cuando tomaba una decisión en la agencia y no volvía a hablar de ello.

Había una silla y un sillón y me senté en la silla, no quería que Manuela sintiera que le invadía su espacio. Ella se inclinó hacia mí y me dijo casi al oído, refiriéndose a Antonio:

—Irina no se fiaba de ese, creo que no le gustaría que la dejara sola con él.

Me rozaba con el pelo y me echaba el aliento de

no haber dormido, de no haber comido, de haber fumado y estar desesperada.

—Antonio no va a volver. Creo que deberías ir a ducharte y a... lo que tengas que hacer.

—No tendrás nada para mí, ¿verdad?

Negué con la cabeza, esperando que por fin se decidiera a largarse.

—No pienso moverme de aquí hasta que vuelvas, tranquila. Puedes acercarte por el Poblado.

De los ojos se le quedó colgando una expresión entre bobalicona y maligna.

—¿Y si despierta?

—Le diré que has ido a tomarte un café y que vuelves enseguida. Manuela, sé que dependo de ti para que me renueven el contrato, no puedo traicionarte.

Cogió el bolso y salió; tampoco volvió la cabeza.

Irina tenía moratones en la cara y un golpe en la cabeza. Los párpados cerrados resultaban tristes y soñadores y sin maquillar parecía más joven. Desenvolví la esfinge del paño blanco y la colgué de la cadenita de oro. Le levanté un poco la cabeza y se la puse, temiendo que en cuanto llegase la enfermera se la quitara. Los nervios no me dejaban cerrar bien el minúsculo broche. Y cuando lo había logrado, alguien entró en la habitación.

Era una enfermera con una bandeja de metal.

—Tiene que salir —dijo agitando una larga cola de caballo—. He de pinchar a la paciente.

Cuando volví a entrar, como era de suponer, el colgante no estaba en el cuello. Miré entre las sábanas, en el suelo, en el cajón de la mesilla. La enfermera se lo habría echado en el bolsillo sin darse cuenta. Irina sudaba. Salí corriendo buscando por las habitaciones una cola de caballo. La encontré al final del pasillo. Le dije que la paciente había empeorado, que estaba sudando y que le faltaba una cadenita de oro con un colgante. Ella no sabía nada de una cadena.

—Ya les entregamos todo lo que llevaba encima —dijo mientras se dirigía a la habitación.

Al verla dijo que iba a avisar al doctor, pero me interpuse entre ella y la puerta y le pedí que me entregara el colgante que por descuido se habría metido en el bolsillo. Dijo que iba a llamar a seguridad y le dije que estaba harta de tratar con toda clase de putas y que la persona que estaba en la cama era lo suficientemente importante y rica como para recompensarla muy bien. ¿Qué le parecían mil euros si me entregaba la cadena? La sacó lentamente del bolsillo.

—Mañana tendrás la transferencia al número de cuenta que me digas, con la condición de que tengas mucho cuidado de que nadie se la quite. Si tenéis que quitársela para hacerle alguna prueba, vuelve a ponérsela enseguida.

—No sé por qué lo he hecho —dijo mientras me ayudaba a colocársela.

—Es normal, estás harta de todo. La enfermedad, la muerte, el mal olor. Pero esto es todo lo que hay, no hay nada mejor. Por lo menos tú no tienes que viajar y estar bella.

Se me quedó mirando embelesada.

—Creo que te he visto en una revista.

—Si quieres, un día te invito a un desfile, pero no le digas a nadie de dónde ha salido este colgante. Dentro de un rato se quedará aquí una muñeca de uno ochenta muy lista. Es politoxicómana y una grandísima zorra. No te dejes embaucar, no digas nada, no abras la boca. Ahora vete.

Dije mirando la figurita:

—Si hay algo de verdad en lo que dice Viviana, sánala, sálvala.

Estuve dos horas observando cómo la respiración de Irina iba mejorando, y pensando en todo lo que me había pasado y en todo lo que yo había hecho desde que me tropecé con Viviana en aquel avión. Si ella no me hubiese dicho nada con su persuasiva voz, si no hubiera hablado de mí, a los accidentes que siguieron no les habría dado ningún significado especial y no estaría ahora en el hospital, rogando para que Irina volviese a ser la que era.

A las tres horas oí los pasos de Manuela, inconfundibles. Incluso con bailarinas creaba un ritmo en el aire, que era el que la había entronizado como «la nueva gran inspiración de las pasarelas» en palabras de Irina, reproducidas en todas las revistas.

Oí la voz de Manuela detrás de mí.

—Ya puedes irte —dijo.

Me volví hacia ella. Ahora tenía otro brillo en los ojos, en el pelo, en los labios. Era perfecta.

Irina suspiró y las dos la miramos esperanzadas. Luego abrió los ojos. Se recorrió con la vista.

—Te han pegado una paliza, cariño —explicó Manuela sentándose junto a ella.

—Ya lo sé —dijo Irina—. Quiero irme de aquí. Me siento bien.

Parecía que los dioses habían trabajado deprisa. O quizá era el efecto de la inyección que le había puesto la enfermera. O ambas cosas.

Quisimos convencerla de que era imposible, pero al final tuvimos que vestirla y decirle al médico que se marchaba bajo su responsabilidad. La enfermera le retiró las vías y me dio un papel con su número de cuenta. Le guiñé un ojo. La llevamos en silla de ruedas hasta el Porsche descapotable color cereza de Manuela.

—Quiero ir a casa, meter en una maleta lo más necesario y que me pidáis un taxi. No quiero que nadie sepa dónde estoy —dijo Irina muy segura de lo que decía.

Yo me despedí y dejé que Manuela se encargara de todo.

32

Carolina estaba enfadada conmigo. Me dijo que no sabía con qué estaba perdiendo el tiempo, que aunque los trabajos que ahora me salían no fuesen de primerísima fila no por eso dejaban de ser buenos trabajos y que no podía desaparecer del mercado porque luego nadie me querría. También me dijo que cuando invitó a sus amigos a mi piscina vio que la casa estaba hecha un asco y me estaba buscando otra empleada.

—Que tu marido no esté en casa no significa que no debas vivir decentemente.

Casi nunca lo llamaba Elías, lo llamaba «tu marido», o «ese», o «el pintor».

Le pedí que fuese rumana y lo más parecida posible a Daniela para que me costase menos adaptarme a ella.

—Sin problema —dijo—. Daniela no es tan especial como crees. Hay miles como ella.

También dijo que si no me renovaban el contrato en la agencia, ella sería mi agente y que cobraría la comisión que ahora, sin mover un dedo, cobraban Antonio e Irina.

Casi no le presté atención. No paraba de darle vueltas al extraño comportamiento de Irina. ¿Por qué debía estar ilocalizable? ¿Se habría dado cuenta Manuela de que no estaba en condiciones de pensar por sí misma?

Fue la sorpresa de la nueva chica rumana la que me devolvió a mi vida de siempre.

Se llamaba Ionela y la trajo a casa Carolina. Se persignó de forma ortodoxa cuando vio la estampa del santo con el aceite encendido que no se apagaba nunca en el cuarto de Daniela. Dijo que volvería a plantar el huerto en los ratos libres y que nunca había estado en una casa tan bonita.

Mientras se acomodaba en su cuarto, Carolina se encendió un pitillo y dijo que a nuestro padre tenían que operarle de la vesícula y que estaría muy bien que pudieran intervenirle en una clínica privada, que ellos por supuesto no podían costearse, pero donde se recuperaría antes.

—Estás engordando un poco —dijo, mirándome de arriba abajo—. Has recibido un don de la naturaleza y debes cuidarlo.

—Creo que estoy volviéndome loca. Necesitaría

descansar de todo esto. Irme a la playa con Elías. Gracias a Dios tengo dinero.

—El dinero se va enseguida —dijo—. Debes aprovechar el tirón. Estoy en condiciones de representarte si esos gilipollas no te renuevan, todo irá bien.

Nunca olvidaré a Carolina en ese momento, con las piernas cruzadas, las zapatillas de cordones, el pelo corto y alborotado y dos señales en la cara de haberse levantado tarde. La mitad de la ceniza se le cayó en la mesa y la empujó al suelo con la mano. Por la mochila abierta asomaba un libro. Un libro bueno del mundo superior de Carolina. En ese momento mi vida estaba cambiando dramáticamente aunque aún no lo supiese, aunque no lo imaginara, ni sospechara. La luz que entraba por la ventana de la cocina la envolvía como si estuviera metida en un tarro de cristal. Tenía que ser Carolina —al traerme a Ionela— la enviada para abrirme los ojos y enseñarme a luchar. Carolina era mi ser preferido de toda la humanidad, aunque yo estuviese enamorada de Elías.

La sombra de Ionela pasaba de un lado a otro sin saber si interrumpirnos o no.

—No sé si te acuerdas —dijo Carolina— desde cuándo me pagas un sueldo.

No dije nada, no me acordaba bien.

—El IPC ha subido y no estaría mal que lo tuvieras en cuenta. Ya sabes que no te ayudo por dinero, pero tampoco vivo del aire.

Asentí, me pareció justo y le dije que hablara con mi gestor financiero. Se levantó muy contenta de la mesa. Y eso a mí también me ponía muy contenta.

—Bien. Y no te preocupes por Ionela, con tal de tener un techo, comida y algo de dinero te tendrá la casa como los chorros del oro. El domingo me gustaría volver con mis amigos para bañarnos en la piscina, si no te importa.

Me reí, me hacía gracia que tuviese la cara tan dura. Y le dije que yo correría con los gastos de la vesícula de papá.

—Estoy saliendo con un chico —dijo, lo que me colmó de alegría porque así le subiría la autoestima y ya no se sentiría más fea que yo y todo sería más cómodo y agradable. Pero me horrorizaba que llegase a enterarse de lo que le había hecho a Irina, de lo que su hermana pequeña, bajo una piel suave y fina, era capaz de hacer. También avergonzaría a Elías y a mis padres. En qué maldita hora me tropecé con Viviana en aquel vuelo.

A los dos días —me consumía esperando noticias sobre Irina y sobre mi contrato y por primera vez en cuatro años no pensaba constantemente en Elías—, un jueves azul, tibio y húmedo como un baño de espuma, a pesar de ser septiembre, Manuela me llamó para decirme que habían cogido al ladrón que había atracado a Irina. El estómago me dio un vuelco. Ya estaba todo perdido. El Tejas me señalaría a mí, y yo no podría explicar por qué quería robarle a Irina y no podría hacer creer que no quería que le pegara una paliza. El problema era, según Manuela, que Irina no deseaba poner ninguna denuncia y continuaba escondida dondequiera que estuviese.

La policía había llegado por la mañana a la agencia con el bolso de Irina, uno de los Kelly usados por la misma Grace, subastado en Christie's hacía un año. Manuela la llamó al móvil emocionada con la noticia, pero Irina dijo que ese bolso lo había perdido, que no se sentía agredida y colgó enseguida. Respiré con los ojos hacia el cielo. ¿Sería posible que se estuviese obrando este milagro?

¿Cómo se encontraba Irina? Parecía que mucho mejor, pero Manuela estaba dolida porque no podía verla ni cuidarla y además Irina iba a tirar el móvil a la basura para que no la localizaran, ni siquiera ella.

—Seguramente lo hace por tu bien —dije yo.

—¿Y tú qué sabes? —contestó ella irritada.

Cada vez se irritaba con mayor facilidad. Casi siempre tenía cara de mal humor, aunque oculta bajo el pelo y su expresión neutra de modelo. No me atreví a preguntarle por el contrato. Y con esa lucidez que dan el peyote y similares antes de pasar a la segunda fase, dijo:

—Antonio ha preguntado por ti. Quiere verte. A lo mejor piensa hablarte del contrato.

Cogí la moto para llegar antes, sin acordarme del miedo a quedarme rígida y agarrotada en medio de la carretera. No hay mejor cosa para desterrar el miedo que tener pánico. Carolina se pondría muy contenta si lograba renovar por dos o tres años. No anduve arreglándome porque Antonio no era tan estricto como Irina. Le diría que tenía pensado reciclarme de arriba abajo, adelgazar, hacerme algún lifting si era necesario.

Lo encontré en su despacho con la sombra de la barba bordeándole el mentón, con el pelo unos centímetros más largo de lo normal y con, y esto sí que jamás lo habría imaginado, un poco de barriga. La camisa se le pegaba al cuerpo arrugada y sudada. No pude disimular mi asombro, y él lo notó.

—Acabo de llegar de viaje. No he tenido tiempo de cambiarme.

No era cierto. Él salía de los viajes intercontinentales como de su enorme apartamento minimalista, como si no fuese humano.

—¿Querías verme?

—Sí —dijo y se sentó en su sillón, aunque sin recostarse poderosamente como solía hacer. Ahora tenía la espalda recta, estaba tenso. El mundo se desmoronaba.

Yo también me senté recta para escuchar cómo

decía, clavándome unos ojos que no habían dormido en una semana, que el ladronzuelo que había agredido a Irina lo había hecho mandado por mí o por una gemela mía. Cruzó las manos bajo el mentón sombreado.

—¿Por qué? ¿Qué tiene Irina que te interese?

Maldije al Tejas, ¿por qué no había podido callarse? Opté por la vía fácil.

—Me ha confundido con alguien. La persona de la que habla se parecerá a mí, pero no soy yo. ¿Por qué iba a querer robarle un Kelly? ¿Me has visto alguna vez con esa antigualla?

—¿Cómo sabes que llevaba un Kelly?

—Por Dios, lo lleva siempre, y además me ha llamado Manuela. Me ha contado lo que ha ocurrido. Lo que te han dicho no tiene ni pies ni cabeza. Creía que íbamos a hablar del contrato.

Antonio estaba pensando. Un pensamiento disperso por noches sin dormir, por falta de gimnasio y por preocupaciones que nada tenían que ver con mi contrato.

—Hay algo que no entiendo —dijo cogiéndose la cabeza entre las manos—. ¿Por qué alguien iba a meterte a ti en esto?

—¿Y por qué iba a meterme yo? ¿Acaso ha mencionado mi nombre?

Se soltó la cabeza de golpe, como si ya estuviera hecho el molde.

—No ha hecho falta. Te ha descrito con pelos y señales.

—Me conoce mucha gente —dije, sabiendo que era imposible que me creyera—. Ha podido seguirme para robarme a mí también.

—Está bien. Cuando vuelva Irina, hablaremos del contrato de las narices.

Hasta ahora no había pensado en Antonio como en un ser humano normal, era alguien que bajaba de blancas e impecables nubes por las mañanas y volvía a ellas por las noches. Pero ahora era como cualquiera pasado de cervezas.

—Antonio, ¿recuerdas que te hablé de una inversión en cuadros? Puedes ir a verlos cuando quieras, ¿qué me dices? Son muy buenos y tú eres coleccionista...

—No tengo dinero ni para comprar un cenicero. —Me miró implorante, suplicante—. Guárdame el secreto si no quieres que cunda el pánico.

Adiós cuadros, adiós carrera de Elías. Estaba ante un hombre vencido.

—Y ahora déjame solo —dijo volviendo a sentarse y a cogerse la cabeza entre las manos.

Me quedé con las ganas de preguntar si el pánico se hacía extensivo a toda la agencia o si solo le afectaba a él, pero no estaba el horno para bollos, así que cogí el casco de la moto y me marché a casa.

33

Ahora, cuando llegaba, casi siempre me encontraba a Ionela pasando un plumero de microfibra que había comprado en el supermercado junto con mil productos más que no usaba. La verdad es que no podía compararse con Daniela. La verdad es que no hacía casi nada. El huertecillo estaba hecho un desastre, solo gracias al riego automático no se había secado completamente. Y la casa no brillaba, no relucía, no olía a ceras ni a pino. Una vez que dejó la puerta abierta de su cuarto vi montañas de madejas de lana. Seguramente pensaba dedicarse a hacer jerséis cuando yo no estaba, que era siempre. La lucecilla del santo bailoteaba entre alegres colores.

—¡Qué bonitas lanas! ¿Son para jerséis? —le pregunté al otro lado del plumero.

—Son para mis hermanos y mis padres. En mi país la lana está muy cara. No quiero que pasen frío.

¿Qué podía decirle? Yo tampoco quería que pasaran frío.

—He visto arriba unos cuadros muy bonitos. Yo también pinto —dijo.

—Es el taller de mi marido y no le gusta que le toquen sus cosas. Cuando regrese de la playa le conocerás. Es un hombre muy especial —dije sin saber por qué le decía a una desconocida semejante cosa.

—¿Se llama Elías?

Algo dentro de mí gritó, se puso alerta. Como si cada célula, proteína y gramo de grasa supiese lo que ocurría antes que yo.

Supuse que se lo habría dicho Carolina, pero aun así le pregunté cómo lo sabía. Todo el cuerpo me empujaba a hacer esa pregunta.

—Lo he visto en el diario de Daniela.

Dejó el plumero y se marchó corriendo a su cuarto repleto de lanas. Volvió con el diario en la mano.

—Lo leo por las noches. Habla de E-lí-as y de Ro-sa-lí-a. Rosalía venía muchas veces al estudio y él la pintaba. Al principio no podía imaginarme que era el marido de usted.

Me quedé con la boca tan abierta que podría haberme entrado una mosca. Elías y yo solo conocíamos a una Rosalía, la mujer de Jorge. Mi cerebro buscaba a toda pastilla conexiones, imágenes de Elías y Rosalía juntos. De pronto sentí una gran fatiga mental porque tenía que unir en mi cabeza algo que siempre había estado separado.

Pasé a la cocina a beber agua. El frigorífico olía a cebolla podrida. Ella no se dio cuenta. Yo tenía muchas ganas de llorar.

—¿Y qué más dice el diario?

—No he terminado de leerlo. Pero la señora Rosa-lí-a y el señor E-lí-as —pronunciaba los nombres con tanta perfección que me daba asco— a veces se bañaban juntos en la bañera. Echaban sales y bolitas de perfume. Sobre todo cuando usted tenía mal el brazo o el hombro, no recuerdo bien, y se quedó en casa de sus padres. Ella se pasaba aquí todo el tiempo.

Me dolía el estómago, como si me hubieran dado un puñetazo.

—¿Estás segura de que es un diario, de que no es una novela que Daniela se estuviera inventando?

—Daniela dice en el diario que debía abandonar esta casa porque no soportaba engañarla a usted, no podía dormir por las noches pensando en el bien que usted le hizo y en que ella la traicionaba con su silencio. Pero el señor E-lí —le pedí con la mano que no pronunciara su nombre— era tan cariñoso y bueno con ella que tampoco podía traicionarle. Le daba dinero para mandárselo a sus hijos a Rumanía y le pagaba por posar para él. No tenía salida y decidió marcharse con otra familia. Dice en el diario que usted es una buena persona.

—Daniela escribe que la señora Ro —le hice la señal de alto— es mucho más fea y vieja que usted y no comprendía por qué el señor hacía estas cosas. La señora Ro había abandonado a su marido y el señor E también pasaba mucho tiempo en casa de ella. Se reían mucho cuando estaban juntos y Daniela no comprendía por qué no se reía así con usted.

Cogí el diario. La letra de Daniela era redonda, pequeña, apretada, como si no quisiera gastar papel. Había escrito los nombres de sus hijos Marius y Corina en la primera página y la luz del santo nunca se apagaba, no podía dudar de ella. Rastreé en esa lengua desconocida los nombres de Elías y Rosalía, también el de Jorge y el mío.

—¿Todo esto te parece verdad?

Ionela asintió con la cabeza.

—Daniela cree que la señora Ro quería que su marido la abandonara a usted, pero que él está muy bien en esta casa y que se fue a la playa para alejarse de ella.

—¿Y a ti no te da pena que me entere así, de repente, de que mi marido me engaña?

Ionela no me comprendía. Me miró con sus ojos pequeños y pasmados. Los tenía de un color mezcla de unos cinco mil millones de ojos.

—¿Cómo puede darme pena? Es guapa, joven, gana mucho dinero y tiene esta casa, puede tener todos los maridos que quiera. Si tiene ese es porque quiere. Pero si quiere otro puede tenerlo también.

Me abracé a ella. Quedarme sin Elías sería como quedarme sin pensamiento, sin el calor del sol, sin fuerza. Ionela me apartó de sí y me volvió a la realidad.

—He hecho tortilla de patata para cenar.

Jamás me comería una tortilla de patata hecha por alguien que no tenía ni la más mínima idea de cocinar, pero en este caso no tenía hambre. ¿Qué había pasado? Si Carolina no me hubiese traído a Ionela puede que nunca me hubiera enterado de que Elías me era infiel. Aunque decir infiel era no decir nada. De pronto lo veía como un ser separado de mí. Un ser que pensaba por su cuenta, que sentía por su cuenta y que vivía por su cuenta. Carolina se había salido con la suya, consciente o inconscientemente había apartado a Elías de mí. Le pedí a Ionela que subiera conmigo al estudio. Sentía algo de miedo, como si fuese a encontrarme cadáveres por los rincones.

Entraba la luz del atardecer, una oleada de agua que luego iba retirándose sobre los pinceles, los óleos, las telas. A Ionela yo continuaba sin darle pena. No sentía compasión por mis sentimientos y no sabía limpiar ni cocinar, así que pensé que tendría que acabar echándola.

Los cuadros se apilaban junto a la pared.

—Los he visto casi todos —dijo Ionela con una desfachatez cándida— y el que más me gusta es este.

Y sacó uno de entre los grandes. Tenía un tamaño normal y era el desnudo de una mujer. Y esa mujer era Rosalía, la esposa de Jorge, de su ex marchante, de su...

Me acerqué más: su melena cortada a la altura de las orejas, rizada y alborotada para dar la impresión de tener más pelo del que tenía, el color rojizo natural, según ella. Sus ojos hundidos y con ojeras. Los labios gruesos, la nariz recta, las cejas demasiado espesas. El cuerpo flaco con tetas caídas.

—Parece un Klimt, ¿verdad? —dijo Ionela.

—¿Dónde está pintado este cuadro?

Ionela miró alrededor con ojos expertos.

—Aquí no.

Aparecía un diván que yo no había visto nunca y un tapiz que tampoco había visto.

Tenía ganas de morirme. ¿Por qué no me moriría de una puta vez?

—¿Quieres que salgamos a tomar algo por ahí? Te invito a cenar —le dije a Ionela.

34

La llevé al Ritz. Ionela estaba incómoda porque no entendía mi comportamiento ni su presencia en ese lugar, donde no celebrábamos nada. Le intimidaba el sinsentido de la situación. Pedí caviar, champán y los platos más caros de la carta.

Estábamos en la terraza del hotel, rodeadas de fragancia. Respiré hondo.

—A ti no te asusta nada ¿verdad? —le pregunté con auténtico interés.

—Solo lo que no entiendo, pero la langosta está deliciosa.

Pedí otra botella de champán, llena de burbujas que me irían a la barriga.

—He tenido mucha suerte, ¿sabes? Enseguida gusté, enseguida conseguí trabajo y enseguida empecé a ganar mucho dinero. Me enamoré como en las películas y me casé y, sin embargo, me aterra acabar sola.

Entonces Ionela, con una copa en la mano y una rama de azucenas sobre su cabeza, dijo:

—Cuando estás sola puedes hacer todo lo que te da la gana.

Y se quedó mirando la luna, disfrutando del momento.

Nunca fui como ella. Siempre tenía que estar pendiente de mí, de gustar. Siguiendo el consejo de Irina, nunca dejaba de trabajar. Nunca llegaba a bajar la guardia del todo. Si lo pensaba bien, ni siquiera con Elías me había relajado por completo, para no dejar de ser como él me quería porque a veces uno se distrae de sí mismo y parece diferente, y yo detestaba decepcionarle.

Trataba de ser exacta a mi misma incluso cuando nos revolcábamos en la alfombra y el pelo y el cuerpo se descomponían y el placer me desfiguraba las facciones y soltaba quejidos incomprensibles y posiblemente ridículos. Incluso en esos momentos, que se suponen de liberación absoluta, un sexto sentido vigilaba mis movimientos y los ruidos que hacía.

Aunque sí hubo una vez en que perdí los papeles completamente. Durante algún tiempo deseché aquel recuerdo, lo arrinconé porque creía que ese día no me había vigilado y no había sido yo misma, sino una Patricia desquiciada y vulgar. Y en cambio hoy aquel recuerdo, fuera de programa y de la cárcel del amor, me reconforta.

Ocurrió aquí, en el Ritz, un año antes de conocer a Elías. Marcos —el modelo de la agencia al que echaron poco después—, otra modelo y yo habíamos terminado el rodaje de un *spot*. Decidimos venir a celebrarlo con otra gente del equipo. Marcos llevaba un traje beis y una camisa blanca, como a él le gustaba. Era de noche, como hoy, y nos sentamos aquí mismo, distribuidos en dos mesas. La luz de la luna le resaltaba los pómulos y los tendones de las manos. Bebíamos champán y tomábamos caviar, como hoy, y el resto de la gente nos envidiaba porque nuestro trozo de jardín, el que ocupábamos, era perfecto. Éramos conscientes de ser mirados y nos gustaba. Estábamos exultantes porque acabábamos de terminar un trabajo, porque había luna llena, porque no teníamos más obligaciones por ese día porque nos sentíamos los elegidos.

La otra modelo desapareció un momento y regresó diciendo que había reservado una suite y que podíamos subir a continuar allí la fiesta. Era una modelo francesa, famosa en los hoteles de medio mundo por cómo vivía sus orgasmos y se los hacía vivir a los de las habitaciones contiguas. Para mí estaba claro que le había echado el ojo a Marcos y que su objetivo final de venir al hotel y alquilar la suite era tirárselo, y los demás le servíamos de atrezo. Ha-

blaba sin saber lo que decía y simulaba que escuchaba mientras el firmamento y las estrellas pasaban
sobre ella. Hasta que se levantó y dijo:

—Sigamos arriba.

Algunos del equipo, temiéndose alguna orgía, se
escabulleron, desaparecieron. A la habitación llegamos cuatro. Del cuarto personaje no recuerdo nada,
solo que se tomó una botella entera de champán en
la terraza del cuarto y preguntó cuándo nos metía-
mos en la cama, se le hacía tarde. Entonces la francesa lo cogió del brazo y le dijo que iban a tomar el
aire. Imaginé que lo dejaría en el ascensor y regre-
saría enseguida, lo que me incomodó un poco porque nunca había hecho ningún trío ni me atraía lo
más mínimo. Ya tenía que competir con las otras
modelos todo el día, como para tener que compartir la misma cama y al mismo hombre. No me apetecía que la francesa me toqueteara, ni me besara, ni
oír en mi oído los gritos que la habían hecho tan
famosa.

Iba a decir que me marchaba cuando Marcos me
cogió de la mano y me llevó a la terraza, adornada
con plantas trepadoras. Me retiró el pelo de la cara.

—Así te queda mejor —dijo.

Luego me pasó las manos por la nariz, la boca, el
cuello y los hombros. Me quitó el vestido. Casi no
me di cuenta. Usó la habilidad que nos caracteriza-
ba para quitarnos y ponernos ropa en pocos segun-

293

dos. Marcos me había visto cien veces desnuda en los cambios desenfrenados de los desfiles, en las sesiones de fotos, y yo a él. Me había visto maquillada, sin maquillar y aburrida, fuera de mí, desmadejada, con la guardia baja, y nunca me había importado porque no estaba enamorada de él. Y aquella noche en el hotel me dejé llevar sin importarme no parecerme exactamente a mí misma, y grité como la francesa y arrugué la cara todo lo que me apetecía, hasta ponerme fea, y no dije te quiero ni intenté mantenerme todo el rato sexy y sensual. No sé quién fui, ni lo que le parecí a Marcos. ¿Le parecí digna de una segunda noche?

Él a mí me gustaba por partes —su lengua, su sexo y sus manos—, que fueron suficientes para pasar toda la noche juntos.

Fue él quien reservó la habitación. Le pidió a la francesa que lo hiciera por él. Me confesó que siempre, secretamente, había deseado llegar a este punto conmigo. Y después no ocurrió nada más, pasé página, lo olvidé. Continuamos siendo colegas hasta que lo echaron de la agencia, y ya no volví a verle. Y sin planearlo había vuelto aquí con una desconocida, al momento antes de Elías.

En casa, a la vuelta del hotel con Ionela, vomité. Me sentía muy mareada, a punto de morirme. Iba de la cama a la taza del váter casi arrastrándome y Ionela no me ayudaba. Me juré despedirla en cuanto tuviera fuerza. Le pedí que llamase a un médico, pero ella dijo que era una simple borrachera y me preparó un potingue con el que casi echo las tripas. Al día siguiente dormí hasta la una del mediodía y Ionela hizo café.

—Ha llamado el señor desde la playa. Dice que es urgente.

De nuevo sentí ganas de vomitar, pero me reprimí. ¿Y si hacía como si no hubiese descubierto nada sobre Elías y su cinismo? En lo único que había cambiado la situación era en que yo ahora sabía.

—¿Y algo más?

—Ha preguntado quién era yo y por qué anoche usted no contestó el teléfono. Le dije que fuimos a cenar al Ritz y que usted se emborrachó.

—¿Y por qué le has contado todo eso? —grité con las pocas fuerzas que me quedaban.

—Porque es la verdad.

—¿Y quién te ha dado permiso para contar la verdad?

Abrió sus pequeños ojos todo lo que daban de sí.

—Si nadie la hubiese engañado, usted no estaría así, no se habría emborrachado, no se habría puesto enferma y no estaría triste.

—Pero ¿de dónde has salido, criatura?

No dijo nada. Sacó el plumero de un cajón y se puso a pasarlo por las fotografías y los cuadros del salón. Sobre la mesa de la cocina estaba el diario de Daniela, cuya lectura seguramente yo había interrumpido.

—¡¿Qué más dice el diario?! —grité.

Tuve que repetirlo dos veces hasta que regresó a la cocina.

—¿Qué más has leído?

Iba comprendiendo que Ionela no soportaba las contradicciones.

—No estoy pidiéndote la verdad sino información, que me gustaría que no le dieras a mi marido si es que te interesa continuar en esta casa.

—No sé si lo he entendido bien. Dice que cuando usted compre los cuadros que está pintando, él y la señora Ro se escaparán juntos a unas islas. Luego Daniela dice que su hijo mayor la ha llamado desde Rumanía para decirle que le ha roto un diente a otro chico en el colegio.

¿Elías sabía que yo compraba sus cuadros anónimamente y luego los almacenaba en Singapur? Toda la sangre se me agolpó en la cara, como cuando en el instituto me preguntaban algo y no lo sabía, lo que me hacía sentir tan ridícula e ignorante que al final dejé los estudios. Evidentemente se lo había contado Rosalía. Era normal que Jorge le revelara secretos profesionales en la cama a su esposa. Si lo hacen los espías, ¿cómo no iba a hacerlo un simple marchante de arte?

Apreté en la mano los amuletos que me había hecho Viviana y la sangre fue bajando poco a poco. Las pulsaciones volvieron a estar casi normales.

Cogí el diario y me lo metí en la mochila.

—Aún no he terminado de leerlo —dijo Ionela.

—Es igual, ya has leído lo más importante. Y puedes estar satisfecha porque has sabido la verdad antes que yo. Ahora recoge tus cosas, las lanas, y márchate. Tengo que ir a trabajar y cuando vuelva no quiero verte aquí.

Ionela no entendía nada. Dejó el plumero sobre la mesa. Yo tampoco lo entendía, estaba haciendo algo que no habría hecho nunca antes. Parecía que recibía órdenes de algún ser invisible.

—¿No está contenta con mi trabajo?

—La verdad es que no, pero me has sido de gran ayuda y voy a darte una gratificación.

—Esta casa es muy grande para usted sola.

Miré alrededor. Era muy grande.

—Tienes razón. Deja las llaves de la casa en su sitio y, si quieres, puedes llevarte el cuadro ese que parece un Klimt, es un regalo. No contestes el teléfono.

Danicla había dejado el diario como una manera de confesar en silencio. Y mira por dónde apareció Ionela, el frío mensajero de la verdad. Y yo no quería más verdad.

Me puse el casco y me lancé a la carretera para ir a ver a Jorge. El aire me vendría bien, atravesar la vida a gran velocidad me vendría bien, tener que estar atenta a las señales y los coches me vendría bien.

Su casa estaba solo a siete kilómetros de la mía, pero fue suficiente para serenarme y darme cuenta de que se me había olvidado ducharme y que tendría rastros de olor a vómito de la noche anterior.

35

Persianas bajadas, quietud. Aspersores. Olor a tierra mojada. Pájaros cantando. Sombras. Resplandores azulados de las piscinas viajando por el aire. Estaba frente a la casa de Jorge. Respiré todo eso lo más profundamente que pude, saqué el móvil y llamé a Elías. Me parecía el momento y el sitio justos para oír su voz.

Le dejé hablar. Estaba preocupado por mí y molesto porque ni siquiera le había dicho que teníamos una empleada nueva. No le conté que ya no la teníamos. El trabajo iba bien, estaba deseando que lo viera. Pero se estaba desanimando porque Jorge había ido a verle y no estaba decidiéndose a comprar. Si esos cuadros, que eran su mejor obra, no le entusiasmaban a Jorge, era el fin. Su voz sonaba mortecina, quejumbrosa, esa voz que se me metía en el corazón y me lo apretaba hasta casi desear morirme. Y ahora mismo, sabiendo lo que sabía sobre él y Rosalía, había vuelto a ocurrirme, lo que significaba que era prisionera de la costumbre de sentir pena.

—No te preocupes —le dije a Elías sin añadir que estaba frente a la casa de Jorge, como una forma de engañarle un poco yo también—. Intentaré hablar hoy mismo con Jorge.

Llamé al timbre de la puerta metálica de fuera una y otra vez hasta que me cansé. Para qué esperar más. Cogí la llave que Jorge y Rosalía guardaban tras un falso ladrillo —tal como Jorge nos había recomendado que hiciéramos nosotros— y abrí. No tenían perro, solo un cartel de «cuidado con el perro», por lo que podía estar tranquila. Llamé a la puerta principal y tampoco me abrían. Miré por las ventanas y por fin vi a Jorge tumbado en el suelo del salón medio desnudo. Ahora le comprendía muy bien. Abrí las cristaleras del salón sin dificultad.

Estaba a mis pies, con aspecto de no despertar en una semana, junto a uno de los sofás de cuero blanco. Había hecho bien en no ducharme desde la vomitona después del Ritz, así estábamos en igualdad de condiciones. Él aún no sabía que Antonio no le compraría ningún cuadro ni que yo tampoco le compraría los de Elías, pero quizá presentía que no iba a ocurrirle nada bueno.

Hice café cargado. Le apoyé la cabeza en mis piernas y se lo fui dando hasta que sintió que se le quemaba la lengua y se incorporó.

—¡Joder! —dijo llevándose una mano a la boca—. ¿Qué haces aquí?

—He venido a verte, no me abrías y lo demás puedes imaginártelo.

Era un decir, porque Jorge no imaginaba nada. No era una persona imaginativa, por eso Rosalía se habría enamorado de Elías, porque pensaría que este la llevaría con él por los aires.

Estuvimos media hora esperando que se despejara. Tuve que contemplarle largamente revisando el correo en el ordenador con su flácido y blanco torso desnudo hasta que fue a ducharse y a ponerse algo.

—Anoche bebí y me tomé un Valium o dos, no lo recuerdo. No te lo recomiendo.

—¿Aún no ha vuelto Rosalía?

Arrugó la cara con odio.

—¿Has venido para eso?

Negué con la cabeza.

—¿Qué te han parecido los cuadros de Elías?

Pasó por detrás de mi sillón de cuero blanco y me acarició el cuello.

—No están mal. Tenías razón, va por buen camino. Es más austero, más primitivo, con más personalidad. Necesitaba cambiar de vida.

Se sentó junto a mí rozándome la rodilla con la suya. Los dos llevábamos pantalones cortos. Seguramente me estaba provocando para que le pegara una hostia y olvidar un poco por lo que estaba pasando, pero no pensaba darle ese gusto, así que me levanté y me apoyé en el respaldo del sofá.

—¿Dónde vive ahora Rosalía? El otro día me pareció verla.

Jorge me dio el nombre y el número de la calle sin preguntas. Me miraba fijamente a los ojos intentando seducirme, pero yo ya tenía lo que quería y cogí el casco de la moto de encima de una mesa de caoba.

—¿Cuándo dices que vendrá ese amigo tuyo a ver los cuadros?

Fueron sus últimas palabras.

Podría haberme dado pena, pero no fue así. Siguiendo el razonamiento de Ionela, no había nada en él que tuviera que dar pena. Dar pena es un empeño como otro cualquiera, como dar envidia o dar alegría. Tendría que esforzarse más.

Busqué la calle en Google y me lancé allí sin ningún objetivo claro. ¿Ver el lugar donde vivía? ¿Hablar con ella y comprobar si era creíble el diario de Daniela? Para mí Rosalía siempre había sido una mujer insignificante, enfermiza, lánguida, con buenos modales, no me había fijado bien en ella. Ahora la recordaba observándome, algunas veces más de la cuenta, con sus ojos verdosos de pelirroja natural. Podría haber sido una belleza, pero no lo era. Le faltaba algo, y ese algo seguramente la hizo astuta. Si lo pensaba bien, se pegaba la gran vida: nunca había trabajado, y las clínicas en que se recluía algunas temporadas eran *spas* de lujo donde conocía a mucha gente rica. Jorge no daba abasto vendiendo y comprando cuadros para mantener su tren de vida. Esas miradas furtivas sobre mí me habían ido arrancando algo sin que me diera cuenta. Trataba de vestir como yo, e incluso los andares se parecían, y ahora tenía a mi marido.

Aparqué y de pronto el sitio me sonaba. Me sonaba mucho. Cerré los ojos un momento y los abrí despacio, dejando que las fachadas, las terrazas de los bares, los coches y la gente fueran entrando poco a poco. Giré sobre mí y vi el banco donde trabajaba el hombre que intentó atropellarme hacía ya unos cinco meses. Le puse la cadena a la moto y fui como una bala a mirar por los cristales.

Era uno de los cajeros. El pobre no tenía pinta de querer cargarse a nadie. Me había dicho que sintió un impulso irrefrenable, como si alguien invisible pisara el acelerador. Qué casualidad que aquello ocurriera en la misma calle donde vivía Rosalía. Me cogí los amuletos y los oprimí, lo que se iba convirtiendo en una costumbre cuando necesitaba ayuda para saber. Ya no me daba miedo descubrirlo todo porque nada podía hacerme más daño que lo que ya sabía.

Llegué hasta el portal donde se suponía que vivía Rosalía. No pensaba entrar, pero en ese momento salió alguien y entré. Tampoco pensaba su bir al piso. Vivía en el octavo. Pero alguien me sujetó la puerta del ascensor y me preguntó a qué planta iba. Y tampoco pensaba tocar el timbre. Me quedé parada ante la puerta, ante el felpudo de fibra de coco con un dibujo hecho por Elías. Reconocí perfectamente los trazos, lo que significaba que no se le podía negar algo de estilo como pintor. El edificio era señorial, de mármol y madera y puertas recias y grandes en verde oscuro. En el descansillo había una palmera natural delante de una vidriera. Era evidente que Rosalía se las había arreglado para tener una buena casa y seguramente dinero, aunque había pasado toda su vida enferma y sin trabajar.

Había llegado hasta aquí sin un propósito, sin nada claro que decir. En el fondo estaba haciendo una prueba fantasma. Venir a ver sin ser vista. Iniciaba la retirada cuando, sin haber llamado, la puerta verde oscuro se abrió y en el umbral apareció el pelo rojo, la silueta flaca y las cejas grandes. Jamás se habría imaginado encontrarme allí, ni yo tampoco. Durante unos segundos no hablamos. Luego ella dudó si cerrar o no la puerta. Iba a alguna parte con un modelito de Givenchy y un bolso de Loewe. Rosalía no llegaba a ser como quería ser. Era como si se hubiese quedado eternizada en todos los umbrales de todas las puertas que no llegaba a traspasar.

—¿Qué haces aquí? —preguntó alarmada.

Me acerqué para saludarla con dos besos. Olía a gel de Kanebo y le impresionó mi mal olor, cultivado desde la vomitona del Ritz con Ionela.

—He venido a hablarte de Jorge.

—¿Jorge? —dijo echando la llave a la puerta.

—Lo está pasando muy mal con vuestra separación. No sabe que he venido.

Sus ojos iban y venían de derecha a izquierda, buscando una explicación a mi visita, mientras entrábamos en el ascensor.

—Me he pasado mucho tiempo encerrada en hospitales y necesito respirar, sentirme una adulta, no una niña superprotegida, ¿comprendes?

—Creo que está muy deprimido —dije intentando adivinar qué veía Elías en ella.

—Me encantaría que charlásemos, pero tengo que hacer unas compras urgentes —dijo mientras salíamos a la calle.

—¿No pueden esperar? Jorge te necesita.

Se volvió hacia mí y me clavó una mirada retadora.

—Hay cosas que no pueden esperar. Yo no puedo esperar. Jorge tiene todo el tiempo del mundo —dijo deteniendo un taxi con la mano en alto.

Con toda seguridad estaba preparando el viaje a las islas, su escapada con Elías. Necesitaría comprarse biquinis, pareos, cremas, sombreros. Yo le estorbaba, sobre todo si no estaba dispuesta a esperar a que las cosas sucediesen por sí solas.

Cuando volví a casa, Ionela se había marchado. Se había llevado el cuadro. La luz del santo rumano dejaba una impresión amarilla en la pared del antiguo cuarto de Daniela. Me acerqué para apagarla y luego reculé. Al fin y al cabo necesitaba toda la luz posible, aunque fuese la de una desconocida. Era todo lo que quedaba de Daniela. No tenía una dirección ni un teléfono, ni siquiera me acordaba bien de su apellido, tendría que mirar el contrato. Ella podría haberme contado de primera mano qué ocurría en esta casa cuando yo no estaba o dónde iba Elías cuando salía. Si me hubiera fijado bien en ella me habría dado cuenta de que algo raro pasaba. Estaba siempre tan preocupada porque le fuese bien a mi marido que no llegaba a verle tal como era. Sus deseos, sinsabores y ambiciones eran como sombras que le cubrían y le ocultaban, como un montón de paja. Y no podía contárselo a nadie. Carolina se alegraría demasiado, se reiría a carcajadas y me diría «ya lo sabía». A mis padres solo les hablaba del trabajo, nunca había querido disgustarles con problemas sentimentales; bastante tenían con ir haciéndose viejos en su chalé de la sierra. Podría contárselo a Manuela, pero a Manuela todo le parecía normal.

36

Esa noche, ya sin Ionela, dormí completamente sola y completamente hecha polvo. A eso de las dos de la mañana me desperté pensando que no había echado la llave a la puerta, que cualquiera podría entrar simplemente empujándola y me dio igual. Me puse del otro costado en la cama y volví a dormirme. Me levanté a las diez con la cara hinchada porque debí de estar llorando sin darme cuenta y mi primer impulso fue, como hacía todas las mañanas, llamar a Elías, pero no podía, debía desacostumbrarme a él, a su voz, a su respiración y a sus demonios. Menos mal que el sonido del teléfono me liberó.

Era Irina. No hablaba muy bien porque aún tenía el labio hinchado, y daba la impresión de que no quería que nadie la oyese. Quería verme, necesitaba hablar con alguien. No podía imaginarse cómo la comprendía, yo también quería hablar con alguien.

¿Cuántas veces habríamos hablado a solas Irina y

yo? Dos o tres minutos. Y sobre todo, nunca nos habíamos hecho confidencias. Nunca me había sentido suelta con ella, más bien rígida, en su presencia se me esfumaban las ideas y no se me ocurría nada ingenioso que decir. Nuestros encuentros se me hacían interminables y suponía un verdadero alivio verla dar media vuelta y marcharse, o darla yo. Y siempre me preguntaba si a ella le pasaría lo mismo.

Le pregunté si Manuela sabía que me había llamado. Me la imaginaba abrazando a Manuela, besando a Manuela, haciéndole el amor a Manuela con toda esa ternura de la que no desperdiciaba ni una gota fuera del amor.

No, Manuela no sabía nada, prefería hablar conmigo. ¿Dónde nos veíamos? Ella pensaba que lo mejor sería un sitio muy concurrido, donde a nadie se le ocurriría que podría encontrarla. Le sugerí el zoo, en el foso de los leones, a las cinco de la tarde; por mi experiencia con el Tejas sabía que era el lugar ideal.

Salí a correr por el pinar cercano a mi casa para seguir huyendo de la tentación de llamar a Elías y después de desayunar y ducharme me marché al centro comercial. Compré algo de comida —jamón york, fruta, leche— en las pequeñas cantidades de la gente solitaria, y en casa estuve mirando Internet y mareando mi nerviosismo hasta que llegaron las cuatro de la tarde.

Iba con tiempo, así que me aposté junto a los elefantes, desde donde podía observar a los leones. Pensé en el Tejas y en que por ser un bocazas Antonio sospechaba de mí y podría habérselo contado a Irina, y por eso ella quería verme. Querría que yo le dijese cara a cara por qué había contratado a un matoncillo para robarle y darle una paliza. Sin embargo, en su voz por teléfono no había detectado ninguna señal de reproche, ni de pedir cuentas. Había hablado con la guardia baja, en una especie de susurro. Además debía de tener alguna prevención con Antonio, puesto que Manuela no había querido dejarlo a solas con ella en la habitación del hospital. No era probable que hubiesen hablado.

La vi llegar con una gorra de visera, que por detrás le recogía el pelo en una cola de caballo, y gafas de sol, pantalones elásticos y una camiseta, como si hubiese salido a correr. Era la primera vez que la veía vestida así. Parecía la hermana gemela descarriada de Irina.

Le dije hola, y ella me apretó el hombro, lo que me tranquilizó. Se había maquillado mucho para ocultar los moratones. Dimos una vuelta entre los animales, entre sus ruidos y su extraña serenidad. El colgante de Irina, por el que yo tanto había luchado, se balanceaba en su escote.

Me preguntó qué tal iban las cosas por la agencia

y le dije que no me llamaban para trabajar, que estaba todo manga por hombro y que me preocupaba mi contrato.

—Olvídate del contrato —dijo—. La agencia va a quebrar. Querría pedirte un favor.

¿El contrato que me quitaba el sueño ya no importaba? Nos paramos un momento ante el espectáculo de los loros y las cacatúas. Los niños lo pasaban bien.

—Ve a mi despacho. Abre con esta llave el último cajón. Tiene un doble fondo, levántalo y busca un pendrive negro. Tráemelo. Es muy importante. Mi agenda ya la habrá cogido Antonio, de lo contrario tráela también. Es mejor que no te vea nadie hacer esto. ¿Podrás hacerlo?

Me llamaría al día siguiente. Yo no podía tener su teléfono ni saber dónde estaba.

—Quieren matarme —dijo.

Me salió un «¿quién?» muy agudo, muy artificial.

—Antonio. Hace tiempo que sé lo que está haciendo con la agencia, el dinero ha desaparecido, sus negocios sucios en Bangladesh, y ha descubierto que lo sé.

—Dicen que han cogido al ladrón que te asaltó.

—¡Bah!, ese pobre chico no tenía media hostia, lo utilicé como pantalla hasta que salió corriendo y entonces se cebaron conmigo. Estaban esperándome. Reconocí a uno de los hombres de Antonio, el que se ocupa de sus contabilidades en negro.

Respiré. Respiré tanto y tan fuerte que Irina se me quedó mirando preocupada.

—¿Te sientes bien? Vamos a tomar algo.

Ya no me sentía incómoda con ella.

—Imagino que sabes que Manuela y yo estamos juntas, pero prefiero que no sepa nada de esto. La quiero a ella, pero confío en ti.

Me llenaban de orgullo sus palabras. Ahora me daba cuenta de que siempre me había tenido afecto y que yo de una manera o de otra siempre había necesitado su aprobación.

—Es hora de marcharme. Ten mucho cuidado con él, está desesperado.

—Mi marido me engaña —dije sintiendo que la palabra engañar no contenía toda la traición y humillación que sentía.

—¿El pintor? —preguntó abriendo el coche.

Por fin se lo había dicho a alguien. Por fin había salido de mi boca. Ahora ya no podía volverme atrás y fingir que no me había enterado. ¿Sería este el dolor del que una vez me dijo Viviana que no podría curarme?

37

Llamé a Viviana para decirle que prácticamente tenía la certeza de que era una mujer la que me deseaba tanto mal, pero no me cogió el teléfono. Seguramente estaría con sus potingues y se habría olvidado
el móvil en el fondo de la casa.

De quien recibí una llamada fue de Elías. Estaba
muy, pero que muy preocupado con Jorge.

—¿No dijiste que ibas a verle?

—Ya he hablado con él —dije soportando su voz
en mi oído y el aliento atravesando cuatrocientos
kilómetros de decepción—. Fui a verle a su casa y
está destrozado por su divorcio de Rosalía. No quiere ni oír hablar de cuadros. Me lo encontré medio
desnudo, tirado en el suelo del salón. Creo que va a
arruinarse.

Era increíble cómo podía sentir su respiración
tan cerca de mí, como si estuviésemos en la cama,
cada vez más rápida.

—¿Y qué hacemos? Ya he terminado cuatro cuadros. Pensaba montar una exposición con muestras de mis tres etapas creativas. Y ahora todo se viene abajo, otra vez.

Oí un golpe, como si hubiese tirado algo al suelo, la paleta de colores seguramente o un caballete.

—Patricia, no sé qué hacer —dijo con la voz rota.

—Termina el trabajo, de los malos momentos siempre sale algo bueno. Por cierto, fui a ver a Rosalía, la mujer de Jorge, para convencerla de que vuelva con él.

Enmudeció y la respiración se le paralizó.

—¿Me oyes? —grité.

—Sí. ¿Y qué dijo?

—No parece que tenga intención de darle otra oportunidad. Seguramente ya tiene un amante. Estaba muy guapa. Iba de compras porque creo que se va de viaje a unas islas.

—Bueno, allá ellos —dijo Elías—. ¿Cuándo vas a venir?

—Te daré una sorpresa.

Elías odiaba las sorpresas. Odiaba una fiesta sorpresa, un regalo sorpresa, una visita sorpresa. Le gustaba saber qué iba a pasar y a continuación qué iban a hacer los demás, así que me imaginaba muy bien su intranquilidad.

—Preferiría saber cuándo vienes, cariño. Me parece absurdo que no me avises.

Colgué y subí al taller. Era muy bonito. Era su santuario. Como sabía que le mortificaba que le tocaran sus cosas yo casi nunca entraba. Me gustaba haberle construido este refugio porque no todos somos artistas y no todos necesitamos un lugar donde aislarnos. Me sentía muy orgullosa de que se encerrara en el estudio con los óleos y sus sueños.

No busqué ningún cuadro más de Rosalía desnuda ni vestida, no me interesaba. Nunca me había llamado la atención y ahora, aunque estuviera liada con mi marido, tampoco me la llamaba. Carolina me diría que tirase toda esa basura, pero no toqué nada. Algunas motas de polvo flotaban en la luz. Yo volvería a estar sola, eso a Carolina no le importaba. Cerré la puerta. Con el tiempo se empezarían a formar telarañas entre los cuadros y la mesa, el caballete, los pinceles, y pasarían veinte años y yo ya no sería modelo y aquí algún día habría estado alguien pintando. Nadie sabría nada de lo que yo estaba sintiendo ahora.

Llamé para ver cómo iba lo de la vesícula de mi padre.

Hubo reproches: ya era hora de que llamara, no iba a verlos, los tenía abandonados. Estaban esperando mi transferencia para poder concertar la cita de la operación.

—Ahora no estoy bien de trabajo —dije—. Hay problemas en la agencia de modelos.

Hubo silencio, un gran silencio que se extendió en oleadas por los montes que mi padre estaría contemplando mientras hablaba conmigo.

—Dice Carolina que no te cuidas. Haces mal, porque la vida te ha dado un don precioso, la belleza, y no debes desperdiciarlo. Estos son tus mejores años y debes aprovecharlos. Espera, se pone mamá.

Oí que mi padre le resumía la situación.

—Patricia —dijo mi madre con la voz que de pequeña me decía que hiciera los deberes, una voz que nunca se me había ocurrido contrariar—. Tú no estás sola en el mundo, tienes una familia. Y no olvides que en las familias nos ayudamos unos a otros. Te llevé nueve meses en el vientre, te cuidé cuando tenías fiebre y he pasado noches en vela por ti. ¿Qué manera es esa de hablarle a tu padre?

Le dije profundamente avergonzada que cuando hablase con el gestor financiero les llamaría. Le dije que si no iba a verlos más era porque mi vida era muy complicada. Tenía muchas ganas de llorar. Me acordaba de cuando mis padres nos llevaban al cine y de cuando mi madre se enfrentaba a mis profesores y cuando íbamos a la playa en verano y cuando celebrábamos mi cumpleaños. Mi madre tenía razón, yo tenía una familia y algún día mis padres morirían. ¿Qué era yo sin ellos? Las lágrimas me salían de los ojos, pero venían de un manantial lejano y secreto que solo yo conocía.

Le confirmé a mi gestor que podía subirle el sueldo a Carolina y que costeara la operación de mi padre. Él me contestó que tenía demasiados gastos y que mi economía no estaba como para tirar cohetes.

—¿Van a renovarte el contrato en la agencia?

No contesté nada, no quería empeorar la situación con palabras.

38

Volví a llamar a Viviana. Empezaba a preocuparme que no contestara. Lo intentaría más tarde.

Ahora debía cumplir con el encargo que me había hecho Irina, era una promesa. Conduje el coche hasta la agencia. Eran casi las dos de la tarde, hora en que todos, menos las modelos, se marcharían a comer. Las modelos preferían descansar tumbadas en cualquier parte. Por los alrededores los restaurantes con menús de diez euros estaban a rebosar, la gente subía y bajaba de las oficinas, la luz era tirante y azul, estábamos a veintidós grados. Recé por que Antonio no estuviera en la agencia.

Estaba Manuela, y Roberto le hacía fotos a la chica a la que yo le había robado la ropa unos días antes para ir a ver al Tejas.

Manuela era un gran obstáculo. Con ella por allí sería imposible coger el pendrive de la mesa de Irina.

—¿Qué tal todo por aquí? —le pregunté.

—Irina ilocalizable, Antonio viene de vez en cuando a llevarse papeles, y su secretaria se pasa todo el día dando largas a la gente que quiere cobrar. Menos mal que Roberto y yo estamos sacando el trabajo adelante —dijo Manuela con suficiencia.

No me molesté en preguntarle por qué no contaban conmigo, me diría que era cosa de los clientes. Roberto hizo una pausa y me saludó. Y entonces, sin darme cuenta de lo que decía, le pregunté por su mujer, lo que le dejó muy extrañado y a Manuela también. Era una manera de fastidiarle un posible plan con la chica nueva. Y sí que supe por qué la mencioné, porque no me tenía en cuenta. Roberto creía que la salvación del negocio vendría por Manuela y las otras más jóvenes. Y ahí lo dejé, pensando en su mujer.

Me marché al baño y a merodear por allí. La secretaria de Antonio debía de haber bajado a comer y el despacho de Irina estaba cerrado. Giré el pomo. La llave estaba echada. ¿Quién quería esa puerta cerrada? Manuela, para que nadie tocara las cosas de su amada, y Antonio para controlar lo que había allí dentro. Me arriesgué a sentarme a la mesa de la secretaria, y abrí el primer cajón, donde no encontré ninguna llave, y el segundo, donde encontré una. La secretaria era muy ordenada, lo que facilitaba la tarea de cualquier ladrón.

La llave encajaba a la perfección. Abrí la puerta

de Irina y la cerré por dentro. Aún olía a su perfume, pero ahora me causaba una sensación distinta, de calor y no de frío como antes. Las plantas del poyete de la ventana se habían ajado y tenían algunas hojas secas. Abrí nerviosa el cajón que me había dicho con la llave que me había dado. Era casi imposible no hacer ruido, y Manuela tenía un fino oído de politoxicómana, que en poco tiempo se convertiría en un duro oído de politoxicómana. Tuve que sacar un montón de cosas antes de abrir el doble fondo. Se aproximaron unos pasos y me agaché instintivamente, como si mi sombra pudiera atravesar la pared.

Giraron el pomo, pero no pudieron abrir. Escucharon. Yo traté de no respirar fuerte, con la mano paralizada sobre un pendrive negro. Cuando me pareció que ya no habría nadie al otro lado de la puerta lo cogí. No volví a colocar las cosas dentro del cajón, pero lo cerré. Una mala idea porque la llave hizo ruido, y el pomo volvió a girar, esta vez con varios intentos.

—He oído un ruido —dijo la voz de Manuela—, pero el despacho está cerrado. ¿Dónde está Patricia?

—Se habrá ido —dijo la voz de Roberto—. Aquí ya pinta bien poco.

Me habría dejado caer de golpe en el sillón de Irina al oír eso, pero no podía hacer ruido.

En el fondo yo tenía ventaja porque ellos no sabían que la agencia podía irse a pique de un momento a otro, pero ¿desde cuándo sabían ellos que mi carrera estaba desintegrándose?

Tuve que aguantar allí metida una hora. Me descalcé y aproveché para buscar la agenda de Irina, que como ella sospechaba no estaba, y para regar las plantas con una botella de agua que había bajo la mesa, hasta que oí a Manuela decir que iba a hacer un recado y luego el chasquido de la puerta de la calle.

Giré la llave cuidadosamente. El corazón me latía a toda velocidad porque Manuela era imprevisible, podía haber cambiado de idea en un segundo y podría ponerse agresiva si me encontraba usurpando un espacio que consideraba suyo. Abrí despacio, despacio, hasta ver la figura esbelta, adolescente, toda ella hecha de células nuevas y doradas, de la chica que un día reemplazaría a Manuela como Manuela me había reemplazado a mí.

Tenía una mueca grosera en la cara.

—¿Puede saberse por qué me robaste la ropa el otro día? Roberto dice que es imposible que fueses tú, pero yo digo que sí. Ya no estás en el mercado, lo sabes, ¿verdad?

—Claro que lo sé —dije cerrando la puerta con la llave—. Sé muchas más cosas que tú. No te creas tan lista. No creas que estás desbancando a Manuela, porque ella tiene algo que tú no tendrás jamás.

Me marché rápidamente hacia la salida, ella no era consciente de la importancia que tenía lo que acababa de ver: a mí saliendo del despacho de Irina.

—Te mandaré un paquete con los pantalones —dije.

Se lo contaría enseguida a Roberto. Solo me quedaba confiar en la sensatez de este, seguro que no le diría nada a nadie.

Cuando Irina me llamó al móvil más o menos a las tres y media, acababa de pedirme una hamburguesa en un Foster's Hollywood que había en la calle de la agencia. Le dije que ya tenía lo que quería y que podíamos vernos al día siguiente a eso de las cinco en el mismo sitio de la vez anterior, en el zoo. No me dio las gracias, solo dijo:

—Tengo planes para ti.

Puesto que ya no era modelo de primera fila, me tomaría también una buena cerveza y toda la grasa que quisieran servirme. Seguramente era buena señal que no me llamase Roberto para preguntarme qué había hecho en el despacho de Irina. O la adolescente no le había contado nada, o él no le había dado importancia. Por lo menos ya sabía que ninguna de las personas del trabajo me deseaba la muerte. Tampoco nadie de mi familia.

39

Por fin Viviana me cogió el teléfono. Cerré un segundo los ojos, aliviada. No sé por qué me importaba Viviana. Desde que la encontré en el avión mi vida estaba cambiando de manera dramática, como si la suerte se estuviera despegando de mí poco a poco. Ya no me llamaban casi para trabajar, mi marido me mentía, me traicionaba con la mujer de un amigo, y a mi familia le parecía que era la sucursal de un banco. Pero puede que todo esto ya estuviera ocurriendo antes de conocer a Viviana y que ella me ayudase a abrir los ojos, a mirar la realidad cara a cara.

La encontré agitada. Se notaba que iba andando por la calle mientras me hablaba con todo el esfuerzo que esto suponía.

—Voy camino de la estación —dijo—. Voy a verte a Madrid. Ahora mismo iba a llamarte para que me des tu dirección.

Hacía cerca de una hora que había llegado a casa después de coger el pendrive del despacho de Irina y de comerme una hamburguesa, con un enorme sentimiento de culpa, que me había caído como una piedra en el estómago; tendría que ir acostumbrándome poco a poco a una vida sin restricciones. Y lo que menos me habría esperado era esto: Viviana saliendo de su cobijo y viniendo a buscarme. Me impresionaba mucho

—Necesito urgentemente hablar contigo. Espérame, por favor.

No me dejó siquiera decirle que iría a buscarla a la estación. Colgó. No sabía cómo podría compensar semejante esfuerzo por parte de Viviana.

Me alegró que volviera a sonar el móvil, pensando que era ella y que podría convencerla de acercarme yo a Barcelona si era tan importante que nos viésemos.

No era ella, era Jorge para decirme que Elías estaba impacientándose con la exposición y en definitiva con la compra de los cuadros. Iba a decirle que mi marido ya sabía que los cuadros los compraba yo, que estaba liado con Rosalía, que se iban a marchar juntos y que por eso necesitaba el dinero de los cuadros. Pero no había llegado el momento, me callé. Me sentía más fuerte sabiendo mucho más que él.

—Habrá que tener paciencia —dije, pensando

en el mal rato que me hizo pasar cuando intentó acostarse conmigo.

Y pensar que había ido a su casa dispuesta a dejarme hacer lo que él quisiera para que volviese a representar a Elías. No hay que darlo todo en el amor, siempre hay que reservarse un poco. En el fondo prefería que su mujer quisiera matarme para poder sentir rencor y odio. El rencor y el odio me ayudaban a no dejarme aniquilar.

—Si ese amigo tuyo, el de la agencia, no me compra nada voy a tener que hipotecar esta casa.

—Ten un poco de paciencia —repetí—. Se lo está pensando.

¿Me había vuelto una mala persona? Creo que sí. Hacía tan solo seis meses jamás se me habría ocurrido engañar así a alguien.

Entre esta llamada y la llegada de Viviana me fui a correr un rato. Podría haberme puesto a leer, pero no me concentraba. Luego me duché y me arreglé como si estuviera esperando a un amante. No podía estarme quieta, la presencia de Viviana en mi casa me producía vértigo, como si de pronto el huertecillo, el jardín y las habitaciones conmigo dentro estuvieran colgando de un precipicio.

Hasta ahora siempre había ido yo a Viviana, no al revés. Hasta ahora lo único que ella conocía de mí era la sombra que me acechaba.

A las cuatro horas más o menos del anuncio de

su llegada, oí el ruido de un coche y me precipité a mirar por la ventana de la cocina, que era lo que llevaba haciendo un buen rato. Un taxi. Era ella con una maletita de ruedas, el gran bolso blanco que ya conocía y otra cosa en la mano. De todos modos esperé a que llamara al timbre. No sé por qué no quería que supiese que su llegada me alteraba tanto. Tonterías, seguramente ella lo daba por supuesto.

Esperaba en el porche a que yo abriese con una gabardina fina por encima, lo que llevaba en la mano era un transportín de mano para el gato. No debía de haberle resultado fácil dejarlo todo, sus plantas y el cuarto de Felipe, para venir hasta aquí. Aunque ya era de noche, había iluminación suficiente del farol para reconocer que Viviana podría ser hermosa. Sus ojos tenían algo nuevo, cierto asombro, y conservaban más juventud que el resto de su cuerpo, un rastro de los ojos de su hijo.

Esperó a que la hiciese pasar.

—No sabía que vivías fuera de Madrid. Había pensado pasar la noche en un hotel.

Le pedí que se sentara y que no se preocupara por eso. Se quitó la gabardina y se quedó con un blusón de flores.

—Estoy más sola que la una y esta casa es muy grande —dije, pensando que sería una pesadez para ella subir y bajar escaleras—. El único problema es que las habitaciones están arriba.

Saqué a *Kas* de la jaula y le puse un tazón con leche en la cocina.

—Tenía miedo de que se marease en el viaje —dijo.

Me puse a hacer una ensalada para cenar y para entretenerme en algo mientras hablábamos.

Bajo la fuerte luz del fluorescente vi que le había crecido el pelo, le cubría los hombros y le caía sobre el blusón.

—Me lo he hecho yo misma —dijo leyéndome el pensamiento.

Me seguía de acá para allá, por la cocina, por el salón.

—¡Qué casa tan bonita! Estoy harta de la oscuridad de la mía. Me gusta que sea tan blanca y que esté tan vacía.

Saqué los mantelitos y los cubiertos.

—Mañana la verá mejor —dije—. Me ha sorprendido mucho que se decidiera a venir.

—He venido a devolverte el dinero. No lo quiero. Lo que me has dado es infinitamente más importante: has creído en mí.

Serví dos copas de vino, no era el momento de decir nada, solo de escuchar.

—En una de tus últimas visitas me preguntaste si te engañaba y no te contesté. Porque la verdad es que no te he mentido, pero te hacía creer que era más de lo que soy. La realidad es que hasta hace poco no sentía la fuerza del don, de la luz. No he sido bendecida con esa gracia especial que hace pasar de la intuición a la convicción, del deseo a la certeza. Me orientaba entre sombras, impulsos, ráfagas de instinto, momentos de clarividencia como el que noté en el avión cuando te cogí las manos y sentí tu peligro. Todo lo demás tiene mucho de espejismo y de ilusión. Te hice ir a una iglesia a por el agua bendita y llevarme la esfinge porque creí que ese esfuerzo te ayudaría a concentrarte en tu preocupación y a distinguir en tu corazón el bien y el mal. Por lo general uno sabe más de lo que cree que sabe. Tú eres quien conoce a las personas que te rodean, tú sabes más de ellas de lo que imaginas, no yo. Pero ayer, de pronto, lo vi, supe con toda certeza que la persona que buscamos es una mujer. —*Kas* llegó relamiéndose y mirando todo lo que había alrededor. Le puse un cojín en el suelo y se tumbó—. Esa mujer está delicada de salud y su hambre de vitalidad la ha conducido al vampirismo. Desea lo que tú tienes, sin saber, pobre ingenua, que si no existieses ella lo desearía menos.

Aunque yo ya sospechaba que era una mujer, Viviana no tenía por qué saberlo.

—Creo que sé quién es —dije.

Subí al taller y le bajé un cuadro de Rosalía. No era tan bueno ni tan grande como el que se había llevado Ionela, pero quizá contendría algo de su personalidad.

—Podría ser ella —dijo.

Viviana estaba en su piso de Barcelona encendiendo unas velas cuando una figura parecida a ésta se formó en su mente.

—Te lo debo a ti. Tu constancia y fe en mí me han hecho especial. Soy yo quien tendría que pagarte a ti —dijo cogiendo el bolso, abriéndolo y sacando un fajo de billetes de cincuenta.

—Por favor, guarde eso —dije—, no lo necesito.

—Insisto. He sido un fraude, te he hecho viajar, ir hasta mi casa, y lo consentí sabiendo que no podía ayudarte.

—Usted me avisó de que es mejor estar preparado para las sorpresas.

Nos quedamos mirando a Rosalía, con unas arrugas en el cuadro más profundas de las que tenía de verdad, como si Elías hubiese querido imprimirle más vida, más pasado.

—Esta persona tiene muy poco espíritu, un hilo de espíritu —dijo Viviana—. Por eso necesita lo que tú tienes.

Por la mañana Viviana estaba muy contenta, resplandecía en medio de las blancas paredes de la casa. Llevaba el mismo blusón de flores u otro igual. Cuando me levanté había hecho café, había abierto la puerta del jardín y hablaba con *Kas* animadamente. Le pregunté si no tenía miedo de que se escapase y dijo que si no se había escapado ya del agujero donde vivían —donde a veces dejaba la puerta abierta para facilitarle la huida— no iba a escaparse de esta maravilla con jardín y árboles para saltar. Que hiciera lo que quisiera. Le parecía una crueldad impedir que se marchara el que quisiera marcharse, animal o humano.

—Creo que deberíamos visitar a la mujer del cuadro —dijo—. Si es Rosalía, seguramente tiene algo que te robó.

40

Tuve que optar por el Mercedes en lugar de la moto, aunque luego tuviese problemas para aparcar. Viviana llevaba su gran bolso blanco, donde no se me ocurriría mirar por nada del mundo, sobre todo ahora que poseía un don más claro y verdadero.

Le pedí que esperase sentada un rato antes de subir al piso —para que yo fuese caldeando el ambiente— en un banco de la plazoleta que había frente a la casa de Rosalía. Y le expliqué que precisamente aquí quiso atropellarme el coche. Le señalé la sucursal donde trabajaba el conductor. Me sentía como una guía turística de mis desgracias, cuya existencia real Viviana vería ahora por primera vez.

Sentada allí, abrazada a su bolso, sombreada por los tres o cuatro árboles de la plaza y haciéndoles carantoñas a los perros que correteaban a su alrededor, nadie sospecharía de lo que era capaz.

Esperaba encontrarla en el piso haciendo las maletas. Le dije al portero que Rosalía estaba esperándome y me dejó pasar y subir.

No le agradó verme. La cara casi guapa se arrugó enfadada y se puso casi fea.

—Tengo que hacerte una pregunta importante —le dije sin dejarle preguntarme qué hacía allí. Prácticamente la empujé para entrar—. Perdona que venga sin avisar, pero me pillaba de paso. Voy a mudarme de casa y estoy muy liada.

Lo de la casa le interesó y me señaló el salón. Me quedé en la entrada unos segundos contemplándolo. Era señorial, con buen gusto. No ostentoso pero con cosas caras de plata y antigüedades de cerámica, libros. Seguramente Rosalía leía y tendría mucha conversación, sería ingeniosa. Sobre la chimenea colgaba un cuadro de ella pintado por Elías, que jamás imaginó que yo vería.

—Muy bonito —dije frente a él.

—Tengo poco tiempo —dijo—, estoy preparando las maletas.

«Tal como me imaginaba», pensé. Me senté en un sillón de raso morado.

Rosalía incluso en casa iba bien vestida, no bajaba la guardia. Llevaba un vestido de seda de grandes flores rojas que se pegaba y despegaba de su cuerpo huesudo y dejaba ver unas piernas que no habían pasado de la adolescencia. Abrió los bra-

zos desarmada, explicativa, falsamente descorazo-
nada.

—Lo siento. Son cosas que pasan. ¿Cuándo lo
has sabido? ¿Te ha dicho algo Elías?

—No, no me ha dicho nada. Me he enterado por
casualidad. No creo que tenga ninguna intención
de decírmelo.

—Bueno, esas son cosas entre él y tú —dijo.

Me encontraba muy bien en el sillón. A veces se
descansa mejor en otra casa, donde nada depende
de uno, aunque sea la casa de la enemiga.

—¿Cuándo os marcháis? Perdona, no me contestes, no me importa, de verdad. Esas ya son cosas entre vosotros.

Ella se sentó frente a mí. De las rodillas salieron
un sinfín de huesos en los que flotaba la seda. Iba
descalza.

—No he venido para hablar de Elías y tú, ya sé lo
que tenía que saber.

—Me alegro —dijo sin sonreír, con la melancóli-
ca expresión de alguien con tendencia a la enfermedad—. ¿Jorge te ha dicho algo?

—No. Y no pienses que me da pena —dije—. Jorge es un cerdo.

Torció el gesto, mi comentario la devaluaba.

—He venido para hablar de ti y de mí. De ese
deseo de hacerme mal que te consume. Quieres a
Elías porque está conmigo.

No pudo disimular el impacto. Abrió los ojos como si hasta ahora me hubiese visto a medio gas.

Viviana tardó varios minutos más de lo planeado en tocar el timbre, seguramente el portero le había puesto alguna pega. Rosalía fue corriendo a abrir la puerta a quienquiera que fuese como una oportunidad de dar por terminada nuestra enojosa charla.

Se oyó la voz encantadora de Viviana, que se presentó como amiga mía y pidió permiso para entrar, aunque ya estuviera llegando al salón. Rosalía la siguió sin saber qué hacer.

—Así que esta es Rosalía —dijo Viviana mirándola fijamente y soltando el bolso en un sofá que hacía juego con el sillón.

Rosalía dijo que nadie la había invitado y que se marchara por donde había venido, al igual que yo.

—Podría ser ella —dijo Viviana sin prestarle atención— la que está chupándote la energía a través de tu marido, pensando mucho en ti y envidiándote.

Entonces, como un médico que abre su maletín, abrió el bolso y sacó una pieza redonda de metal con inscripciones. ¡Cómo le gustaban esas cosas a Viviana!

—Rosalía —dijo— tiene algo tuyo, que en algún momento te robó y que usa como canal para llegar a ti y dirigir tu propia energía en tu contra. Pero no te preocupes porque ahora mismo vamos a encontrarlo.

Empezó a pasar el medallón por el salón, y después salió de allí sujetando la pieza como un radar.

—¿Adónde cree que va? ¡Llamaré a la policía! —gritó Rosalía con las venas del cuello hinchadas por el esfuerzo de enfadarse.

—No nos marcharemos —dijo Viviana desde el pasillo— hasta que encontremos lo que buscamos. Patricia, vigílala, que no se mueva.

Con la mano en el hombro de Rosalía la obligué a sentarse en su bonito sillón, de donde no podía levantarse porque yo le cortaba el paso. Comenzó a sudar.

—Necesito beber agua, si no me ahogo —dijo.

No le permití que se levantara.

—¿Por qué quieres hacerme tanto daño? ¿Qué te he hecho yo? —pregunté con auténtico interés.

—Quería ayudar a Elías.

Tenía la frente empapada. Y el sudor le arrancaba una blancura sobrenatural a la piel.

—No le entiendes. No estimulas su creatividad —dijo limpiándose la cara con las manos—, solo le humillas con tu sobreprotección comprándole sus cuadros a Jorge. No confías en que nadie los vaya a comprar, no te gusta lo que pinta. ¿Crees que no se da cuenta?

Dejé que se levantara.

—Pobre ignorante —dijo con total desprecio—. Le das bofetón tras bofetón. Para estar con un artista tienes que amar lo que hace, porque un artista prefiere que se ame su obra antes que a él mismo. Y a ti solo te importaba él, no la belleza de su creación.

Del interior del piso llegaban ruidos como de cajones tirados al suelo, de desvalijamiento.

Ahora fui yo la que me senté. Tenía razón, nunca se me había ocurrido. Se sirvió agua de una jarra de cristal veneciana.

—Cuando se enteró de que tú eras esos clientes anónimos que se interesaban por su obra, se hundió. Y no te lo perdonará jamás.

—Se lo dijiste tú, ¿verdad? A Jorge se le escapó y le fuiste con el cuento.

—Se habría enterado de cualquier forma. No es tonto.

—He tenido algunos percances, caídas y sustos, accidentes fuera de lo normal. Pero he seguido adelante y al final he descubierto que no es bueno querer a alguien más que a uno mismo. Ten cuidado.

Oímos otro estruendo.

—Dile a esa loca que no me destroce la casa.

—Ya lo he encontrado —dijo Viviana entrando en el salón con una fotografía mía en la mano, que solía estar sobre la repisa de la chimenea de mi salón.

Me quedé asombrada, no supe qué decir.

Viviana volvió a meter el medallón en el bolso, junto con mi foto. ¿Qué habría hecho con ella Rosalía?

—Hasta aquí has llegado, Rosalía —le dijo Viviana—. Cuando te ocurra algo inesperado nunca sabrás por qué es.

Me levanté. Tuve la tentación de tomar agua de la jarra veneciana, que habría salido del bolsillo de Jorge, engrosado en parte con el dinero que yo le daba por los cuadros de Elías, pero Viviana me detuvo, movió la cabeza negativamente.

Salimos de sus dominios. Antes de montarnos en el coche entramos en un bar para lavarnos las manos, la cara y beber algo. Era una manera de dejar atrás el pasado.

Durante el viaje hasta casa, Viviana me confesó que la pieza de metal no tenía nada de mágica y que tampoco le había destrozado la casa a Rosalía, solo quería ponerla nerviosa para que te confesara su odio como otros confiesan su amor.

Pero sí que era cierto que alguien quería herirme, y Rosalía, en lo que concernía a Elías, lo había conseguido. Aunque quizá ella estaba cumpliendo más un deseo de Elías que el suyo propio. Rosalía habría cogido la foto uno de esos días en que visitaba a Elías. Precisamente la había hecho él y por eso la había enmarcado. Rosalía habría aprovechado un descuido de Daniela para llevársela.

Cuántas personas habrá por el mundo que no saben de qué pozo oscuro les vienen los males.

¿Por qué mi marido había dejado de quererme tan brutalmente? Cada vez que lo pensaba me dolía el estómago, la cabeza y el corazón.

Nada más llegar a casa, Viviana quemó en la chimenea la foto, una manera de purificarme y reducir a cenizas la gran sombra que me atormentaba. Contemplamos las llamas y los rescoldos hasta que se extinguieron completamente. ¿Cómo asegurar que la maldad de Rosalía había influido tanto en mi vida? ¿Y cómo asegurar algo del azar y del destino? Nada, absolutamente nada, es seguro, y todo es posible. Viviana dio un paso hacia mí y me abrazó. Me quedé un segundo apoyada en sus amplios pechos, en su calidez. Dije «gracias» en un susurro para que casi no lo oyera, solo quería oírlo yo, sentirlo yo. Quizá mi vida ahora fuese un desastre, pero era completamente mía, nada me venía de las alturas, la estaba haciendo con mis propias manos.

No podía quedarme a comer porque tenía una cita con Irina. Nos veríamos a mi vuelta y celebraríamos a lo grande haber descubierto las diabólicas intenciones de Rosalía y que Viviana por fin pudiera controlar sus facultades.

Me gustó mucho dejarla en casa con *Kas*. Sentir

que cuando regresara seguirían allí, aunque con un poco de miedo por si Viviana se caía por la escalera. Le expliqué cómo funcionaba el gas, la ducha —también me asustaba que se resbalara—. Le indiqué dónde había un supermercado por si necesitaba comprar algo, yo no tenía en la casa dulces, ni carne, ni patatas fritas, ni pan, ni nada de lo que suponía que a ella le gustaba. Le recomendé que si salía llevara con ella la dirección porque en este laberinto de chalés era muy fácil perderse. Y le escribí con letra y números grandes los teléfonos de emergencia.

—Los vecinos no se hacen visibles hasta ya muy entrada la tarde. No se puede pedir ayuda a nadie.

—No te preocupes. ¿No te das cuenta de que te preocupas demasiado por los demás? Los vuelves débiles. Todo el mundo se las arregla para sobrevivir.

¿Cuánto tiempo llevaba viviendo en soledad Viviana? ¿Desde la muerte de su hijo? Habría ido perdiendo vista, engordando y desterrando el amor para castigarse o como una forma de salir del mundo.

—Usted se las arregló para sobrevivir a... aquella desgracia.

Bebió de la taza que sostenía con la mano de los anillos. *Kas* también bebía del tazón que por la noche había destinado para él, ligeramente infantil y donde ponía «Buenos Días».

—Solo tú has estado en su cuarto. Felipe es un ángel —dijo y los ojos se le fueron llenando de lágrimas poco a poco como si el recuerdo más amado empezara a salir tímidamente, a liberarse.

También *Kas* me miró con ese lagrimeo que suelen derramar los gatos.

41

Desde la llamada de Irina el día anterior habían pasado muchas cosas. Me sentía más segura y Viviana y *Kas* me esperaban en casa. El sol era una bola de oro pulido con reflejos rojos en medio de un cielo completamente azul, y aunque la temperatura era suave, la velocidad de la moto la enfriaba bastante. Me pareció que no tenía suficiente con la cazadora y el pañuelo que llevaba. Había salido con mucho tiempo por delante porque creí que Viviana preferiría comer a su aire sin testigos incómodos como yo, que aún estaba digiriendo la hamburguesa del día anterior.

Mordisqueé una manzana dando una vuelta por el zoo, haciendo tiempo, y me bebí un té en un puesto. No iba a ser fácil cambiar de hábitos. Caminé a paso rápido por las instalaciones para estirar las piernas y cuando faltaban cinco minutos para la cita me situé como siempre junto a los elefantes. Irina se retrasó un interminable cuarto de hora y por un momento creí que se habría enterado de mi maldad y ya no vendría, aunque la existencia del pendrive negro en mi bolso y su deseo de tenerlo me hacía pensar que podría haber tenido un accidente o que podrían haberla asaltado de nuevo. Y sentí un enorme alivio cuando descubrí su gorra de visera a lo lejos. Llegué más o menos cuando ella se acercaba al foso de unos leones que se olían y se temían, pero que nunca se veían.

—Vamos a mi coche —dijo.

No era el coche que solía llevar a la agencia. Este debía de habérselo dejado alguien o quizá era de segunda mano. La vida de Irina había cambiado tanto que ella también iba cambiando sorprendentemente. Se había cortado el pelo. En una primera ojeada me pareció que lo llevaba recogido debajo de la gorra, hasta que vi unas puntas duras y rebeldes asomando por debajo. Tenía la piel ennegrecida, como si se pasara todo el día cazando o pescando, y casi se le notaban menos los socavones de la cara. Los ojos resaltaban cien veces más azules y brillantes.

De vez en cuando echaba un vistazo al retrovisor para comprobar que no nos seguían. Hasta que se desvió a la derecha de la carretera y paramos en un local mitad bar, mitad restaurante, mitad cafetería, mitad terraza y mitad tienda de souvenirs. Nos sentamos en la zona de cafetería. Había aire acondicionado y unos cómodos sillones de polipiel. Todavía quedaba alguna gente tomándose la copa de después de comer.

Irina se pidió un gin-tonic y yo, para no ser menos, otro. En el pasado Irina me habría arrancado de la mano esta bomba de calorías y burbujas, pero ahora le pasó inadvertida, lo que significaba que mi mundo se desmoronaba.

Abrí el bolso y le alargué el pendrive negro. Lo cogió con una mano tostada por el sol en la que destacaban varios anillos de Tiffany. Por lo menos aún quedaba esto del antiguo mundo.

—Es verdad, lo conseguiste. Francamente, no creí que pudieras ni tampoco creí que hicieras esto por mí. No tenías por qué ayudarme.

—Estoy en deuda contigo —dije.

Me miró extrañada.

—He llamado a Manuela y me ha dicho que estuviste en la agencia y que le pareció que alguien entró en mi despacho. Ten cuidado con ella, es muy perspicaz. No sé cómo pudiste sacar el pendrive estando ella allí.

—Te regué las plantas, estaban casi secas. Y me vio alguien, espero que no hable.

—Lo mejor es que ya no vayas por allí. No merece la pena. Ahora debes pasar a la retaguardia. Aquí —dijo empuñando el pendrive— está todo lo que necesito para enchironar a Antonio o que huya lejos. Él o yo. No quiero cargar con ninguna de sus estafas ni de sus culpas.

Me pedí otro gin-tonic. Necesitaba valor para volver a decírselo.

—Estoy en deuda contigo.

Ella estaba pensando en gratitud, en reconocimiento por apoyarme en mi carrera. Así que tuve que ser contundente.

—Yo contraté al chico que te robó antes de la gran paliza.

Abrió tanto los ojos que la sala se inundó de claridad. Seguramente hasta ahora pensaba que yo era una buena chica y que no me pegaba hacer algo tan bajo. No encajaba con mi cara, ni con mi manera de andar, ni con mis frases, ni con mi manera de ser.

—Solo necesitaba tu colgante dos días, luego pensaba devolvértelo. Pero las cosas se complicaron.

—¿El colgante? ¿Te refieres a este? —dijo sacándoselo por el cuello de un fino jersey negro de perlé.

Le conté cómo y por qué necesitaba el colgante, en definitiva para rebajar su poder y que no pudiera hacerme ningún daño. Lo sentía de verdad, ya sabía que era una locura, aunque en el fondo ahora la conocía mejor y ya no la temía. Ella me escuchó asombrada. Cuando terminé, acabé de un trago lo que quedaba en el vaso y me levanté para llamar un taxi y marcharme.

—Espera —dijo Irina sujetándome la muñeca con fuerza—. Me gusta la gente decidida, con sangre en las venas. A veces hacemos cosas que nos sobrepasan. Yo he tenido que... —se le quebró la voz—, bueno, he tenido que hacer cosas que nadie entendería, ni yo tampoco. Algún día puede que te lo cuente. Tú no tenías intención de hacerme daño y solo buscaste la mejor manera de solucionar algo, como has hecho al sacar el pendrive del cajón de mi mesa. Me halaga que creyeras que mi poder llega a tanto. Para mí esto solo es una pequeña joya. Me la regaló alguien a quien hice un favor. Me dijo que me daría suerte. La llevo como recuerdo, nada más.

Estaba tan avergonzada que no me atrevía a levantar la vista.

—En el pendrive también hay una suculenta lista de clientes que van a servirme para montar una pequeña agencia de modelos, publicidad, lo que caiga —explicó—. La gente siempre necesitará otra gente con la que compararse y que le enseñe a gustarse. Es una apuesta segura. Ya tengo un socio, Marcos, ¿te acuerdas de él? Le prometí que en cuanto tuviese algo para él le llamaría, y eso he hecho. Creemos que hemos dado con el local ideal. Tú eres la persona que nos falta. ¿Quieres ser nuestra socia e invertir en el negocio?

Le dije que sí sin pensármelo dos veces.

—¿Y Manuela? —pregunté.

—Será nuestra modelo estrella, pero no la quiero como socia, se coloca demasiado. En un par de años tendré que internarla en un centro de rehabilitación. En el fondo, todo esto lo hago por ella.

Sin embargo yo iba a hacer esto por mí y solo por mí. Era la primera vez en mi vida que iba a crear algo. Le pregunté cuál era el presupuesto.

—Marcos te dará todos los detalles —dijo levantándose y dando por concluida la entrevista.

Se quitó y se puso la gorra para que el pelo respirase unos segundos, le había dejado una marca en la frente. Le pedí que me llevara a una parada de taxis, ya recogería la moto del zoo en otro momento. No quería jugarme la vida después de beber ahora que las cosas estaban saliendo bien.

La verdad era que nunca me habían salido mal, pero en este momento además me gustaban. Me gustaba que Irina no fuese tan estricta como parecía, me gustaba que el dichoso contrato ya no importara y me gustaba tener un negocio propio, dirigir yo en lugar de que me dirigiesen a mí constantemente. Todo lo que había ocurrido tuvo que ocurrir para llegar hasta aquí.

Cuando ya estaba fuera del coche, Irina sacó la mano por la ventanilla.

—Toma —dijo, quitándose el colgante—. Me gustaría que lo llevaras tú.

Ni siquiera lo toqué. Le di las gracias y le dije que prefería no saber cómo funciona el mundo, porque antes de saberlo era feliz.

—Antes serías feliz —dijo Irina con algo parecido a la bondad en sus ojos—, pero ahora eres mejor.

Me desvié de camino a casa para pasar por el Club del Gourmet a comprar algo para la cena celebración con Viviana y un delicioso suflé que a ella le encantaría, y que esperaba que esta vez se lo tomase con placer y no para destruirse. Me reconfortaba pensar que iba a poder contarle mi encuentro con Irina a alguien que me comprendía a la perfección.

Sin embargo, mientras pagaba al taxista y según iba acercándome a la puerta intuí que las cosas no iban a ser tal como imaginaba. Nunca eran como imaginaba porque la imaginación es un planeta perdido en alguna galaxia de otro universo.

Abrí y la llamé, dejé los paquetes en la encimera de la cocina y *Kas* entró corriendo del jardín. Le puse leche en el tazón. El silencio era tan denso como estar debajo del agua de la piscina. Me sentía desconcertada, subí arriba temiéndome encontrar a Viviana tirada en el baño. No estaba allí, ni en su cuarto. Tampoco la maleta, ni el bolso blanco, ni la gabardina. Bajé de nuevo al salón. Y por fin vi un sobre en la repisa de la chimenea.

Se despedía de mí. Había decidido aceptar la oferta para vender el piso de Barcelona y regresar a India a ayudar a los necesitados y a aprender, debía progresar espiritualmente, salir del estancamiento en que había estado sumida tantos años. Me devolvía el dinero, no estaba segura de merecerlo. Y me dejaba a *Kas* porque era muy feliz conmigo. También había un pequeño frasco con un poco del elixir que había logrado culminar con mucho trabajo. Me recomendaba tomar solo cinco gotas.

Me quedé pasmada, apenada, otra vez la imaginación me había jugado una mala pasada. Cogí a *Kas* en brazos y lo acaricié.

—Y ahora ¿qué hacemos con toda esta comida? —le pregunté.

42

Marcos estaba muy contento de tenerme como socia. Él se encargaría de los chicos y del área de desfiles, y yo de las chicas y de la parte gráfica. Irina lo
coordinaría y supervisaría todo. Sería la presidenta.
Pensé que estaría bien contratar a Roberto como
coordinador de fotografía cuando la antigua agencia terminase de hacerse añicos. Como decía Irina,
sobre sus piedras levantaríamos nuestro templo.

Marcos estaba como siempre, no había dejado
que las contrariedades ni el dique seco le destruye-
ran. Nuestra profesión le había enseñado que siempre había que esperar la próxima oportunidad en
forma. Había que reconocer que la madurez y el fracaso lo habían vuelto más atractivo, sobre todo ahora que se había sacudido de encima el amanera-
miento típico de los modelos. Se había dejado crecer
las cejas de cualquier manera y me dijo que se cortaba el pelo él mismo y no se maquillaba por nada del

mundo. En nuestra nueva agencia estaba decidido a romper la estética tradicional de los modelos, quería descubrir alguna estrella con verdadero talento.

—Seguro que lo conseguirás —le dije frente al local que iba a ser nuestra agencia.

Para participar en el negocio a la altura de Irina y Marcos tendría que entregar todos mis ahorros y arreglarme para vivir con lo justo. Mientras tanto, debería intentar seguir trabajando como pudiera.

Era maravilloso, casi todos los días nos veíamos Marcos y yo para contrastar proyectos de reforma y pensar en la decoración. Por lo general nos movíamos en mi moto, que era más práctica y nos ahorraba tiempo, pero también porque a Marcos le encantaba verme conducirla. Decía que cuando perdiera la languidez actual y me pusiera más fuerte sería un perfecto marimacho. Y a veces le sorprendía mirándome con algo en los ojos muy agradable. Nunca mencionamos la noche del Ritz, ni asomó una sola vez en nuestras miradas. Era como si hubiésemos ido mutando juntos sin saberlo y los anteriores cuerpos y las anteriores mentes ya no existiesen.

Algunas veces venía a casa con los planos del local, porque no cabían estirados en las mesas de los cafés, y con un papel vegetal encima y unos rotuladores quitábamos y poníamos tabiques, mesas. Sus manos seguían siendo bonitas y me gustaba cómo las pasaba por el papel vegetal para alisarlo. Desde que nos veíamos llevaba pantalones vaqueros, seguramente suponía que me gustaban más. Cuando le enseñé el estudio de Elías lo miró con indiferencia.

—Ahora está en la playa pintando —dije sin que me preguntara y mientras él enrollaba los planos.

—Hablando de pintura —dijo—. Creo que mañana deberíamos pensar en el color de las paredes.

Me desconcertaba, ¿no le interesaba mi vida? ¿O no quería enterarse de que estaba casada?

43

Mi gestor financiero fue muy claro, esto era lo mejor que podría pasarme para no tirar el dinero y para construirme un futuro.

—Tengo aquí —dijo haciendo chasquear un papel junto al teléfono— un presupuesto descomunal del hospital por la operación de tu padre. Perdona que haga consideraciones que no me corresponden, pero no entiendo por qué tuvo que recurrir a un hospital privado para una intervención tan rutinaria.

También debería recortar el sueldo de Carolina y eliminar el alquiler de la casa de la playa, quizá podría vender uno de los coches, incluso deshacerme de este chalé tan grande de Madrid y marcharme a un apartamento en el centro. Nunca hablaba de Elías, al que consideraba, aunque no lo dijera, un gasto más.

—No serás siempre joven —dijo—. Quizá no vuelvas a ganar tanto dinero.

Puede que este fuese el empujón que estaba esperando para no pagar el último alquiler de la playa, ni el anterior, que aún estaban pendientes; para no pagar ningún gasto y que el casero fuese a ver a Elías, lo que en efecto originó una llamada de teléfono suya angustiada, desconcertada.

—Patricia, ¿qué está ocurriendo? En la cuenta del banco hay solamente trescientos euros.

No le dije que había transferido el dinero de nuestra cuenta conjunta a una individual a mi nombre.

—No hay trabajo, la agencia de modelos está en punto muerto en lo que a mí se refiere.

—Pero yo no vivo del aire. Y hay que pagar el alquiler —dijo—. Estabas de acuerdo con el alquiler de esta casa, íbamos a comprarla. No entiendo nada, absolutamente nada.

Iba poco a poco poniéndose fuera de sí, lo que en otras circunstancias yo habría tratado de evitar por todos los medios.

—Voy a poner en venta la casa de Madrid. Según mi gestor no tengo otra salida. Necesito dinero, así que ya me dirás dónde te mando la ropa, los cuadros y tus cosas.

—¿Cómo dices?

—Quiero el divorcio. Mientras tanto, voy a mudarme a un apartamento.

Empezó a hablar exageradamente alto y a sollozar para retenerme junto al teléfono. Su tragedia me habría aniquilado de no existir la mentira de su fracaso y Rosalía.

—No voy a volver a comprarte tus cuadros. Lo siento mucho.

—¿Qué quieres decir? —dijo en el tono neutro de empezar a atar cabos.

No le contesté, permanecí unos segundos más oyéndole sin prestarle atención y colgué. Todo se volvió oscuro, como si me hubiese quedado ciega durante unos segundos. Fue una oscuridad total, un apagón. Habría preferido que Elías me dijera que se había enamorado de Rosalía, que hiciese la maleta y se marchara. Pero tenía que hacerlo todo yo, incluso romper la relación que él había roto. Estaba tan agotada que me fallaban las piernas. Llamé al gestor y le pedí que empezase a vender la casa. Convencería a Marcos para que me ayudase a buscar apartamento.

44

Estaba metiendo en cajas la ropa de Elías, que aún
no sabía dónde debía mandársela junto con los cuadros, y tratando de que *Kas* no enredase con los calcetines, cuando Carolina me llamó muy enfadada.
Habían operado a papá y yo ni siquiera había ido a
verle al hospital.

—He tenido que quedarme toda la noche con él
—dijo con voz despiadada, como si me escupiera.

¿Cómo había podido despistarme así? Me sentía
muy avergonzada. Quería mucho a mi familia. Cuando empecé a trabajar en lo primero que pensé fue
en comprarle un coche a mi padre. Pero seguramente, sin darme cuenta, los humillaba. No podía
tratar de expresar mi cariño siempre con dinero.
Quizá si hubiese tratado de comprender el arte y el
espíritu de Elías en lugar de allanarle el camino falsamente, engañándole, aún estaríamos juntos. Por
mucho que me doliera, tenía razón Rosalía: le había

humillado, le había dado falsas esperanzas, y él se había vengado. Yo no era mejor que él. Le había ayudado para poder disfrutar de él como a mí me gustaba que estuviera, contento y solo conmigo. Y con mi familia y Carolina había tirado por el mismo camino: te pago para que seas feliz y no tener que preocuparme por ti.

—Lo siento. Se me ha olvidado completamente. En la agencia estamos muy mal y... no sé qué decir.

—Mamá está muy triste. Dice que te hemos perdido. ¿Por qué crees que la gente tiene que quererte? ¿Qué haces para merecértelo?

Tuve que colgar porque tenía muchas ganas de llorar. Era como si se conocieran todos y hablasen de mí entre ellos y estuviesen de acuerdo en que yo era detestable, una arrogante.

Continué llorando mientras empaquetaba las cosas de mi marido. Ya no me salía pensar esa palabra. Marido, marido. No tenía sentido. Por las noches me parecía que el universo se reía de mí, que yo había sido un accidente de la vida y que los demás lo notaban y por mucho que todos nos esforzásemos no encajaba con ellos.

Mandaría las cosas de Elías a la dirección de Rosalía. Por lo menos ella le cobijaría. Me preocupaba mucho que acabara mendigando en la calle, al fin y al cabo si no tenía dinero era por mi culpa, por haberle cubierto los gastos y no obligarle a hacer algo más que pintar cuadros que nadie quería. Me había equivocado tanto sin darme cuenta...

También me daba miedo ir a casa de mis padres, ver sus caras serias, oír sus reproches y no saber cómo pedirles perdón. Pero sabía cómo reconciliarme con Carolina, cómo darle la mayor alegría de su vida. Cuando terminé de llorar, la llamé y le dije que se me había olvidado la operación de papá porque estaba divorciándome de Elías. Se hizo un silencio. Un silencio alegre, diáfano, claro y aterciopelado como el cielo.

—No sabía nada —dijo con voz comprensiva—. ¿Qué ha ocurrido?

Respiré aliviada.

—Somos muy diferentes.

—Ya. ¿Y se va de la casa?

—Estoy haciéndole las maletas. Se las enviaré a casa de una amiga.

—No te preocupes por nada. Y llámame si quieres que te ayude a sacar las cosas de ese.

Le agradecí que no se ensañara llamándole sinvergüenza, jeta, parásito. Debió de pensar que ya no hacía falta.

El universo había vuelto a colocarse del derecho. La tierra abajo, el cielo arriba, los mares en su sitio, los bosques en el suyo. Aunque temí que Carolina volviera a enfadarse cuando se enterase de que iba a vender el chalé. A ella le encantaba traer aquí a sus amigos.

Cuando Elías quiso darse cuenta, sus cosas estaban en el piso de Rosalía. Sonreí pensando dónde metería sus enormes cuadros. Se enfadó mucho porque querría haber venido a recogerlos él mismo, pero yo le dejé claro, con todo el dolor de mi corazón, que no quería verle y que tenía la sospecha de que cuando nos encontramos la primera vez en la galería de arte se acercó a mí porque estaba con el crítico norteamericano. Dijo que yo era una miserable y que tenía una mente mezquina y que le había destrozado la vida y empezó a llorar. Antes de oírle llorar la primera vez por teléfono no le creía capaz de sentir algo tan subjetivamente que le provocara las lágrimas. No tenía pinta de querer llorar, de desahogarse desde dentro de sí mismo, como los árboles cuando sueltan resina y los panales cuando supuran miel, lo que me hacía pensar que no lo conocía en absoluto, y que en cambio él sí sabía cómo era yo.

No es fácil dejar de amar. El amor es una enfermedad llena de indignidad y cobardía. Sentía por Elías algo parecido a lo que sentía Manuela por el Poblado. No se me iba de la cabeza.

45

Con ayuda de Marcos encontré un apartamento con una gran terraza, que me gustaba bastante, cerca de la Gran Vía. En cuanto tuve un comprador para el chalé di una señal y empecé a hacer el traslado. Lo pinté todo en blanco, y los muebles que no cabían se los regalé a Carolina. Algunos los aprovechó y otros los vendió. Mandé tirar un tabique para hacer el salón más grande, a *Kas* le compré una cesta de mimbre con un cojín de flores semejante al blusón de Viviana para que no la echara de menos, y conseguí que la terraza pareciera un jardín. Podría dar buenas cenas y fiestas de cara a hacer negocios. Me sentía cómoda y no me encontraría tan sola como en el chalé hasta que llegase alguien con quien compartir la cama.

Marcos me dijo que la policía estaba investigando a Antonio por evasión de capitales y por la explotación de mano de obra en talleres clandestinos de

Bangladesh. Por todo ello deberíamos desvincularnos lo más posible de él para no contaminar nuestro negocio. De hecho Irina era quien le había denunciado, Antonio había sido quien había echado de la agencia a Marcos y a mí no me había renovado el contrato; no teníamos nada que ver con él y no queríamos que nuestros nombres aparecieran en la prensa. Cuando todo se resolviera, Irina podría salir de dondequiera que se ocultaba y podría ver el local y la reforma que íbamos a hacer. Teníamos que pensar un nombre para la agencia. Me entusiasmaba mi futuro y me dolía no poder tener el futuro y a Elías, a la agencia nueva y a Elías, al apartamento en el centro y a Elías. No podía porque él no había querido.

Y estaba pensando que Elías se habría instalado en el piso de Rosalía y que habrían emprendido su gran viaje a las islas cuando recibí una llamada de un desconocido.

—Soy un pescador amigo de Elías.

Tenía la voz muy fuerte y hablaba muy alto, como si estuviera gritando en un barco entre la tormenta.

—Elías no come y bebe mucho. Se ha descuidado completamente. A veces nos lo encontramos en la playa tirado entre sus vómitos. Es una pena que un artista tan grande haya llegado a esta situación. Necesita su ayuda.

Le di las gracias por la información. Le comprendía, la pena es insoportable y necesitaba descargarse de ella pasándomela a mí. Empecé a andar deprisa por el apartamento para tranquilizarme. El pescador había creado una imagen demoledora en mi cabeza y sabía que si pedía consejo todos me dirían que Elías ya no era mi problema y que pasara página, pero la pena ya estaba en mi tejado. Ellos no sentían lo que sentía yo, y las palabras se las llevaba el viento.

La escena de Elías medio muerto en la playa me aturdió tanto, que no oía bien lo que me decían cuando alguien me hablaba ni cuando *Kas* maullaba pidiendo comida, bebida o cariño. Tenían que repetirlo. Era como si siempre hubiera cerca funcionando una aspiradora.

Empecé a hacer planes para ir a ver a Elías a la playa de Las Marinas. Teníamos una conversación pendiente. No le había dejado explicarse. Seguramente supondría un alivio para él decirme lo que sentía. Y últimamente tenía la sospecha de que Rosalía había sobredimensionado su relación, seguramente para disminuirme a mí. Evidentemente Elías no tenía ninguna intención de marcharse con ella a las islas fantásticas. Además, había llegado a la conclusión por mi cuenta, sin escucharle, de que él no estaba en el mismo nivel sentimental que Rosalía. ¿No podría ser que Rosalía le estuviera acosando? Elías se habría refugiado en su amistad para salir de la dependencia que yo había impuesto, y ella, nece-

sitada de impresiones fuertes y de renacer de su enfermiza insignificancia, se habría enamorado de él.
En su delirio, ella abandonaría por fin sus lujosas
clínicas y también a Jorge.

Al contrario que a mí, a Rosalía no le conmovió
lo más mínimo que le contara cómo había encontrado a su marido en el salón, tirado como Elías en la
playa. A Rosalía solo le importaba su propia vida, tal
vez porque su vida era un bien escaso e invisible,
salvo para Jorge.

46

El viernes a media mañana hice la mochila que siempre hacía para ir a la playa. De paso recogería de allí un rastro de cosas que había dejado en mis visitas: cremas, camisetas, unas sandalias, aunque el panorama que iba a encontrarme era imprevisible y lo más probable es que me olvidara de esas pequeñeces. Hasta final de mes el casero no empezaría a reclamarle a Elías el alquiler, por lo que en ese sentido no se produciría ninguna escena desagradable añadida. Elías me había deseado la muerte a través de Rosalía, y a mí me daba pena él. Carolina me diría que era una perfecta gilipollas, pero Carolina leía mucho y tenía mucha personalidad, y por eso no pensaba contárselo.

No llamé a Elías para anunciarle que iba a verle. No quería que tuviese tiempo de montar una historia que me rompiera el corazón. Las calles camino de la estación estaban llenas de vida, de semejantes, de coches, del olor de una potencial lluvia, daban ganas de volar. Volaría si mi mente no pesara como el plomo.

Había llegado a Atocha e iba a sacar el billete cuando sonó el móvil. Hubo un tiempo en que solo contestaba si era Elías, mi familia o Antonio e Irina; el resto del mundo podía esperar. Ahora escaseaban las molestas llamadas de revistas, admiradores y demás y respondía sin mirar.

Era Manuela, con voz de estar medio con el mono. Necesitaba verme, hablar conmigo, no sabía nada de Irina desde hacía un siglo. Quería que fuese a la agencia porque ella estaba en medio de una sesión y no podía salir.

—Ven, por favor —dijo con voz balbuciente, entrecortada, con algunas palabras ininteligibles, nada raro en ella por otra parte.

Lo extraño es que me pidiera que me acercase a la agencia cuando ella estaba encantada de que hubiese desaparecido de allí. Había algo en esa petición que no me olía bien. Enseguida pensé en mi reciente paseo por el despacho de Irina y en el pendrive negro, aunque también cabía la posibilidad de que hubiese surgido un trabajo urgente para mí. En cualquier caso tenía que saber qué quería. No me dio pie a preguntarle, normal si estaba posando. Y no parecía que Irina le hubiese puesto al corriente de la catastrófica situación de la agencia. Seguramente Irina prefería que Manuela se entretuviese luchando inútilmente por la agencia a que se pasara el día en el Poblado.

Podría coger el tren un poco más tarde. ¡Qué importaba! Así retrasaría el drama que me esperaba en Las Marinas. Fui andando hasta la agencia para quemar un poco de adrenalina, metiéndome por calles en las que algunos se detenían a ver escaparates, o charlaban sentados en las terrazas de las aceras despreocupadamente, como si el mundo fuese un lugar armonioso y bello, calles que no sabían nada de mis problemas ni adónde iba ni de dónde venía.

Tardé veinte minutos en empujar la puerta de la agencia con la sensación de que entrando en ella una vez más, probablemente la última vez, se cerraba un capítulo de mi vida. Al final todo había que terminarlo con un gesto: cerrando una puerta, con un adiós, con lágrimas.

En la recepción no había nadie. Pasé por la larga mesa de la recepcionista, con fotos dedicadas por sus modelos favoritos, entre los que no me encontraba, con una planta, con pulseras y pendientes de aro que se quitaba al llegar y se ponía al marcharse y un aroma a violetas suspendido sobre su sillón giratorio. Se arreglaba mucho, consciente de que ella era lo primero que se veía al entrar allí, la primera persona con la que se hablaba y que podía ponerte las cosas difíciles si le daba la gana.

El despacho de Irina seguía cerrado por una puerta lacada en negro con algunos rasguños hechos en los últimos tiempos, cuando ya nada importaba. La de Antonio estaba más al fondo, y normalmente por todo el local había mucho trasiego de cámaras, modelos, fotógrafos, cables. No era un lugar de recogimiento, precisamente. En cambio ahora no se oía ni una mosca. La soledad se estaba apoderando de este lugar como la mala hierba.

—¡Manuela! —grité—. ¿Dónde estás?

Solté la mochila en la sagrada mesa de la recepcionista y asomé la cabeza por algunos platós hasta que vi a Manuela saliendo del fondo y avanzando con sus largas piernas quebradizas como si desfilara para mí. A Irina no le habría gustado verla así: pelo revuelto y camisa descolocada por encima de los pantalones. Irina no soportaba las camisas por fuera.

Me habló raro y me miró raro.

—¿Te has enterado de lo de Antonio? ¿De todo lo que le están acusando?

—Sí —dije—. Me lo ha dicho Marcos.

Manuela se pasó las manos por la cara y se retiró el pelo. Le temblaban.

—Lo siento —dijo sinceramente con los ojos muy abiertos, asustados.

¿Lo siento? ¿Qué sentía? Sería la primera vez que Manuela era consciente de sentir algo por alguien que no fuese ella misma y que lo dijese en voz alta.

Pero no hizo falta que buscara un significado oculto a sus palabras. Enseguida reconocí al abogado o contable o lo que sea de Antonio, que también vi en la habitación de Irina en el hospital. Se situó a mi lado, casi rozándome. Llevaba la misma carpeta en la mano, como si fuera un arma. Me dio la impresión de que me apuntaba con ella. Usaba gafas y tenía cara de pasarse el día en un despacho, pero al sentirlo junto a mí me recordó a los asesinos en serie. Me separé de él. Se le notaban ganas de hacer algo terrible.

—Ven por aquí, preciosa —dijo metiéndome el pico de la carpeta en las costillas.

Eché a andar, Manuela nos seguía diciendo «lo siento, lo siento». Ya me imaginaba que no era tan fácil que la concha fuertemente cerrada de su conciencia se abriera de repente, como una ráfaga de viento.

El grupo se detuvo ante el despacho de Irina. La puerta no estaba cerrada con llave, solo había que girar el pomo.

Todo estaba revuelto —archivadores en el suelo, los cajones abiertos, papeles desordenados— y Antonio sentado en el sillón. Parecía un vagabundo bien vestido.

—El otro día estuviste en este despacho —dijo Antonio sin ira, sin odio, sin alterarse. Seguramente el destrozo lo había hecho el de la carpeta.

Antes de que lo negara, Manuela intervino en voz baja. Me estaba echando un cable a su manera.

—La nueva te vio saliendo de aquí.

—Entré a regar las plantas. ¿Qué problema hay?

—¿Te llevaste algo? —preguntó el asesino que parecía bueno.

De su boca salía un aire muy caliente, parecía que saliese de un horno más que de un cuerpo.

Hice como que recordaba y negué con la cabeza.

—Queremos dos cosas —dijo Antonio con cansancio, como si llevase noches y noches sin dormir en su enorme apartamento minimalista, ni probablemente en ningún hotel, sino en el sofá de algún amigo—. Una: que nos devuelvas lo que te llevaste. Dos: que nos digas dónde está Irina.

Manuela intervino justificándose, pidiéndome ayuda, aunque nadie le estuviese preguntando.

—Les he dicho que no lo sé porque no lo sé.

—Yo tampoco lo sé —dije—. No lo sabe nadie. Irina sospecha que la buscas y no confía en nosotras, nos considera débiles y bocazas.

—Esta vendería a su padre por un gramo —dijo Antonio haciendo un gesto con la cabeza hacia Manuela—. Sin embargo, tú me has sorprendido. ¿Sabes que cuando entraste en la agencia, en esta agencia, me gustabas? No te imaginas las horas y el esfuerzo que tuve que echar para conseguirte buenos contratos y hacer de ti la modelo que eres.

Era verdad, la suerte no viene sola. Estaba segura de que Antonio había luchado por mí. Lamentablemente de lo que uno más se acuerda es de lo último, de lo de hace un mes o quince días. Y el presente lleno de olvido por su parte, de falta de llamadas, de no renovación del contrato, era más fuerte que el pasado esplendoroso. ¿Qué iba a decirle, que no era nostálgica y que así era la vida?

—Estuviste en este mismo despacho y tuviste tiempo de encontrar algo en este cajón —continuó Antonio señalándolo—. Lo que quiera que fuese tenía que estar aquí porque sacaste cosas y no volviste a colocarlas. Patricia, ¿qué encontraste?

Me encogí de hombros. Antonio estaba en ruinas, era como un edificio con andamios, polvo y humedad. Un mal día lo tiene cualquiera, pero en el caso de Antonio su fachada, su sonrisa, su manera de andar segura y firme eran su espíritu, alma o conciencia.

Quizá me distraje más de la cuenta pensando en él y su triste aspecto, y mi silencio les pareció una falta de respeto, les puso nerviosos; no estaba el horno para bollos ni para modelos desagradecidas. Una oportunidad de oro para el de la carpeta, que ardía por dentro.

De pronto, sin darme tiempo a reaccionar, me cruzó la cara con tal fuerza que creí que me había roto el cuello. No sentía la mejilla.

Antonio se me quedó mirando, asustado de sí mismo probablemente. Acababa de comprender cuánta razón tenía Irina cuando nos decía que no hay que hacer nada cuando se está muy cansado.

Manuela salió corriendo y volvió con hielo.

Me lo puso con mucho cuidado y me pasó la mano por el pelo.

—Lo siento —dijo. Todo su cuerpo temblaba. Irina había hecho bien en no confiar en ella. A pesar del hielo la cara se me hincharía.

—El problema es que yo tendré que marcharme y te quedarás con este —dijo Antonio en el mismo tono de voz fatigado.

Estaba pisando tantas líneas peligrosas que ya nunca volvería a ser auténticamente encantador.

Iba a preguntarle qué le ocurriría a Manuela, algo que me preocupaba no por ella, sino por Irina. Pero en ese momento me sonó el móvil.

—¡Cógelo! —dijo Antonio.

Lo saqué del bolsillo del pantalón. No reconocí el número.

—Pon el manos libres —ordenó el de la carpeta.

Una voz profunda y ronca, que ya conocía, retumbó en las paredes color crema del despacho y en las ventanas.

—Hola, soy el pescador amigo de Elías. Siento llamarte pero Elías ha intentado suicidarse y estoy con él en urgencias. He hecho todo lo que he podido.

Con la llamada anterior el pescador trató de pasarme su pena y ahora la culpa.

—Gracias —dije brevemente, porque el de la carpeta me hizo una señal para que cortara.

—¿El suicida es el pintor? —preguntó Antonio.

No pude reprimir las lágrimas. Las sentía al resbalar por el lado izquierdo, pero no por el derecho. Necesitaba estallar.

—Parece que te quiere mucho. Tienes suerte.

No le dije que Elías no me quería a mí, sino mi vida entera, el hueco que yo ocupaba en este mundo.

—Iba a verle ahora. Iba camino de la estación cuando me llamó Manuela —dije pasándome las manos por la cara mojada.

—Puedes irte —dijo el del bofetón— si nos cuentas todo lo que sabes. Es muy fácil, hablas y te vas.

Manuela iba de un lado a otro, alterándonos a todos un poco más si era posible.

—¿Puedes estarte quieta?, ¡joder! —dijo Antonio con un tono de voz algo más alto.

No podía. Trató de no moverse del sitio, pero su cuerpo seguía disparándose hacia todas partes.

Antonio salió por fin de detrás de la mesa, cogió a Manuela por el brazo y la zarandeó como a un árbol endeble. Daba la impresión de que toda ella iba a empezar a deshojarse. Entonces, de la garganta de Antonio salió una fuerza atronadora, lo único que le quedaba.

—¡¿Dónde está esa puta?! Vosotras me dais igual, ¿comprendéis?

—Me haces daño —dijo Manuela.

El que me había pegado, el que tenía cara de empollón, soltó la carpeta en la mesa, mala señal. El agotamiento, la desesperación y alguien con la mano muy larga no eran buena combinación.

—Está bien —dije—. Irina me llamó un día y nos citamos en el zoo. Me pidió que viniera a la agencia y que sacara de ese cajón un pendrive negro que guarda todo tipo de pruebas incriminatorias contra ti. El cajón tiene doble fondo. —Antonio se precipitó a mirar—. Después volvimos a vernos en el zoo para entregarle el pendrive. Nunca la llamo yo, me llama ella desde un número desconocido. No tengo ni la más mínima idea de dónde vive, aunque puede que se haya marchado a otra ciudad porque nunca quedamos el mismo día en que hablamos. La policía ya no tiene duda sobre los paraísos fiscales y lo de Bangladesh. Por lo que a mí concierne, no sé nada de eso, solo puedo decir que has sido un buen jefe, amable y comprensivo y que hasta el día de hoy no te había visto ningún gesto de crueldad. Si me hubieses renovado el contrato probablemente me habría puesto de tu parte. Tú me caías mejor que Irina. Ahora las cosas han cambiado. Esto es todo. No hay nada más. Manuela no sabe nada, Irina no se fía de ella por lo que todos sabemos, pierde el control con demasiada facilidad. Y ahora me marcho a intentar que mi marido no se mate.

No me detuvieron. Manuela salió corriendo detrás de mí.

—¿Ya no me quiere Irina? Me has traicionado.

No contesté. Salí del despacho, recogí la mochila y tomé un taxi a la estación.

Pedí unos cuantos cubitos de hielo envueltos en una servilleta en el vagón restaurante y me los puse en la mejilla y el ojo. Prefería no pensar en el hombre horrible y en su manaza sobre mi cara, ya lo pagaría. Antonio se estaría marchando de la agencia camino de algunas paradisíacas islas como esas a las que deseaba escaparse Rosalía. Estuve a punto de llamar a Marcos para contarle los últimos acontecimientos, pero pensé que era mejor no empeorar las cosas. Seguro que cuando yo regresara de Las Marinas Irina podría moverse con libertad, empezaríamos a dar los primeros pasos en nuestra nueva agencia y Antonio no podría hacer nada contra nosotros.

47

Según iba llegando a la playa de Las Marinas, el corazón me latía más y más fuerte. El viento llevaba y traía arena. Se me metía en los ojos. Allí todo era más intenso, el cielo más azul, el aire más caliente, el sol más brillante, el olor más profundo, las plantas más grandes, más verdes, más rojas.

Habíamos tenido la suerte de encontrar esta casa a escasos cincuenta metros de la orilla. Era ocre con las ventanas verdes y la enorme buganvilla pegada a la fachada. El jardín estaba lleno de palmeras altas y bajas, de naranjos y geranios. Vi el caballete en un lugar sombreado y un bocadillo a medio comer sobre una mesa de forja y un vaso de vino tinto. A Elías le gustaba reponer fuerzas así, a media mañana. Era extraño que según estuviese tomándose el bocadillo le diera por intentar suicidarse. Había un gatito, parecido a *Kas*, correteando por allí. El sonido del oleaje hacía pensar en caracolas y algas.

Solo tuve que empujar la puerta, estaba abierta. Primero iría al baño y a continuación llamaría al pescador para preguntarle cómo llegar al hospital y, sobre todo, para saber con lo que iba a encontrarme al llegar allí. Hacía solo un mes habría ido directamente, sin aliento, sin importarme mis miedos ni mis aprensiones.

Solté la mochila en el sofá y oí un quejido.

—¿Qué coño es esto?

Era la voz de Elías. Se levantó y se me quedó mirando pasmado. Yo también a él. Estaba como siempre, con el pelo más largo y algo más robusto.

—¡Has venido! —dijo con voz triunfante.

—¿No estabas en el hospital?

—Bueno, ya estoy bien.

Cuando salí del baño, él se había metido la camisa por dentro de los pantalones y se había recogido el pelo con una goma.

—No has intentado suicidarte, ¿verdad? Convenciste a tu amigo para que me llamase.

—Lo importante es que estás aquí.

—Me marcho —dije, cogiendo la mochila.

—No —dijo él sujetándome por la muñeca—. ¿Qué te ha pasado en la cara?

—Me han pegado.

—Voy a ponerte hielo.

—Ya sabes que todas tus cosas están en casa de Rosalía —dije concentrando todo mi pensamiento en las posibilidades del local de la nueva agencia, de mi nuevo futuro, para no debilitarme.

—Ya lo sé —dijo abrazándome y besándome en el cuello.

Sentí un escalofrío por todo el cuerpo que no sabía si era de placer o de miedo.

—Te necesito y no voy a consentir que te vayas. Te lo perdono todo porque te quiero, y ahora sube arriba y desnúdate. Voy a abrir una botella de vino. Te echaba mucho de menos.

Me frotó los brazos cariñosamente sin dejar de mirarme a los ojos, sin pestañear, como si quisiera tragarme con las pupilas. Después fue a la puerta de la calle, la cerró con llave y la dejó puesta. Sonrió maliciosamente.

Estaba muy guapo. A Rosalía le habría encantado. Seguro que soñaba con situaciones un poco fuertes y perder el sentido.

Subí al dormitorio, como me pedía.

Pero no me desnudé. Oí que descorchaba una botella mientras yo iba haciendo un montón sobre la cama con mis cosas. Pantalones cortos, camisetas, sandalias, chanclas, cepillo de dientes, del pelo, cremas, varios juegos de cama, el albornoz que yo usaba, bragas, sujetadores. Lo eché todo en dos grandes bolsas de plástico, que hacía tan solo unos meses me habían servido para traer las sábanas y el albornoz desde Madrid. En el fondo Elías me había dado una lección que no olvidaría, una buena lección. Nada tiene por qué ser como deseamos que sea. Tampoco para él.

Oí sus pasos distanciados y pesados, cargados de sexualidad, subiendo la escalera, anunciando su llegada. Cuando entró en la habitación con la botella y dos copas, miró las bolsas alarmado.

—¿Qué haces? —dijo, preocupado de verdad.

—Siento no haber confiado en ti como pintor. He sido muy egoísta, inmadura —dije sintiéndolo profundamente, con pesar.

—¡Eso no importa! ¡Lo único importante somos tú y yo!

Seguí mi camino hacia abajo con las bolsas.

Saqué el diario de Daniela de la mochila y lo dejé sobre la mesa. Allí estaba escrita más su vida que la mía, le correspondía a él tenerlo.

Abrí la puerta. Fuera la tarde estaba tan blanca que era como entrar en otro mundo. Busqué en la calle un contenedor y tiré todo lo que había cogido. Rosalía estaría sufriendo inútilmente esperando a Elías.

Una pareja de jubilados holandeses me llevó a la estación de tren. Tuve que compartir los asientos traseros con una gran tarta. Era el cumpleaños de su hija. Parecían felices.

Al llegar a Madrid, me fui al apartamento corriendo —desde que vivía en el centro podía ir andando a casa desde la estación de Atocha— pensando que a *Kas* se le habrían acabado el agua, la leche y unas bolitas de pescado que le dejé en su tazón de Buenos Días. Afortunadamente dormitaba junto a las plantas de la terraza. Lo cogí en brazos y le besuqueé la cara. Luego le llené los cuencos. Quería olvidar. No quería ser como Marga, la ex mujer de Elías, no quería que nadie se apoderase de mi espíritu, mi conciencia, el alma, o lo que sea.

Después de cenar me tumbé en el sofá. Por fin iba a leer *El amante de Lady Chatterley*, pero antes me tomaría cinco gotas del elixir de Viviana, que estaba sobre un cenicero, donde lo dejé al hacer el traslado. Mi último voto de confianza en ella. Cinco gotas no me matarían.

Tardé unos diez minutos en verlo todo azul, los sillones, las lámparas, las plantas, *Kas* también era azul y mis manos. No me sentía drogada, podía levantarme y beber agua azul de un grifo azul, el libro también era azul. Cuando éramos pequeñas, Carolina y yo nos preguntábamos cómo serían los seres que vivían en otros planetas. Para mí eran cocodrilos muy inteligentes y para ella como pajarracos gigantes, y cerrábamos los ojos para contactar con ellos mentalmente. Después Carolina se convirtió en una intelectual, yo en modelo, y los planetas habitados desaparecieron. Ahora el cielo había vuelto.